U0609845

# 人一生要读的经典美文

开阔视野 触动心灵
陶冶情操 提升品位

精编典藏版

我在北京大学的经历
翡冷翠山居闲话
当玫瑰花开的时候
人生是伟大的奇迹
虚荣的紫罗兰
密西西比河风光
假如给我三天光明

聂丛丛 ◎ 编著

中国华侨出版社

**图书在版编目（CIP）数据**

人一生要读的经典美文／聂丛丛编著.—北京：
中国华侨出版社，2012.9
ISBN 978-7-5113-2785-7

Ⅰ.①人… Ⅱ.①聂… Ⅲ.①散文集-世界 Ⅳ.
①I16

中国版本图书馆 CIP 数据核字（2012）第 184294 号

●人一生要读的经典美文

| | | |
|---|---|---|
| 编　　著 | 聂丛丛 | |
| 责任编辑 | 文　筝 | |
| 责任校对 | 张子健 | |
| 经　　销 | 新华书店 | |
| 开　　本 | 710×1000 毫米　1／16　印张／15　字数／160 千字 | |
| 印　　刷 | 北京中振源印务有限公司 | |
| 版　　次 | 2012 年 10 月第 1 版　2018 年 1 月第 2 次印刷 | |
| 书　　号 | ISBN 978-7-5113-2785-7 | |
| 定　　价 | 39.80 元 | |

中国华侨出版社　北京市朝阳区静安里 26 号通成达大厦 3 层
邮编：100028
**法律顾问：陈鹰律师事务所**
编辑部：(010)64443056　64443979
发行部：(010)64443051　传真：(010)64439708
网　　址：www.oveaschin.com
E-mail：oveaschin@sina.com

# 前　言

　　闲暇之时,静坐阳台,迎着暖阳或是细雨,泡一杯香茗,捧一卷美文,生活如此静好。经历生活的忙忙碌碌,经历过尘世的颠簸,你是否希望寻找一个属于自己的空间,作为生命的加油站,为自己补充更多的能量,为明天奋斗?

　　一条时间轴系着我们的一生,这一生的美丽与忧愁都将在这条线上绽放,然而拒绝凋零的生命都希望美的抒发,都希望得以升华。这个时代,充满了太多的波澜,追求美好,却缺乏定力;渴望辉煌,却慵懒至极……在空乏之时,我们应该读一些美文,从中感受生命之美。

　　美文是文学中的一枝奇葩,是在纸上跳跃的心灵音符。有的字字珠玑,给人以语言之美;有的博大深沉,给人以思想之美;有的感人肺腑,给人以情感之美;有的立意隽永,给人以意境之美。这些经历过岁月考验的作品,不仅丰富了世界文学宝库,而且还感染和影响了成千上万的人,叩击着一代又一代人的心灵。

　　生命需要厚积薄发,有积累才有战斗力。优雅抒情的美文,在时光的长河中滋养了无数人的心灵。阅读古今中外的经典美文,不仅能够开阔眼界,增长知识,更能够在精神上获得启迪和感悟。

每个人一生中都需要阅读一定数量的美文,我们不单单能从这些美文中学到哲理,同时也能让自己的情感得到升华。在净化心灵、提高美的欣赏能力和鉴赏能力的同时,还能获得积极向上的力量。

为了给你在繁忙的生活中建立一处加油站,我们编辑了此本《人一生要读的经典美文》其中精选了众多大师级作品,使读者在轻松学习知识、提高阅读效果的同时,获得更多的审美享受、想象空间和人文熏陶。

# 目 录

人一生要读的★经典美文

# 贝多芬百年祭

[英] 萧伯纳

一百年前，一位虽听得见雷声，但已聋得听不见大型交响乐队演奏自己乐曲的57岁的倔犟的单身老人最后一次举拳向着咆哮的天空，然后逝去了，还是和他生前一直那样地唐突神灵，蔑视天地。

他是反抗性的化身。他甚至在街上遇上一位大公和他的随从时也总不免把帽子向下按得紧紧的，然后从他们正中间大踏步地直穿而过。他有一架不听话的蒸汽轧路机的风度（大多数轧路机还恭顺地听使唤和不那么调皮呢）；他穿衣服之不讲究尤甚于田间的稻草人：事实上有一次他竟被当做流浪汉给抓了起来，因为警察不肯相信穿得这样破破烂烂的人竟会是一位大作曲家，更不能相信这副躯体竟能容得下能影响世界最奔腾澎湃的灵魂。他的灵魂是伟大的。但是如果我使用了最伟大的这种字眼，那就是说比韩德尔①的灵魂还要伟大，贝多芬自己就会责怪我；而且谁又能自负灵魂比巴赫②的

---

① 德国出生的英国作曲家（1685-1759）。
② 德国作曲家（1685-1750）。

还伟大呢？但是说贝多芬的灵魂是最奔腾澎湃的那可没有一点儿问题。

他的狂风怒涛一般的力量他自己能很容易控制住，可是常常并不愿去控制，这个和他狂呼大笑的滑稽诙谐之处是在别的作曲家作品里都找不到的。毛头小伙子们现在一提起切分音①就好像是一种使音乐节奏成为最强而有力的新方法；但是在听过贝多芬的第三里昂诺拉前奏曲之后，最狂热的爵士乐听起来也像"少女的祈祷"那样温和了，可以肯定地说我听过的任何黑人的集体狂欢都不会像贝多芬的第七交响乐最后的乐章那样可以引起最黑最黑的舞蹈家拼了命地跳下去，而也没有另外哪一个作曲家可以先以他的乐曲的阴柔之美使得听众完全融化在缠绵悱恻的境界里，而后突然以铜号的猛烈声音吹向他们，带着嘲讽似的使他们觉得自己真傻。

除了贝多芬之外谁也管不住贝多芬；而疯劲儿上来之后，他总有意不去管住自己，于是也就成为管不住的了。

这样奔腾澎湃，这种有意的散乱无章，这种嘲讽，这样无所顾忌的、骄纵的不理睬传统的风尚——这些就是使得贝多芬不同于 17 世纪和 18 世纪谨守法度的其他音乐人天才的地方。他是造成法国革命的精神风暴中的一个巨浪。

他不认任何人为师，他同行里的先辈莫扎特从小就是梳洗干净、穿着华丽、在王公贵族面前举止大方的。

莫扎特小时候曾为了蓬巴杜夫人②发脾气说："这个女人是谁，也不来亲亲我，连皇后都亲我呢。"

这种事在贝多芬是不可想象的，因为甚至在他已老到像一头苍熊时，他仍然是一只未经驯服的熊崽子。

莫扎特天性文雅，与当时的传统和社会很合拍，但也有灵魂的孤独。莫扎特和格鲁克③之文雅就犹如路易十四宫廷之文雅。海顿④之文雅就犹如他

---

①　采用切分音的节奏是爵士乐最明显的特点。萧伯纳写本文的 20 世纪 20 年代，正是爵士乐开始大为风行的时候。

②　蓬巴杜女夫人（1721-1764）：法皇路易十五的情妇，权势炙手可热几乎有 20 年。

③　奥地利作曲家（1714-1787）。

④　奥地利作曲家（1732-1809）。

同时的最有教养的乡绅之文雅。

和他们比起来，从社会地位上说贝多芬就是个不羁的艺术家、一个不穿紧腿裤的激进共和主义者。

海顿从不知道什么是忌妒，曾称呼比他年轻的莫扎特是有史以来最伟大的作曲家，可他就是吃不消贝多芬。

莫扎特是更有远见的。他听了贝多芬的演奏后说："有一天他是要出名的。"但是即使莫扎特活得长些，这两个人恐也难以相处下去。贝多芬对莫扎特有一种出于道德原因的恐惧。

莫扎特在他的音乐中给贵族中的浪子唐璜①加上了一圈迷人的圣光，然后像一个天生的戏剧家那样运用道德的灵活性又回过来给莎拉斯特罗②加上了神人的光辉，给他口中的歌词谱上了前所未有的就是出自上帝口中都不会显得不相称的乐调。

贝多芬不是戏剧家，赋予道德以灵活性对他来说就是一种可厌恶的玩世不恭。

他仍然认为莫扎特是大师中的大师（这不是一顶空洞的高帽子，它的的确确就是说莫扎特是个为作曲家们欣赏的作曲家，而远远不是流行作曲家）。可是他是穿紧腿裤的宫廷侍从，而贝多芬却是个穿散腿裤的激进共和主义者；同样地，海顿也是穿传统制服的侍从。

在贝多芬和他们之间隔着一场法国大革命，划分开了 18 世纪和 19 世纪。但对贝多芬来说莫扎特可不如海顿，因为他把道德当儿戏，用迷人的音乐把罪恶谱成了像德行那样奇妙。

如同每一个真正激进共和主义者都具有的，贝多芬身上的清教徒性格使他反对莫扎特，固然莫扎特曾向他启示了 19 世纪音乐的各种创新的可能。因此，贝多芬上溯到韩德尔，一位和贝多芬同样倔犟的老单身汉，把他作为英雄。韩德尔瞧不上莫扎特崇拜的英雄格鲁克，虽然在韩德尔的《弥赛

---

① 唐璜的传说在 17 世纪前已流行于欧洲，在那以后他成为许多音乐、文学作品中的主人公。

② 莫扎特的歌剧《魔笛》中的一个代表真理和光明的人物。

亚》①里的田园乐是极为接近格鲁克在他的歌剧《奥菲阿》里那些向我们展示出天堂的原野的各个场面。

因为有了无线电广播，成百万对音乐还接触不多的人在他百年祭的今年将第一次听到贝多芬的音乐。充满着照例不加选择地加在大音乐家身上的颂扬话的成百篇的纪念文章将使人们抱有通常少有的期望。像贝多芬同时代的人一样，虽然他们可以懂得格鲁克、海顿和莫扎特，但从贝多芬那里得到的不但是一种使他们困惑不解的意想不到的音乐，而且有时候简直是听不出是音乐的由管弦乐器发出来的杂乱音响。要解释这也不难。18世纪的音乐都是舞蹈音乐。舞蹈是由动作起来令人愉快的步子组成的对称样式；舞蹈音乐是不跳舞也听起来令人愉快的由声音组成的对称的样式。因此，这些乐式虽然起初不过是像棋盘那样简单，但被展开了、复杂化了、用和声丰富起来了，最后变得类似波斯地毯，而设计像波斯地毯那种乐式的作曲家也就不再期望人们跟着这种音乐跳舞了。要有神巫打旋子的本领才能跟着莫扎特的交响乐跳舞。有一回我还真请了两位训练有素的青年舞蹈家跟着莫扎特的一阕前奏曲跳了一次，结果差点没把他们累垮了。就是音乐上原来使用的有关舞蹈的名词也慢慢地不用了，人们不再使用包括萨拉班德舞、巴万宫廷舞、加伏特舞和快步舞等在内的组曲形式，而把自己的音乐创作表现为奏鸣曲和交响乐，里面所包含的各部分也干脆叫做乐章，每一章都用意大利文记上速度，如快板、柔板、谐谑曲板、急板，等等。但在任何时候，从巴赫的序曲到莫扎特的《天神交响乐》，音乐总呈现出一种对称的音响样式给我们以一种舞蹈的乐趣来作为乐曲的形式和基础。

可是音乐的作用并不止于创造悦耳的乐式，它还能表达感情。你能去津津有味地欣赏一张波斯地毯或者听一曲巴赫的序曲，但乐趣只止于此。可是你听了《唐璜》前奏曲之后却不可能不发生一种复杂的心情，它使你心里有准备去面对将淹没那种精致但又是魔鬼式的欢乐的一场可怖的末日悲剧；听莫扎特的《天神交响乐》最后一章时你会觉得那和贝多芬的第七交响乐

——————————

① 韩德尔谱写的宗教歌咏大曲。

的最后乐章一样，都是狂欢的音乐。它用响亮的鼓声奏出如醉如狂的旋律，而从头到尾又交织着一开始就有的具有一种不寻常的悲伤之美的乐调，因而更加沁人心脾。莫扎特的这一乐章又自始至终是乐式设计的杰作。

但是贝多芬就做到了一点，也使得某些与他同时的伟人不得不把他当做一个疯人。有时清醒就出些洋相或者显示出格调不高的一点，在于他把音乐完全用作了表现心情的手段，并且完全不把设计乐式本身作为目的。不错，他一生非常保守地（顺便说一句，这也是激进共和主义者的特点）使用着旧的乐式。但是他加给它们以惊人的活力和激情，包括产生于思想高度的那种最高的激情，使得产生于感觉的激情显得仅仅是感官上的享受，于是他不仅打乱了旧乐式的对称，而且常常使人听不出在感情的风暴之下竟还有什么样式存在着。他的《英雄交响乐》一开始使用了一个乐式（这是从莫扎特幼年时一个前奏曲里借来的），跟着又用了另外几个很漂亮的乐式。这些乐式被赋予了巨大的内在力量，所以到了乐章的中段，这些乐式就全被不客气地打散了。于是，从只追求乐式的音乐家看来，贝多芬是发了疯，他抛出了同时使用音阶上所有单音的可怖的和弦。他这么做只是因为他觉得非如此不可，而且还要求你也觉得非如此不可呢。

以上就是贝多芬之谜的全部。他有能力设计最好的乐式；他能写出使你终生享受不尽的美丽的乐曲；他能挑出那些最枯燥无味的旋律，把它们展开得那样引人，使你听上一百次也每回都能发现新东西。一句话，你可以拿所有用来形容以乐式见长的作曲家的话来形容他。但是他的病症，也就是不同于别人之处在于他那激动人的品质，他能使我们激动，并用他那奔放的感情笼罩着我们。当柏辽兹听到一位法国作曲家因为贝多芬的音乐使他听很不舒服而说"我爱听能使我入睡的音乐"时，他非常生气。贝多芬的音乐是使你清醒的音乐；而当你想独自一个静一会儿的时候，你就怕听他的音乐。

懂了这个，你就从 18 世纪前进了一步，也从旧式的跳舞乐队前进了一步（爵士乐，附带说一句，就是贝多芬化了的老式跳舞乐队），不但能懂得贝多芬的音乐，而且也能懂得贝多芬以后的最有深度的音乐了。

（周珏良　译）

# 海 燕

[苏联] 高尔基

在苍茫的大海上，狂风卷集着乌云。在乌云和大海之间，海燕像黑色的闪电高傲地飞翔。

一会儿翅膀碰着波浪，一会儿箭一般地直冲云霄，它叫喊着。在这鸟儿勇敢的叫喊声里，乌云听到了欢乐。

在这叫喊声里，充满着对暴风雨的渴望！在这叫喊声里，乌云感到了愤怒的力量、热情的火焰和胜利的信心。

海鸥在暴风雨到来之前呻吟着，呻吟着，在大海上面飞蹿，想把自己对暴风雨的恐惧，掩藏到大海深处。

海鸭也呻吟着，这些海鸭呀，享受不了战斗生活的欢乐，轰隆隆的雷声就把它们吓坏了。

愚蠢的企鹅，畏缩地把肥胖的身体躲藏在峭崖底下……只有那高傲的海燕，勇敢地，自由自在地，在翻起白沫的大海上面飞翔！

乌云越来越暗，越来越低，向海面压下来；波浪一边歌唱，一边冲向空中去迎接那雷声。

雷声轰响。波浪在愤怒的飞沫中呼啸着，跟狂风争鸣。看吧，狂风紧紧抱起一堆巨浪，恶狠狠地扔到峭崖上，把这大块的翡翠摔成尘雾和水沫。

海燕叫喊着，飞翔着，像黑色的闪电，箭一般地穿过乌云，翅膀刮起波浪的飞沫。

看吧，它飞舞着像个精灵——高傲的、黑色的暴风雨的精灵——它一边大笑，它一边高叫……它笑那些乌云，它为欢乐而高叫！

这个敏感的精灵。从雷声的震怒里早就听出困乏，它深信乌云遮不住太阳——是的，遮不住的！

风在狂吼……雷在轰响……

一堆堆的乌云，像青色的火焰，在无底的大海上燃烧。大海抓住金箭似的闪电，把它熄灭在自己的深渊里。闪电的影子，像一条条的火蛇，在大海里蜿蜒浮动，一晃就消失了。

——暴风雨！暴风雨就要来啦！

这是勇敢的海燕，在闪电之间，在怒吼的大海上高傲地飞翔。这是胜利的预言家在叫喊：

——让暴风雨来得猛烈些吧！……

（戈宝权　译）

# 影　子

[波兰] 普鲁斯

火上的阳光渐渐熄灭了，地面的薄暮慢慢升起来。薄暮——这是夜大军的前哨。这支凶猛的夜大军自古以来就和白日永恒地厮杀着：它总是朝败暮胜，主宰着从日落到日出之间的宇宙，一到白天就全线溃退，躲在隐蔽的地方窥伺着。

它躲在深山峡谷里、城市地窖中、森林密丛间、阴沉的湖泊深处。它隐身在原始的地下岩洞、矿井和壕沟、屋角和墙窟。它慢慢地布开，悄悄地扩散，终于充满各个幽暗的角落。它潜伏在树皮的裂缝里、衣裙的褶皱间，躺在最细的沙粒下面，缠在最薄的蛛网中，待机出动。虽然从一个地方把它赶走，那也只不过是暂时的退让，它仍然要选择良宵，重整旗鼓，卷土重来，还要努力夺取新阵地，最后吞没整个世界。

当夕阳西坠的时候，夜大军的前哨——薄暮便悄悄地、小心翼翼地从各个隐蔽的地方一队队地开出来，布满房子、走廊、门厅和光线微弱的楼梯；从橱柜和椅子背后涌到房间中央，包围帷幔；从明瓦和窗口冲上大街，不声不响地袭击墙壁和屋顶，占领制高点，在那里耐心地等待着空中片片彩云进入黑色的纱帐。

过了一会儿，黑暗突然发起全面攻势，从地面直升云天。野兽躲进洞穴，行人各自回屋；生活就像无水的草木，蔫枯凋萎，奄奄一息；景物的颜色和轮廓一齐隐入黑暗之中，什么也看不见了。

这时，在华沙的空旷的街道上出现一个奇怪的人形，头上举着小小的火种。他好像专为驱赶黑暗而来，沿着人行道飞速奔跑着，一见路灯，便停了下来，点亮欢悦的灯火，然后就像影子一样消失了。

这样日复一日，年复一年。不论是百花盛开、风和日丽的阳春，还是雷雨交加的七月炎夏，不论是狂风呼啸、尘雾茫茫的深秋，还是雪飘万里的严冬——只要黄昏降临人间，他就跑遍大街小巷，举着火种，点亮灯光，尔后就像影子那样，一晃不见了。

你从哪儿来，是何处人氏？你为什么这样自隐，使人们看不见你的容貌，也听不到你的声音？你有妻室和母亲吗？她们是否在时时等待你的归来？你有儿女吗？他们是否常常倚门相待，当你把小小的火种放到房角以后，就用力爬上你膝头、搂住你的脖子？你有没有一个可以共同欢笑、共同悲伤的朋友？你有没有一个哪怕是仅仅可供聊天的相识？

你总该有一个栖身之处吧？你总该有个留给人家称呼的名字吧？你总该具备人们共有的需求和感情吧？难道你真是一个无声的看不清的幽灵，只在薄暮朦胧中走出来，点亮灯火，尔后就像影子一样隐去？

有人对我说，确有这么一个人，并把他的住址告诉了我。我找到那所房子，询问扫院人。

"有一个点灯人住在这儿吗？"

"有。"

"他的房间在哪儿？"

"喏，就是那间小屋。"

门好像已经上锁。我向窗洞里一望：只有靠墙铺着一张小床，床边有一

人一生要读的经典美文

根长杆子挑着一盏小灯笼——火种。点灯人不在家里。

"请简单告诉我，他是个什么样子？"

"谁晓得他长得啥模样！"扫院人一面回答一面耸耸肩，"我自己也没能好好看个清楚哩！"他补充说，"他白天从来不蹲在家里。"

半年后我第二次拜访他。

"喂，点灯人今天在家吗？"

"唉——唉！"扫院人一声长叹说，"不在，永远不在了！他昨天已经入土。他死了。"

扫院人默然沉思。

我打听一些细节以后，就赶到墓地去。

"看墓人，我想打听一下，昨天下葬了一个点灯人，他的坟在哪儿？"

"点灯人？"他重复一遍，"谁知他埋在哪块土里！昨天一共来了30位'游客'。"

"当然，他一定是葬在穷人墓地的。"

"穷人也来了25个。"

"不过，他睡的准是白皮棺材。"

"睡白皮棺材的'游客'也来了16个呢！"

我到底没能看见他的脸，也没弄清他的姓名，甚至连埋他的一抔黄土也没能找到。他死后给人留下和生前一样的印象：只有在黄昏后才能看见的、一个无声的、不露真相的、像影子一样的人形。

在人生的黄昏时，一代不幸的人在摸索徘徊：一些人在斗争中死去；一些人堕入深渊；种种机缘、希望和仇恨冲击着那些被偏见束缚着的人；在那黑暗泥泞的道路上同样也走着那些给人点亮灯火的人。每一个头上举着火种的人，每一个在自己的旅途上点燃光明的人，尽管没有人承认他的价值，但他总是默默地生活着、劳动着，然后像影子一样消失。

（苗然　译）

# 假如给我三天光明

[美] 海伦·凯勒

1880 年 6 月 27 日，我出生在美国的南部亚拉巴马州的塔斯甘比亚镇。

父系祖先来自瑞典，移民定居在美国的马里兰州。有件不可思议的事，我们的一位祖先竟然是聋哑教育专家。谁料得到，他竟然会有一个像我这样又盲又聋又哑的后人。每当我想到这里，心里就不禁大大地感慨一番，命运真是无法预知啊！

我的祖先自从在亚拉巴马州的塔斯甘比亚镇买了土地后，整个家族就在这里定居下来。据说，那时候由于地处偏僻，祖父每年都要特地从塔斯甘比亚镇骑马到 760 英里外的费城购置家里和农场所需的用品、农具、肥料和种子等。每次祖父在往赴费城的途中，总会写家书回来报平安。信中对西部沿途的景观，以及旅途中所遭遇的人、事、物都有清楚且生动的描述。直到今天，大家仍很喜欢一而再地翻看祖父留下的书信，就好像是在看一本历险小说，百读不厌。

我的父亲亚瑟·凯勒曾是南北战争时的南军上尉，我的母亲凯蒂·亚当斯是他的第二任妻子，母亲小父亲好几岁。

在我病发失去视觉、听觉以前，我们住的屋子很小，总共只有一间正方形的大房子和一间供仆人住的小房子。那时候，依照南方人的习惯，他们会在自己的家旁再加盖一间屋子，以备急需之用。南北战争之后，父亲也盖了这样一所屋子，他同我母亲结婚之后，住进了这个小屋。小屋被葡萄、爬藤蔷薇和金银花遮盖着，从园子里看去，像是一座用树枝搭成的凉亭。小阳台也藏在黄蔷薇和南方茯苓花的花丛里，成了多彩的蜂鸟和殷勤的蜜蜂的乐园。

祖父和祖母所住的老宅，离我们这个蔷薇凉亭不过几步。由于我们家被茂密的树木、绿藤所包围，所以邻居们都称我们家为"绿色家园"。这是童年时代的天堂。

在我的家庭老师莎莉文小姐尚未到来之前，我经常独自一人，依着方形的黄杨木树篱，慢慢地走到庭园里，凭着自己的嗅觉，寻找初开的紫罗兰和百合花，深深地吸着那清新的芳香。

有时候我也会在心情不好时，独自到这里来寻求慰藉，我总是把炙热的脸庞藏在凉气沁人的树叶和草丛之中，让烦躁不安的心情冷静下来。

置身于这个绿色花园里，真是心旷神怡。这里有爬在地上的卷须藤和低垂的茉莉，还有一种叫做蝴蝶荷的十分罕见的花。因为它那容易掉落的花瓣很像蝴蝶的翅膀，所以名叫蝴蝶荷，这种花发出一阵阵甜丝丝的气味。但最美丽的还是那些蔷薇花。在北方的花房里，很少能够见到我南方家里的这种爬藤蔷薇。它到处攀爬，一长串一长串地倒挂在阳台上，散发着芳香，丝毫没有尘土之气。每当清晨，它身上朝露未干，摸上去是何等柔软、何等高洁，使人陶醉不已。我不由得时常想，上帝御花园里的曝光兰，也不过如此吧！

我生命的开始是简单而普通的，就像每个家庭迎接第一个孩子时一样，大家都充满喜悦。为了要给第一个孩子命名，大家都绞尽脑汁，你争我吵，每个人都认为自己想出来的名字才是最有意义的。父亲希望以他最尊敬的祖先的名字"米德尔·坎培儿"作我的名字，母亲则想用她母亲的名字"海伦·艾培丽特"来命名。大家再三讨论的结果，是依照母亲的希望，决定用外婆的名字。

先是为了命名争吵不休，之后，为了要带我去教堂受洗，大家又手忙脚乱，以至于兴奋的父亲在前往教会途中，竟把这个名字忘了。当牧师问起"这个婴儿叫什么名字"时，紧张兴奋的父亲一时之间说出了"海伦·亚当斯"这个名字。因此，我的名字就不是沿用外祖母的名字"海伦·艾培丽特"，而变成了"海伦·亚当斯"。

家里的人告诉我说，我在婴儿时期就表现出了不服输的个性，对任何事物都充满了好奇心，个性非常倔犟，常常想模仿大人们的一举一动，所以，6个月时已经能够发出"茶！茶！茶"和"你好"的声音，吸引了每个人的注意。甚至于"水"这个字，也是我在1岁以前学会的。直到我生病后，虽然忘掉了以前所学的字，但是对于"水"这个字却仍然记得。

家人还告诉我，在我刚满周岁时就会走路了。我母亲把我从浴盆中抱起来，放在膝上，突然间，我发现树的影子在光滑的地板上闪动，就从母亲的膝上溜下来，自己一步一步地、摇摇摆摆地去踩踏那些影子。

春光里百鸟啁啾，歌声盈耳，夏天里到处是果子和蔷薇花，待到草黄叶红已是深秋来临。三个美好的季节匆匆而过，在一个活蹦乱跳、咿呀学语的孩子身上留下了美好的记忆。

然而好景不长，幸福的时光总是结束得太早。一个充满知更鸟和百灵鸟的悦耳歌声且繁花盛开的春天，就在一场高烧的病痛中悄悄消失了。在次年可怕的2月里，我突然生病，高烧不退。医生们诊断的结果，是急性的胃充血以及脑充血，他们宣布无法挽救了。但在一个清晨，我的高烧突然退了，全家人对于这种奇迹的发生，当时惊喜得难以言喻。但是，这一场高烧已经让我失去了视力和听力，我又像婴儿一般蒙昧，而他们——我的家人和医生，却全然不知。

第一天，我要看人，他们的善良、温厚与友谊使我的生活值得一过。首先，我希望长久地凝视我亲爱的老师——安妮·莎莉文·梅西太太的面庞。当我还是个孩子的时候，她就来到了我面前，为我打开了外面的世界。我将不仅要看到她面庞的轮廓，以便我能够将它珍藏在我的记忆中，而且还要研究她的容貌，发现她出自同情心的温柔和耐心的生动迹象，她正是以此来完成教育我的艰巨任务的。我希望从她的眼睛里看到能使她在困难面前站得稳的坚强性格，并且看到她那经常向我流露的、对于全人类的同情。

我不知道什么是透过"灵魂之窗"，即从眼睛看到朋友的内心。我只能用手指尖来"看"一个脸的轮廓。我能够发觉欢笑、悲哀和其他许多明显的情感。我是从感觉朋友的脸来认识他们的。但是，我不能靠触摸来真正描绘他们的个性。当然，通过其他方法，通过他们向我表达的思想，通过他们向我显示出的任何动作，我对他们的个性也有所了解。但是我却不能对他们有较深的理解，而那种理解，我相信，通过看见他们，通过观看他们对种种被表达的思想和境况的反应，通过注意他们的眼神和脸色的反应，是可以获得的。

我身旁的朋友，我了解得很清楚，因为经过长年累月，他们已经将自己的各个方面揭示给了我。然而，对于偶然的朋友，我只有一个不完全的印象。这个印象还是从一次握手中，从我通过手指尖理解他们的嘴唇发出的字句中，或从他们在我手掌的轻轻画写中获得来的。

你们有视觉的人，可以通过观察对方微妙的面部表情、肌肉的颤动、手势的摇摆，迅速领悟对方所表达的意思的实质，这该是多么容易、多么令人心满意足啊！但是，你们可曾想到用你们的视觉抓住一个人面部的外表特征，来透视一个朋友或者熟人的内心吗？

我还想问你们能准确地描绘出五位好朋友的面容吗？你们有些人能够，但是很多人不能够。有过一次实验，我询问那些丈夫们，关于他们妻子眼睛的颜色，他们常常显得困窘，供认他们不知道。顺便说一下，妻子们还总是经常抱怨丈夫不注意自己的新服装、新帽子的颜色，以及家内摆设的变化。

有视觉的人，他们的眼睛不久便习惯了周围事物的常规，他们实际上仅仅注意令人惊奇的和壮观的事物。然而，即使他们观看最壮丽的奇观，眼睛都是懒洋洋的。法庭的记录每天都透露出"目击者"看得多么不准确。某一事件会被几个见证人以几种不同的方式"看见"。有的人比别人看得更多，但没有几个人能看见他们视线以内一切事物。

啊，如果给我三天光明，我会看见多少东西啊！

第一天，将会是忙碌的一天。我将把我所有亲爱的朋友都叫来，长久地望着他们的脸，把他们内在美的外部迹象铭刻在我的心中。我也将会把目光停留在一个婴儿的脸上，以便能够捕捉到在生活冲突所致的个人意识尚未建立之前的那种渴望的、天真无邪的美。

我还将看看我的小狗们忠实信赖的眼睛——庄重、宁静的小司格梯、达吉，还有健壮而又懂事的大德恩，以及黑尔格，它们的热情、幼稚而顽皮的友谊，使我获得了很大的安慰。

在忙碌的第一天，我还将观察一下我的房间里简单的小东西，我要看看我脚下的小地毯的温暖颜色、墙壁上的画、将房子变成一个家的那些亲切的小玩意儿。我的目光将会崇敬地落在我读过的盲文书籍上，然而那些能看的人们所读的印刷字体的书籍，会使我更加感兴趣。在我一生漫长的黑夜里，我读过的和人们读给我听的那些书，已经成为了一座辉煌的巨大灯塔，为我指示出了人生及心灵的最深的航道。

在能看见的第一天下午，我将到森林里进行一次远足，让我的眼睛陶醉在自然界的美丽之中，在几小时内，拼命吸取那经常展现在正常视力人面前的光辉灿烂的广阔奇观。自森林郊游返回的途中，我要走在农庄附近的小路上，以便看看在田野耕作的马（也许我只能看到一台拖拉机），看看紧靠着土地过活的悠然自得的人们，我将为光艳动人的落日奇景而祈祷。

当黄昏降临，我将由于凭借人为的光明看见外物而感到喜悦，当大自然宣告黑暗到来时，人类天才地创造了灯光，来延伸他的视力。在第一个有视觉的夜晚，我将睡不着，心中充满对于这一天的回忆。

有视觉的第二天，我要在黎明前起身，去看黑夜变为白昼的动人奇迹。

我将怀着敬畏之心，仰望壮丽的曙光全景，与此同时，太阳唤醒了沉睡的大地。

这一天，我将向世界、向过去和现在的世界匆忙瞥一眼。我想看看人类进步的奇观，那变化无穷的万古千年。这么多的年代，怎么能被压缩成一天呢？当然是通过博物馆。我常常参观纽约自然史博物馆，用手摸一摸那里展出的许多展品，但我曾经渴望亲眼看看地球的简史和陈列在那里的地球上的居民——按照自然环境描画的动物和人类、巨大的恐龙和剑齿象的化石，早在人类出现并以他短小的身材和有力的头脑征服动物王国以前，它们就漫游在地球上了。博物馆还逼真地介绍了动物、人类，以及劳动工具的发展经过，人类使用这些工具，在这个行星上为自己创造了安全牢固的家。博物馆还介绍了自然史的其他无数方面。

我不知道，有多少本文的读者看到过那个吸引人的博物馆里所描绘的活着的动物的形形色色的样子。当然，许多人没有这个机会，但是，我相信许多有机会的人却没有利用它。在那里确实是使用你眼睛的好地方。有视觉的你可以在那里度过许多受益匪浅的日子，然而我借助于想象中的能看见的三天，仅能匆匆一瞥而过。

我的下一站将是首都艺术博物馆，因为它正像自然史博物馆显示了世界的物质外观那样，首都艺术博物馆显示了人类精神的无数个小侧面。在整个人类历史阶段，人类对于艺术表现的强烈欲望几乎像对待食物、藏身处，以及生育繁殖一样迫切。

在这里，在首都艺术博物馆巨大的展览厅里，埃及、希腊、罗马的精神在它们的艺术中表现出来，展现在我面前。

我通过手清楚地知道了古代尼罗河国度的诸神和女神。我抚摸了巴台农神庙中的复制品，感到了雅典冲锋战士有韵律的美。阿波罗、维纳斯，以及双翼胜利之神莎莫瑞丝都使我爱不释手。荷马的那副多瘤有须的面容对我来说是极其珍贵的，因为他也懂得什么叫失明。我的手依依不舍地留恋罗马及后期的逼真的大理石雕刻，我的手抚摸遍了米开朗基罗的感人的英勇的摩西石雕像，我感知到罗丹的力量，我敬畏哥特人对于木刻的虔诚。这些能够触摸的艺术品对我来讲是极有意义的。然而，与其说它们是供人触摸的，毋宁说它们是供人观赏的，而我只能猜测那种我看不见的美。我能欣赏希腊花瓶的简朴的线条，但它的那些图案装饰我却看不到。

因此，这一天，给我光明的第二天，我将通过艺术来搜寻人类的灵魂。我会看见那些我凭借触摸所知道的东西。更妙的是，整个壮丽的绘画世界将向我打开，从富有宁静的宗教色彩的意大利早期艺术及至带有狂想风格的现代派艺术。我将细心地观察拉斐尔、达·芬奇、提香、伦勃朗的油画。我要饱览维洛内萨的温暖色彩，研究艾尔·格列科的奥秘，从科罗的绘画中重新观察大自然。啊，你们有眼睛的人们竟能欣赏到历代艺术中这么丰富的意味和美！在我对这个艺术神殿的短暂的游览中，我一点儿也不能评论展开在我面前的那个伟大的艺术世界，我将只能得到一个肤浅的印象。艺术家们告诉我，为了达到深刻而真正的艺术鉴赏，一个人必须训练眼睛。

一个人必须通过经验学习判断线条、构图、形式和颜色的品质优劣。假如我有视觉从事这么使人着迷的研究，该是多么幸福啊！但是，我听说，对于你们有眼睛的许多人，艺术世界仍是个有待进一步探索的世界。

我十分勉强地离开了首都艺术博物馆，因为它装纳着美的钥匙。但是，看得见的人们往往并不需要到首都艺术博物馆去寻找这把美的钥匙。同样的钥匙还在较小的博物馆中甚或在小图书馆书架上等待着。但是，在我假想的有视觉的有限时间里，我应当挑选一把钥匙，能在最短的时间内去开启藏有最大宝藏的地方。

我重见光明的第二晚，我要在剧院或电影院里度过。即使现在我也常常出席剧场的各种各样的演出，但是，剧情必须由一位同伴拼写在我手上。然而，我多么想亲眼看看哈姆雷特的迷人的风采，或者穿着伊丽莎白时代鲜艳服饰的生气勃勃的弗尔斯塔夫！我多么想注视哈姆雷特的每一个优雅的动作，注视精神饱满的弗尔斯塔夫的大摇大摆！因为我只能看一场戏，这就使我感到非常为难，因为还有数十幕我想要看的戏剧。

你们有视觉，能看到你们喜爱的任何一幕戏。当你们观看一幕戏剧、一部电影或者任何一个场面时，我不知道，究竟有多少人对于使你们享受它的色彩、优美和动作的视觉的奇迹有所认识，并怀有感激之情呢？由于我生活在一个限于手触的范围里，我不能享受到有节奏的动作美。我只能模糊地想象一下巴芙洛娃的优美，虽然我知道一点律动的快感，因为我常常能在音乐震动地板时感觉到它的节拍。我能充分想象那有韵律的动作一定是世界上最令人悦目的一种景象。我用手指抚摸大理石雕像的线条，就能够推断出几分。如果这种静态美都能那么可爱，看到的动态美一定更加令人激动。我最珍贵的回忆之一就是，约瑟·杰佛逊让我在他又说又做地表演他所爱的里卜·万·温克时去摸他的脸庞和双手。

我多少能体会到一点戏剧世界，我永远不会忘记那一瞬间的快乐。但是，我多么渴望观看和倾听戏剧表演进行中对白和动作的相互作用啊！而你们看得见的人该能从中得到多少快乐啊！如果我能看到仅仅一场戏，我就会知道怎样在心中描绘出我用盲文字母读到或了解到的近百部戏剧的情节。所以，在我虚构的重见光明的第二晚，我没有睡成，整晚都在欣赏戏剧文学。

下一天清晨，我将再一次迎接黎明，急于寻找新的喜悦，因为我相信，对于那些真正看得见的人，每天的黎明一定是一个永远重复的新的美景。依据我虚构的奇迹的期限，这将是我有视觉的第三天，也是最后一天。我将没有时间花费在遗憾和热望中，因为有太多的东西要去看。第一天，我奉献给了我有生命和无生命的朋友。

第二天，向我显示了人与自然的历史。今天，我将在当前的日常世界中度过，到为生活奔忙的人们经常去的地方去，而哪儿能像纽约一样找得到人们那么多的活动和那么多的状况呢？所以城市成了我的目的地。

我从我的家——长岛的佛拉斯特小而安静的郊区出发。这里，环绕着绿色草地、树木和鲜花，有着整洁的小房子，到处是妇女儿童快乐的声音和活动，非常幸福，是城里劳动人民安谧的憩息地。我驱车驶过跨越伊斯特河上的钢制带状桥梁，对人脑的力量和独创性有了一个崭新的印象。忙碌的船只在河中嘎嘎疾驶——高速飞驶的小艇，慢悠悠、喷着鼻息的拖船。如果我今后还有看得见的日子，我要用许多时光来眺望这河中令人欢快的景象。我向前眺望，我的前面耸立着纽约——一个仿佛从神话的书页中搬下来的城市的奇异高楼。多么令人敬畏的建筑啊！这些灿烂的教堂塔尖，这些辽阔的石砌钢筑的河堤坡岸——真像诸神为他们自己修建的一般。这幅生动的画面是几百万人民每天生活的一部分。我不知道，有多少人会对它回头投去一瞥？只怕寥寥无几。对这个壮丽的景色，他们视而不见，因为这一切对他们是太熟悉了。

我匆匆赶到那些庞大建筑物之一——帝国大厦的顶端，因为不久以前，我在那里凭借我秘书的眼睛"俯视"过这座城市，我渴望把我的想象同现实作一比较。我相信，展现在我面前的全部景色一定不会令我失望，因为它对我将是另一个世界的景色。此时，我开始周游这座城市。首先，我站在繁华的街角，只看看人，试图凭借对他们的观察去了解一下他们的生活。看到他们的笑颜，我感到快乐；看到他们的严肃的决定，我感到骄傲；看到他们的痛苦，我不禁充满同情。

我沿着第五大街散步。我漫然四顾，眼光并不投向某一特殊目标，而只看看万花筒般五光十色的景象。我确信，那些活动在人群中的妇女的服装色彩一定是一幅绝不会令我厌烦的华丽景色。然而如果我有视觉的话，我也许会像其他大多数妇女一样对个别服装的时髦式样感到兴趣，而对大量的灿烂色彩不怎么注意。而且，我还确信，我将成为一位习惯难改的橱窗顾客，因为，观赏这些无数精美的陈列品一定是一种眼福。

从第五大街起，我作一番环城游览——到公园大道去，到贫民窟去，到工厂去，到孩子们玩耍的公园去，我还将参观外国人居住区，进行一次不出门的海外旅行。

我始终睁大眼睛注视幸福和悲惨的全部景象，以便能够深入调查，进一步了解人们是怎样工作和生活的。

我的心充满了人和物的形象。我的眼睛绝不轻易放过一件小事，并争取密切关注它所看到的每一件事物。有些景象令人愉快，使人陶醉；但有些则是极其凄惨，令人伤感。对于后者，我绝不闭上我的双眼，因为它们也是生活的一部分。在它们面前闭上眼睛，就等于关闭了心房，关闭了思想。

我有视觉的第三天即将结束了。也许有很多重要而严肃的事情，需要我利用这剩下的几个小时去看、去做。但是，我担心在最后一个夜晚，我还会再次跑到剧院去，看一场热闹而有趣的戏剧，好领略一下人类心灵中的谐音。

到了午夜，我摆脱盲人苦境的短暂时刻就要结束了，永久的黑夜将再次向我迫近。在那短短的三天，我自然不能看到我想要看到的一切。只有在黑暗再次向我袭来之时，我才感到我丢下了多少东西没有见到。然而，我的内心充满了甜蜜的回忆，使我很少有时间来懊悔。此后，我摸到每一件物品，我的记忆都将鲜明地反映出那件物品是个什么样子。

我的这一番如何度过重见光明的三天的简述，也许与你假设知道自己即将失明而为自己所做的安排不相一致。可是，我相信，假如你真的面临那种厄运，你的目光将会尽量投向以前从未曾见过的事物，并将它们储存在记忆中，为今后漫长的黑夜所用。你将比以往更好地利用自己的眼睛。你所看到的每一件东西对你都是那么珍贵，你的目光将饱览那出现在你视线之内的每一件物品。然后，你将真正看到一个美的世界在你面前展开。

失明的我可以给那些看得见的人们一个提示——对那些能够充分利用天赋视觉的人们一个忠告："善用你的眼睛吧，犹如明天你将遭到失明的灾难。"同样的方法也可以应用于其他感官。聆听乐曲的妙音，鸟儿的歌唱，管弦乐队的雄浑而铿锵有力的曲调吧，犹如明天你将遭到耳聋的厄运。抚摸每一件你想要抚摸的物品吧，犹如明天你的触觉将会衰退。嗅闻所有鲜花的芳香，品尝每一口佳肴吧，犹如明天你再不能嗅闻品尝。充分利用每一个感官，通过自然给予你的几种接触手段，为世界向你显示的所有愉快而美好的细节而自豪吧！不过，在所有感官中，我相信，视觉一定是最令人赏心悦目的。

（朱原　译）

# 我有一个梦想

[美] 马丁·路德·金

  100 年前，一位伟大的美国人签署了解放黑奴宣言，今天我们就是在他的雕像前集会。这一庄严宣言犹如灯塔的光芒，给千百万在那摧残生命的不义之火中受煎熬的黑奴带来了希望。它之到来犹如欢乐的黎明，结束了束缚黑人的漫漫长夜。然而 100 年后的今天，我们必须正视黑人还没有得到自由这一悲惨的事实。100 年后的今天，在种族隔离的镣铐和种族歧视的枷锁下，黑人的生活备受压榨。100 年后的今天，黑人仍生活在物质充裕的海洋中一个穷困的孤岛上。100 年后的今天，黑人仍然萎缩在美国社会的角落里，并且意识到自己是故土家园中的流亡者。今天我们在这里集会，就是要把这种骇人听闻的情况公诸于众。

  就某种意义而言，今天我们是为了要求兑现诺言而汇集到我们国家的首都来的。我们共和国的缔造者草拟宪法和独立宣言的气壮山河的词句时，曾向每一个美国人许下了诺言。他们承诺给予所有的人以生存、自由和追求幸福的不可剥夺的权利。

人一生要读的经典美文

就有色公民而论，美国显然没有实践她的诺言。美国没有履行这项神圣的义务，只是给黑人开了一张空头支票，支票上盖着"资金不足"的戳子后便退了回来。但是我们不相信正义的银行已经破产。我们不相信，在这个国家巨大的机会之库里已没有足够的储备。因此，今天我们要求将支票兑现——这张支票将给予我们宝贵的自由和正义的保障。

我们来到这个圣地也是为了提醒美国，现在是非常急迫的时刻。现在绝非奢谈冷静下来或服用渐进主义的镇静剂的时候。现在是实现民主的诺言的时候。现在是从种族隔离的荒凉阴暗的深谷攀登种族平等的光明大道的时候。现在是向上帝所有的儿女开放机会之门的时候。现在是把我们的国家从种族不平等的流沙中拯救出来，置于兄弟情谊的磐石上的时候。

如果美国忽视时间的迫切性和低估黑人的决心，那么，这对美国来说，将是致命伤。自由和平等的爽朗秋天如不到来，黑人义愤填膺的酷暑就不会过去。1963年并不意味着斗争的结束，而是开始。有人希望，黑人只要消消气就会满足。如果国家安之若素，毫无反应，这些人必会大失所望的。黑人得不到公民的权利，美国就不可能有安宁或平静。正义的光明的一天不到来，叛乱的旋风就将继续动摇这个国家的基础。

但是对于等候在正义之宫门口的心急如焚的人们，有些话我是必须说的。在争取合法地位的过程中，我们不要采取错误的做法。我们不要为了满足对自由的渴望而抱着敌对和仇恨之杯痛饮。我们斗争时必须求得举止得体、纪律严明。我们不能容许我们的具有崭新内容的抗议蜕变为暴力行动。我们要不断地升华到以精神力量对付物质力量的崇高境界中去。

现在黑人社会充满着了不起的新的战斗精神，但是我们却不能因此而不信任所有的白人。因为我们的许多白人兄弟已经认识到，他们的命运与我们的命运是紧密相连的，他们今天参加游行集会就是明证。他们的自由与我们的自由是息息相关的。我们不能单独行动。

当我们行动时，我们必须保证向前进。我们不能倒退。现在有人问热心民权运动的人："你们什么时候才能满足？"

只要黑人仍然遭受警察难以形容的野蛮迫害，我们就绝不会满足。

只要我们在外奔波而疲乏的身躯不能在公路旁的汽车旅馆和城里的旅馆找到住宿之所，我们就绝不会满足。

只要黑人的基本活动范围只是从少数民族聚居的小贫民区转移到大贫民区，我们就绝不会满足。只要密西西比仍然有一个黑人不能参加选举，只要纽约有一个黑人认为他投票无济于事，我们就绝不会满足。

不！我们现在并不满足，我们将来也不满足，除非正义和公正犹如江海之波涛，汹涌澎湃，滚滚而来。

我并非没有注意到，参加今天集会的人中，有些受尽苦难和折磨；有些刚刚走出窄小的牢房；有些由于寻求自由，曾在居住地惨遭疯狂迫害的打击，并在警察暴行的旋风中摇摇欲坠。你们是人为痛苦的长期受难者。坚持下去吧，要坚决相信，忍受不应得的痛苦是一种赎罪。

让我们回到密西西比去，回到阿拉巴马去，回到南卡罗来纳去，回到乔治亚去，回到路易斯安那去，回到我们北方城市中的贫民区和少数民族居住区去，要心中有数，这种状况是能够也必将改变的。我们不要陷入绝望而不可自拔。

朋友们，今天我对你们说，在此时此刻，我们虽然遭受种种困难和挫折，我仍然有一个梦想。这个梦想是深深扎根于美国的梦想中的。

我梦想有一天，这个国家会站立起来，真正实现其信条的真谛：我们认为这些真理是不言而喻的：人人生而平等。

我梦想有一天，在乔治亚的红山上，昔日奴隶的儿子将能够和昔日奴隶主的儿子坐在一起，共叙兄弟情谊。

我梦想有一天，甚至连密西西比州这个正义匿迹，压迫成风，如同沙漠般的地方，也将变成自由和正义的绿洲。

我梦想有一天，我的四个孩子将在一个不是以他们的肤色，而是以他们的品格优劣来评价他们的国度里生活。

我今天有一个梦想。

我梦想有一天，亚拉巴马州能够有所转变，尽管该州州长现在仍然满口异议，反对联邦法令，但有朝一日，那里的黑人男孩和女孩将能与白人男孩和女孩情同骨肉，携手并进。

我今天有一个梦想。

我梦想有一天，幽谷上升，高山下降，坎坷曲折之路成坦途，圣光披露，满照人间。

这就是我们的希望。我怀着这种信念回到南方。有了这个信念，我们将能从绝望之巅劈出一块希望之石。有了这个信念，我们将能把这个国家刺耳争吵的声，改变成为一支洋溢手足之情的优美交响曲。

有了这个信念，我们将能一起工作、一起祈祷、一起斗争、一起坐牢、一起维护自由，因为我们知道，终有一天，我们是会自由的。

在自由到来的那一天，上帝的所有儿女们将以新的含义高唱这支歌："我的祖国，美丽的自由之乡，我为您歌唱。您是父辈逝去的地方，您是最初移民的骄傲，让自由之声响彻每个山冈。"

如果美国要成为一个伟大的国家，这个梦想必须实现。让自由之声从新罕布什尔州的巍峨峰巅响起来！让自由之声从纽约州的崇山峻岭响起来！让自由之声从宾夕法尼亚州阿勒格尼山的顶峰响起来！

让自由之声从科罗拉多州冰雪覆盖的洛基山响起来！让自由之声从加利福尼亚州蜿蜒的群峰响起来！不仅如此，还要让自由之声从乔治亚州的石巅响起来！让自由之声从田纳西州的瞭望山响起来！

让自由之声从密西西比的每一座丘陵响起来！让自由之声从每一片山坡响起来。

当我们让自由之声响起来，让自由之声从每一个大小村庄、每一个州和每一个城市响起来时，我们将能够加速这一天的到来。那时，上帝的所有儿女——黑人和白人、犹太教徒和非犹太教徒、耶稣教徒和天主教徒，都将手携手，合唱一首古老的黑人灵歌："终于自由啦！终于自由啦！感谢全能的上帝，我们终于自由啦！"

（徐坤　译）

# 听 泉

[日] 东山魁夷

鸟儿越过旷野。身后，源源不断地飞来一群群鸟儿。

有时，它们或五只六只，或排成一行。但是，鸟群多么多啊！

它们交替鸣叫、相亲相爱、彼此激励，还互相憎恨、打斗、伤害。有的鸟儿由于伤病、疲劳、衰老，从鸟群中落伍了。

旷野上，今天也有鸟群飞过。

有时，它们看到了阳光下闪着光亮的小河在绿色的田野穿过。有时，它们飞过了树叶下露着红扑扑果实的树林。以前，这样的地方很多，如今却变成了一望无际的荒野。然而，无论昨天、今天，还是明天，所有鸟群都必须连续不断地飞。

不要以为任何鸟儿都凭借自己的意志飞着。谁也不知道为什么必须使它们飞，向何处飞。就连领头的鸟儿也不知道。

是什么原因必须这样疾飞呢？为什么不能飞得慢一点呢？

时间在匆匆过去，鸟儿想。它们没有留意时间是无限的，是静止的，过去的只是鸟儿自己。它们像是被什么迷住了似的，急着要激烈地拍翅而飞。它们没有觉察出，这样做导致了鸟儿自己从地上更快消失的不幸。

鸟儿更加激烈、更加有力地发出拍打翅膀的声音，轰响般地飞去。

在森林中有一口泉眼发出微弱的声音，不断地流出清亮的泉水。它们在那里作了短暂的停留。就算停留极其短暂，是片刻的安逸，但对于横渡荒野的鸟儿来说也是救星。对于生活在地上的生物来说，一天就是以一天来终结的，明天是新一天的生活。

在泉眼旁边，鸟儿最好是让翅膀歇下来，让心平静下来，侧耳倾听泉水的絮语。泉水一定会告诉它们应该向何处飞。

从地底的深处涌出来，不断流出泉水的泉眼，从遥远的古代起，就目睹了地上的生物萌生、繁荣和消亡的过程。因此，它一定知道鸟儿们要去的地方。最好是对着清澈透明的泉水照一照自己的身影。在泉水里大概看得到自己疲劳的样子，而且也会领悟到鸟儿统治地上所有生命的霸主时代已经过去了。

不是在任何时候、任何地方都能发现这样的泉眼的。因为鸟儿把精力只放在疾飞上了。

鸟儿们最大的不幸在于错误地认为，疾飞是积极进取，地上的一切都因我而存在。

话说回来，鸟儿自身似乎终于意识到，如果一味地疾飞下去，鸟群不是减少了吗？这种感觉如果不是太晚的话，虽然值得庆幸，但是……

我也是这些鸟群中的一员，所有的人都是在荒芜和寸草不生的旷野上不断飞行的鸟儿。

虽然每个人的心中都有泉眼，但是，它的声音却消失在日常的烦恼和忙碌中了。假如在夜半时分忽然睡醒的时候响起了微弱的声音，那一定是泉水的絮语。

直到现在，我还回顾自己走过的路，但是，多数时候在旷野中看错了路。在这种时候，如果倾听心中的泉音，那么，不少情况下又成了我的路牌。

泉水经常向我发问：

"你在他人面前和在你本人面前都是诚实的吗?"

我羞于回答，心中感到疼痛，一声不吭地垂下了头。

对我而言，心中所求就是希望作画做到诚实。泉水忠告我，你要谦虚，你要淳朴，你要放弃自负和偏执。

把自己视为无才能看到真实，泉水教导我。

我虽然本能地认为，把自己视为无是困难的，甚至是不可能的，但是，泉水却用低而清晰的声音对我说："无才有美。"

（王中忱　译）

# 世间最美的坟墓

[奥地利] 斯蒂芬·茨威格

　　我在俄国所见到的景物再没有比托尔斯泰墓更宏伟、更感人的了。这将被后代怀着敬畏之情朝拜的尊严圣地，远离尘嚣，孤零零地躺在林荫里。顺着一条羊肠小路信步走去，穿过林间空地和灌木丛，便到了墓冢前。这只是一个长方形的土堆而已，无人守护，无人管理，只有几株大树荫庇。他的外孙女跟我讲，这些高大挺拔、在初秋的风中微微摇动的树木是托尔斯泰亲手栽种的。小的时候，他的哥哥尼古莱和他曾听保姆或村妇讲过一个古老传说，提到亲手种树的地方会变成幸福的所在。于是，他俩就在自己庄园的某块地上栽了几株树苗，这个儿童游戏不久也就忘了。托尔斯泰晚年才想起这桩儿时往事和关于幸福的奇妙许诺，饱经忧患的老人突然从中获得了一个新的、更美好的启示，他表示愿意将来埋骨于那些亲手栽种的树木之下。

　　后来就这样办了，完全按照托尔斯泰的愿望：他的坟墓成了世间最美的、给人印象最深刻的、最感人的坟墓。它只是树林中的一个小小长方形土丘，上面开满鲜花——nulla cmx，nullacoroma①——没有十字架，没有墓碑，没有墓志铭，连托尔斯泰这个名字也没有。这个比谁都感到受自己的声名所累的伟人，就像偶尔被发现的流浪汉、不为人知的士兵一般不留名姓地被人埋葬了。谁都可以踏进他最后的安息地，围在四周的稀疏的木栅栏是不关闭的——保护列夫·托尔斯泰得以安息的没有任何别的东西，唯有人们的敬意；而通常，人们却总是怀着好奇，去破坏伟人墓地的宁静。这里，逼人的朴素禁锢住任何一种观赏的闲情，并且不容许你大声说话。风儿在俯临这座无名者之墓的树林之中飒飒响着，和暖的阳光在坟头嬉戏；冬天，白雪温柔地覆盖这片幽暗的土地。不论你夏天和冬天经过这儿，你都想象不到，这个小小的、隆起的长方形包容着当代最伟大的人物当中的一个。然而，恰恰是不留姓名，比所有挖空心思置办的大理石和奢华装饰更扣人心弦。在今天这个特殊的日子里，成百上千到他的安息地来的人中间没有一个人有勇气，哪怕仅仅从这幽暗的土丘上摘下一朵花留作纪念。人们重新感到，世界上再也没有比这最后留下的、纪念碑式的朴素更能打动人心。残废者大教堂大理石穹隆底下拿破仑的墓穴，魏玛公侯之墓中歌德的灵寝，西敏司寺里莎士比亚的石棺，看上去都不像树林中的这个只有风儿低吟，甚至全无人语声，庄严肃穆，感人至深的无名墓冢那样能剧烈震撼每一个人内心深藏的感情。

（张厚仁　译）

---

① 拉丁文，意为没有十字架，没有墓碑。

# 自　由

[印] 泰戈尔

医生是怎么说就让他说去吧！打开，打开，打开我床前的那两扇窗户，让风吹进来。药？吃药早已使我厌倦。我已经吃够了苦的、涩的药了。在我这一生里，每天、每夜、每分、每秒都在吃药。

活着，对我说来本身就是一种疾病。在我的周围有多少国医、西医、祖方郎中！他们开着药方，送来各种成药。他们说"这样做不好""那样做是最大的过错"。我听从着每一个人的吩咐，低着头，面纱掩着脸，就这样在你的家里度过了22年。因此，家里的、外面的人都说："她是多么贤惠的媳妇、多么忠贞的妻子、多么善良的女人！"

我刚到你家的时候，才是一个十岁的小姑娘。按着一切人的愿望，沿着这家庭里的漫长的道路，拖着疲惫的生命，度过了22年，今天终于走到路的尽头了。让我思索一下这生活是好、是坏，是痛苦，还是欢乐的时间在哪里？家务操作的车轮旋转着，发出单调、疲惫的歌曲，我麻木地随着它转来转去。我不知道自己是什么人，不知道外面广阔的世界充满着什么意义，我从没有听到过在神的琴弦上弹奏出来的人类伟大的消息。我只知道，做完饭后开始吃饭，吃完饭又正是做饭的时候。22 年，我的生命始终被捆绑在一个车轮上转、转、转。今天，我仿佛感到那个车轮快要停止了，那就让它停止吧！为什么还要吃药为难自己呢？

22 年，每年春天都到过森林，带着花的芳香的春风都曾吹动过大地的心脏，叫嚷着："打开，把门打开！"但是它什么时候来了，我并不知道。也许它曾悄悄震撼过我的心灵；也许它曾使我突然忘记了家务操作；也许它曾在我心上引起生生世世永恒的忧郁；也许在这撩人的春天里，在无名的哀愁与欢乐中，我的心在期待着听到谁的脚步的声音。你下班回来了，但是黄昏时你却又到邻家去下棋。算了吧，别谈这个了，为什么在今天我要想起这些生活中暂时的波动呢！

22 年后的今天，似乎春天第一次走进我的房间里。凝望着窗外的晴空，欢乐在我的心中阵阵涌起。我是女人！我是伟大的！为了我，不眠的明月在它月光的琴弦上弹奏歌曲。没有我，天上的星星将徒然闪烁。没有我，园中花开还有什么意义？

22 年，我一直认为我是你们这家庭里的囚徒。但是，我并不因此而悲哀。我已经麻木地度过不少岁月，如果必须活下去，我将依旧茫然度日，在这个家庭里有那么多朋友亲戚传颂着我贤淑的声誉，这仿佛是我一生中赢得那可怜的屋角里众人口中赞美的最大胜利！那羁绊我的绳索今天要被割断了，在那无边的空阔里，生与死合二为一。在无底溟渺的地方，我将不再遇到那像一粒泡沫一般的厨房的墙壁。

今天在宇宙的晴空里仿佛第一次为我吹奏起新婚的笛声。让那微不足道的 22 年躺在我的屋角里吧。那从死亡的洞房里向我传出召唤的，是我门前的乞丐，不，是我的主人。他永不忽视我，无论在什么时候，他向我伸出乞求的双手，乞求我心灵深处最宝贵的甘露。他在众星围拱的天空里向我不转瞬地凝视。啊，甜蜜的天堂，甜蜜的死——我心中永恒的乞士，在召唤他的女人！打开，打开窗子，让那无望的 22 年在时光的大海里消逝吧！

（石真　译）

# 密西西比河风光

[法] 夏多布里昂

　　密西西比河两岸风光旖旎。西岸，草原一望无际。绿色的波浪逶迤而去，在天际同蓝天连成一片。三四千头一群的野牛在广阔无垠的草原上漫游。有时，一头年迈的野牛劈开波涛，游到河心小岛上，卧在高深的草丛里。看它头上的两弯新月，看它沾满淤泥的飘拂的长髯，你可能把它当成河神。它踌躇满志，望着那壮阔的河流和繁茂而荒野的两岸。

　　以上是西岸的情景。东岸的风光不同，同西岸形成令人赞叹的对比。河边、山巅、岩石上、幽谷里，各种颜色、各种芳香的树木杂处一堂，苗壮生长。它们高耸入云，为目力所不及。野葡萄、喇叭花、苦苹果在树下交错，在树枝上攀缘，一直爬到顶梢。它们从槭树延伸到鹅掌楸，从鹅掌楸延伸到蜀葵，形成无数洞穴、无数拱顶、无数柱廊，那些在树间攀缘的藤蔓常常迷失方向，它们越过小溪，在水面搭起花桥。木兰树在丛莽之中挺拔而起，耸立着它静止不动的锥形圆顶。树顶开放的硕大的白花，俯瞰着整个丛林，除了在它身边摇着绿扇的棕榈，没有任何树木可以同它媲美。

被创世主安排在这个偏远的丛莽中的无数动物给这个世界带来魅力和生气。在小径尽头，有几只因为吃饱了葡萄而醉态酩酊的熊，它们在小榆树的枝丫上蹒跚；鹿群在湖中沐浴；黑松鼠在茂密的树林中嬉戏；麻雀般大小的弗占尼亚鸽从树上飞下来在长满红草莓的草地上踯躅；黄嘴的绿鹦鹉、映照成红色的绿啄木鸟和火焰般的红雀在柏树顶上飞来飞去；蜂鸟在佛罗里达茉莉上熠熠发光，而捕鸟为食的毒蛇倒挂在树枝交织而成的穹顶上，像藤蔓一样摇来摆去，同时发出阵阵嘶鸣。如果说河对岸的草原上万籁无声，河这边却是一片骚动和聒噪：鸟喙击橡树干的笃笃声、野兽穿越丛林的沙沙声、动物吞啮食物或咬碎果核的咂咂声；潺潺的流水、唧啾的小鸟、低哞的野牛和咕咕叫的斑鸠使这荒野的世界充满一种亲切而粗犷的和谐。可是，如果一阵微风吹进这深邃的丛林，摇晃这些飘浮的物体，使白色、蓝色、绿色、玫瑰色的生物混杂交错，使所有的色调融合为浑然一体，使所有的声音汇成合唱，那是多么奇伟的声音、多么壮观的景象！可是，对于没有亲临其境的人，这一切我是无从描绘的。

（程依荣　译）

# 雪 夜

[法] 莫泊桑

　　黄昏时分，纷纷扬扬地下了一天的雪，终于渐下渐止。沉沉夜幕下的大千世界，仿佛凝固了，一切生命都悄悄进入了梦乡。或近或远的山谷、平川、树林、村落……在雪光映照下，银装素裹，分外妖娆。这雪后初霁的夜晚万籁俱寂，了无生气。

　　蓦地，从远处传来一阵凄厉的叫声，冲破这寒夜的寂静。那叫声，如泣如诉，若怒若怨，听起来令人毛骨悚然！哦，是那条被主人放逐的老狗，在前村的篱畔哀鸣，是哀叹自己的身世，还是在倾诉人类的寡情？

　　漫无涯际的旷野平畴，在白雪的覆压下略缩起身子，好像连挣扎一下都不情愿的样子。那遍地的萋萋芳草、匆匆来去的游蜂浪蝶，如今都藏匿得无迹可寻；只有那几棵百年老树，依旧伸展着槎桠的秃枝，像是鬼影幢幢，又像那白骨森森，给雪后的夜色平添了几分悲凉、凄清。

　　茫茫太空，默然无语地注视着下界，越发显出它的莫测高深。云层背后，月亮露出灰白色的脸庞，把冷冷的光洒向人间，使人更感到寒气袭人。

和她做伴的，唯有寥寥的几点寒星，致使她也不免感叹这寒夜的落寞和凄冷。看，她的眼神是那样忧伤，她的步履又是那样迟缓！

渐渐地，月儿终于到达她行程的终点，悄然隐没在旷野的边沿，剩下的只是一片青灰色的回光在天际荡漾。少顷，又见那神秘的鱼白色开始从东方蔓延，像撒开一幅轻柔的纱幕笼罩住整个大地。寒意更浓了。枝头的积雪都已在不知不觉间凝成了水晶般的冰凌。

啊，美景如画的夜晚，却是小鸟们恐怖战栗、备受煎熬的时光！它们的羽毛沾湿了，小脚冻僵了；刺骨的寒风在林间往来驰突，肆虐逞威，把它们可怜的窝巢刮得左摇右晃；困倦的双眼刚合上，一阵阵寒冷又把它们惊醒……只得瑟瑟索索地颤着身子，打着寒噤，忧郁地注视着漫天皆白的原野，期待那漫漫未央的长夜早到尽头，换来一个充满希望之光的黎明！

（佚名　译）

人生要读的经典美文

# 闹鬼的房子

［英］弗吉尼亚·伍尔芙

无论你何时醒来，总会听到关门声。他们手拉着手，从一个房间穿过另一个房间，找找这里，翻翻那里，那么仔细，仿佛一对幽灵。"这里，我们是把它留在这里。"他说。"还有那里！"他补充。"在楼上。"她低喃。"还有在花园。"他微絮。"轻点儿，"他们同声说，"不然我们会把他们吵醒。"

"不，不是你们吵醒了我们，不是。"他们正在四处找寻；他们正把窗帘拉闭。她好像在说什么，又好像在读书。"他们现在找着了。"她确信地说，手中做注记的铅笔停止了移动。她觉得累了，站起身，四处找寻，屋里空空的，什么也没有，门都大开着，只有野鸽子满意的咕咕叫声和农庄里传来的打谷机的轰鸣。"我来这里做什么？我想找寻什么？"我的两手空空。"难道会在楼上？"苹果放在阁楼里。她走下楼，花园仍似原来那样沉静，只有书滑在草地上。

他们还是在客厅里找着了，但不是他们曾经见过的。窗玻璃里映着苹果，映着玫瑰，映着叶子一片碧绿，如果他们在客厅里换个角度，就只会看见苹果那黄色的一面。若是再晚一点儿，若是那扇门开着，光线穿过地板，铺到墙上，悬挂到天花板上——然而我到底要寻找什么？我的两手空空。乌鸦阴暗的投影掠过地毯；野鸽子在死井般的沉寂里，拖着长调，咕咕不停。"安息、安息、安息。"房子的脉搏轻轻地跳动。"财富已被埋葬，这房间……"脉动突然停止，财富，什么是被埋葬的财富？

片刻之后，光线在减弱。是在外面的花园里吗？漫游的阳光透过树木伸展的枝蔓，筛向地面。那么细美，那么珍贵，那么凉爽。这就是我一直追寻的那束阳光，它在窗玻璃后面燃烧。死亡就是这玻璃；死亡就在我们之间；许多年以前，首先走向女人，离开了这所房子，关闭了所有的窗户。屋里一片黑暗。他辞别了它，撇下了她，到北方，到东方，看星辰在南方的天空运转，找寻这所房子，发现它坐落在南部丘陵的草原上。"安息、安息、安息。"房子的脉搏在愉快地跳动。"财富是属于你的。"风呼呼地扫过地面，树随风向左右摇摆。月光在风雨中狂乱地倾泻。一束烛光从窗户里射来。蜡烛在平静地燃烧。迷游着，从房间里穿过，打开窗户，轻絮着不要惊醒我们，这对幽灵在寻找他们往日的欢乐。

"这里，我们睡过。"她说。"亲吻过无数次。"他补充。"清晨醒来……""银色的光洒满林间。""在楼上……""在花园……""在夏日来临之际……""在冬雪飘飞之时……"门在遥远的地方关上，轻轻地碰撞仿佛心脏的跳动。

他们越走越近，停在门口。风渐弱了，银丝般的雨从窗玻璃上滑落，他们的双眼模糊；我们听不见脚步声；也看不见女士展开她那幽灵般的披风。他用手遮住烛光。"瞧。"他悄声说，"他们睡熟了。爱印在他们的唇上。"

他们弯着腰，把银色的烛灯举到我们的上方，长时间地，深沉地注视着。目光久久地没有移动。风径直吹过来；烛光微微地摇曳。幽灵似的月辉泻向地面，射到墙上，交织在一起，映着那低垂的面庞。这面庞在沉思，在寻找酣睡者，在寻找他们埋葬的幸福。

"安息、安息、安息。"房子的脉搏在骄傲地跳动。"多少年了……"他叹息。"你又找到了我。""在这里。"她低诉，"我们酣睡、在花园我们阅读、在阁楼我们滚动着苹果，欢笑。是的，是在这里，我们留下了我们的财富……"他们弯下腰，手执的烛光耀得我睁不开双眼。"安息、安息，安息！"房子的脉搏在狂跳。我醒来，大声叫道，"这就是你们所埋葬的财富？那心中的光芒。"

（黄继民　译）

# 论创造

[法国] 罗曼·罗兰

生命是一张弓，那弓弦是梦想。箭手在何处呢？

我见过一些俊美的弓，用坚韧的木料制成，了无节痕，和谐秀逸如神之眉，但仍无用。

我见过一些行将震颤的弦线，在静寂中战栗着，仿佛从动荡的内脏中抽出的肠线。它们绷紧着，即将奏鸣了……它们将射出银矢——那音符——在空荡的湖面上拂起涟漪，可是它们在等待什么？终于松弛了。永远没有人听到乐声了。

震颤沉寂，箭支纷散；

箭手何时来拈弓呢？

他很早就来把箭搭在我的梦想上。我几乎记不起何时我曾躲过他。只有神知道我怎样的梦想！我的一生是一个梦。我梦着我的爱，我的行动和我的思想。在晚上，当我无眠时；在白天，当我幻想时，我心灵中的谢海莱莎特就解开了纺纱竿。她在急于讲故事时，把她梦想的线索搅乱了。我的弓跌到了纺纱竿一面。那箭手，我的主人，睡着了。但即使在睡眠中，他也不放松我。我挨近他躺着。我像那把弓，感到他的手放在我光滑的木杆上。那只丰美的手、那些修长而柔软的手指，它们用纤嫩的肌肤抚弄着在黑夜中奏鸣的一根弦线。我使自己的颤动融入他身体的颤动中，我战栗着，等候苏醒的瞬间，那时神圣的箭手就会把我搂入他怀抱里。

所有我们这些有生命的人都在他的掌中：灵智与身体，人、兽、元素——水与火——气流与树脂——一切有生之物……生存何足道！要生活，就必须行动。您在何处，Primns movens？我在向您呼吁，箭手！生命之弓在您脚下横着。俯下身来，拣起我吧！把箭搭在我的弓弦上，射吧！

我的箭如飘忽的羽翼，嗖地飞去了；那箭手把手挪回来，搁在肩头，一面注视着向远方消失的飞矢；而渐渐地，已经射过的弓弦也由震颤而归于凝止。

神秘的发泄！谁能解释呢？一切生命的意义就在于此——在于创造刺激。

万物都在期待着在这刺激的状态中生活着。我常观察我们那些小同胞，那些兽类与植物奇异的睡眠——那些禁锢在茎衣中的树木、做梦的反刍动物、梦游的马、终身懵懵懂懂的生物。而我在它们身上却感到一种不自觉的智慧，其中不无一些悒郁的微光，显然思想快形成了：

"究竟什么时候才行动呢？"

微光隐没。它们又入睡了，疲倦而听天由命……

"还没到时候呢。"我们必须等待。

我们一直等待着，我们这些人类。时候毕竟到了。

可是对于某些人，创造的使者只站在门口。对于另一些人，他却进去了。他用脚碰碰他们：

"醒来！前进！"

我们一跃而起。咱们走！

我创造，所以我生存。生命的第一个行动是创造的行动。一个新生的男孩刚从母亲子宫里冒出来时，就立刻洒下几滴精液。一切都是种籽；身体和心灵均如此。每一种健全的思想是一颗植物种籽的包壳，传播着辅送生命的花粉。造物主不是个劳作了六天而在安息日上休憩的有组织的工人。安息日就是主日，那伟大的创造日。造物主不知道还有什么别的日子，如果他停止创造，即使是一刹那，他也会死去。因为"空虚"会张开两颚等着他……颚骨，吞下吧，别做声！巨大的播种者散布着种籽，仿佛流泻的阳光，而每一颗撒下来的渺小种籽就像另一个太阳。倾泻吧，未来的收获，无论肉体或精神的！精神或肉体，反正都是同样的生命之源泉。"我的不朽的女儿，刘克屈拉和曼蒂尼亚……"我产生我的思想和行动，作为我身体的果实……永远把血肉赋予文字……这是我的葡萄汁，正如收获葡萄的工人在大桶中用脚踩出的一样。

　　因此，我一直创造着……

（孙梁　译）

# 静

[俄] 蒲宁

我们是在夜里到达日内瓦的，正下着雨。拂晓前，雨停了。雨后初霁，空气变得分外清新。我们推开阳台门，秋晨的凉意扑面而来，使人陶然欲醉。由湖上升起的乳白色的雾霭，弥漫在大街小巷上。旭日虽然还是朦朦胧胧的，却已经朝气勃勃地在雾中放着光。湿润的晨风轻轻地拂弄着盘绕在阳台柱子上的野葡萄血红的叶子。我们盥漱过后，匆匆穿好衣服，走出旅社，由于昨晚沉沉地睡了一觉，精神抖擞，准备去作尽情的畅游，而且怀着一种年轻人的预感，认为今天必有什么美好的事在等待着我们。"上帝又赐予了我们一个美丽的早晨。"我的旅伴对我说，"你发现没有，我们每到一地，第二天总是风和日丽？千万别抽烟，只吃牛奶和蔬菜。以空气为生，随日出而起，这会使我们神清气爽！不消多久，不但医生，连诗人都会这么说的……别抽烟，千万别抽，我们就可体验到那种久已生疏了的感觉，感觉到洁净，感觉到青春的活力。"

可是日内瓦湖在哪里？有片刻工夫，我们茫然地站停下来。远处的一切，都被轻纱一般亮晃晃的雾覆盖着。只有街梢那边的马路已沐浴在霞光下，好似黄金铸成的。于是我们快步朝着被我们误认为是浮光耀金的马路走去。

初阳已透过雾霭，照暖了阒无一人的堤岸，眼前的一切无不光莹四射。然而山谷、日内瓦湖和远处的萨瓦山脉依然吐出料峭的寒气。我们走到湖堤上，不由得惊喜交集地站住了脚，每当人们突然看到无涯无际的海洋、湖泊，或者从高山之巅俯视山谷时，都会情不自禁地产生这种又惊又喜的感觉。萨瓦山消融在亮晃晃的晨岚之中，在阳光下难以辨清，只有定睛望去，方能看到山脊好似一条细细的金线，迤逦于半空之中，这时你才会感觉到那边绵亘着重峦叠嶂。近处，在宽广的山谷内，在凉飕飕的、润湿而又清新的雾气中，横着蔚蓝、清澈、深邃的日内瓦湖。湖还在沉睡，簇拥在码头的斜帆小艇也还在沉睡。它们就像张开了灰色羽翼的巨鸟，但是在清晨的寂静中还无力拍翅高飞。两三只海鸥紧贴着湖水悠闲地翱翔着，冷不丁其中的一只，忽地从我们身旁掠过，朝街上飞去。我们立即转过身去望着它，只见它猛地又转过身子飞了回来，想必是被它所不习惯的街景吓坏了……朝暾初上之际有海鸥飞进城来，住在这个城市里的居民该有多幸福呀！

我们急欲进入群山的怀抱，泛舟湖上，航向远处的什么地方……然而雾还没有散，我们只得信步往市区走去，在酒店里买了酒和干酪，欣赏着纤尘不染的亲切的街道和静悄悄的金黄色的花园中美丽如画的杨树和法国梧桐。在花园上方，天空已被廓清，晶莹得好似绿松石一般。

"你知道吗？"我的旅伴对我说，"我每到一地总是不敢相信我真的到了这个地方，因为这些地方，我过去只能看着地图，幻想前去一游，并且时时提醒自己，这只不过是幻想而已。意大利就在这些崇山峻岭的后边，离我们非常之近，你感觉到了吗？在这奇妙的秋天，你感觉到南国的存在吗？瞧，那边是萨瓦省①，就是我们童年时代阅读过的催人落泪的故事中所描写的牵着猴子的萨瓦孩子们的故乡！"

码头旁，游艇和船夫都在阳光下打着瞌睡。在蓝莹莹的清澈的湖水中，

---

① 法国省名，毗邻瑞士。

可以看到湖底的砂砾、木桩和船骸。这完全像是个夏日的早晨，只有主宰着透明的空气的那种静谧，告诉人们现在已是晚秋。雾已经消散得无影无踪，顺着山谷，极目朝湖面望去，可以看得异乎寻常的远。我们迫不及待地脱掉上衣，卷起袖子，拿起了桨。码头落在船后了，离我们越来越远。离我们越来越远的还有在阳光下光华熠熠的市区、湖滨和公园……前面波光粼粼，耀得我们眼睛都花了，船侧的湖水越来越深，越来越沉，也越来越透明。把桨插入水中，感觉水的弹性，望着从桨下飞溅出来的水珠，真是一大乐事。我回过头去，看到了我旅伴那升起红晕的脸庞，看到了无拘无束地、宁静地荡漾在坡度缓坦的群山中间浩瀚的碧波，看到了漫山遍野正在转黄的树林和葡萄园，以及掩映其间的一幢幢别墅。有一刻间，我们停住了桨，周遭顿时静了下来，静得那么深邃。我们闭上眼睛，久久地谛听着，什么声音也没有，只有船划破水面时，湖水流过船侧发出的一成不变的汩汩声。

甚至单凭这汩汩的水声也可听出湖水多么洁净，多么清澈。

"划吗？"我问。

"慢着，你听！"

我把桨提出水面，连汩汩的水声也渐渐消失。从桨上滴下一颗水珠，然后又是一颗……太阳照得我们的脸越来越热……就在这时，一阵悠扬的钟声，从很远很远的地方飘至我们耳际，这是深山中某处的一口弧钟。它离我们那么远，有时我们只能隐隐约约听到它的声音。

"你还记得科隆①大教堂的钟声吗？"我的旅伴压低声音问我，"那天我比你醒得早，天还刚刚拂晓，我便站在洞开的窗旁，久久地谛听着独自在古老的城市上空回荡的清脆的钟声。你还记得科隆大教堂的管风琴和那种中世纪的壮丽吗？还有莱茵省②，那些古老的城市、古老的图画，还有巴黎……然而那一切都无法和这里相比，这里更美……"

由深山中隐隐传至我们耳际的钟声温柔而又纯净，闭目坐在船上，侧耳倾听着这钟声，享受着太阳照在我们脸上的暖意和从水上升起的轻柔的凉

---

① 德国城市名。
② 法国省名。

意，是何等的甜蜜、舒适。有一艘闪闪发亮的白轮船在离我们约莫两俄里远的地方驶过，明轮拍击着湖水，发出疏远、喑哑、生气的嘟囔声，在湖面上激起一道道平展的、像玻璃一般透明的涌，缓缓地朝我们奔来，终于柔情脉脉地晃动了我们的小船。

"瞧，我们已置身在崇山的怀抱之中，"当轮船渐渐变小，终于隐没在远处以后，我的旅伴对我说，"生活已留在那边，留在这些崇山峻岭之外了。我们已进入寂静的幸福之邦，这寂静之邦何以名之，我们的语言中找不到恰当的字眼。"

他一边慢慢地划着桨，一边讲着、听着。日内瓦湖越来越辽阔地包围着我们。钟声忽近忽远，似有若无。

"在深山中的什么地方有一座小小的钟楼。"我想道，"独自在用它回肠荡气的钟声赞颂着礼拜天早晨的安谧和寂静，召唤人们踏着俯瞰蓝色的日内瓦湖的山道，到它那儿去……"极目四望，山上大大小小的树林都抹上了绚丽而又柔和的秋色，一幢幢清秀的美丽的别墅正在清静地度过这阳光明媚的秋日……我舀手一杯水，把茶杯洗净，然后把水泼往空中，水往天上飞去，迸出一道道光芒。

"你记得《曼弗雷德》① 吗？"我的同伴说，"曼弗雷德站在伯尔尼兹阿尔卑斯山脉②中的瀑布前。时值正午，他念着咒语，用双手捧起一掬清水，泼向半空。于是在瀑布的彩虹中立刻出现了童贞圣母山……写得多美呀！此刻我就在想，人也可以崇拜水，建立拜水教，就像建立拜火教一样……自然界的神力真是不可思议！人活在世上，呼吸着空气，看到天空、水、太阳，这是多么巨大的幸福！可我们仍然感到不幸福！为什么？是因为我们的生命短暂，因为我们孤独，因为我们的生活谬误百出？就拿这日内瓦湖来说吧，当年雪莱来过这儿，拜伦来过这儿……后来，莫泊桑也来过。他孑然一身，可他的心却渴望整个世界都幸福。当年所有的理想主义者、所有的恋人、所有的年轻人、所有来这里寻求幸福的人都已弃世而去，永远消逝了。我和你

---

① 英国诗人拜伦的诗剧，发表于 1817 年。1903 年，蒲宁将其译成俄文。
② 位于瑞士南部，是阿尔卑斯山脉的一部分。

有朝一日，同样也将弃世而去……你想喝点儿酒吗?"

我把玻璃杯递过去，他给我斟满酒，然后带有一抹忧郁的微笑，加补说：

"我觉得，有朝一日我将融入这片亘古长存的寂静中，我们都站在它的门口，我们的幸福就在那扇门里边。你是否记得易卜生的那句话：'玛亚，你听见这寂静吗①?' 我也要问你，你有没有听见这群山的寂静呢?"

我们久久地遥望着重重叠叠的山峦和笼罩着山峦的洁净、柔和的碧空，空中充溢着秋季的无望的忧悒。我们想象着我们远远地进入了深山的腹地，人类的足迹还从未踏到过那里……太阳照射着四周都被山岭锁住的深谷，有只兀鹰翱翔在山岭与蓝天之间的广阔的空中……山里只有我们两人，我们越来越远地向深山中走去，就像那些为了寻找火绒草而死于深山老林中的人一样……

我们不慌不忙地划着桨，谛听着正在消失的钟声，谈论着我们去萨瓦省的旅行，商量我们住哪些地方可以逗留多少时间，可我们的心却不由自主地离开话题，时时刻刻地向往着幸福，我们以前所从未见到过的自然景色的美，以及艺术的美和宗教的美，不论是哪里的，都激起我们朝气蓬勃的渴求，渴求我们的生活也能升华到这种美的高度，用出自内心的欢乐来充实这种美，并同人们一起分享我们的欢乐。我们在旅途中，无论到哪里。凡是我们所注视的女性无不渴求着爱情，那是一种高尚的、罗曼蒂克的、极其敏感的爱情，而这种爱情几乎使那些在我们眼前一晃而过的完美的女性形象神化了……然而这种幸福会不会是空中楼阁呢? 否则为什么随着我们一步步去追求它，它却一步步地往郁郁苍苍的树林和山岭中退去，离我们越来越远?

那位和我在旅途中一起体验了那么多欢乐和痛苦的旅伴②，是我一生中所爱的有限几个人中的一个，我的这篇短文就是奉献给他的，同时我还借这篇短文向我们俩所有志同道合的萍飘天涯的朋友致敬。

（戴骢 译）

---

① 语出挪威剧作家易卜生所著的《当我们这些死者苏醒的时候》一剧的第一幕。
② 指俄国画家和古物鉴赏家弗·巴·库罗夫斯基（1869-1915）。

# 再到湖上

［美］怀特

　　大概在 1904 年的夏天，父亲在缅因州的某湖上租了一间露营小屋，带了我们去消磨整个 8 月。

　　我们从一批小猫那儿染上了金钱癣，不得不在臂腿间日日夜夜涂上旁氏浸膏，父亲则和衣睡在小划子里。但是除了这一些，假期过得很愉快。自此之后，我们中无人不认为世上再没有比缅因州这个湖更好的去处了。一年年夏季我们都回到这里来——总是从 8 月 1 日起，逗留一个月时光。我这样一来，竟成了个水手了。

　　夏季里有时候湖里也会兴风作浪，湖水冰凉，阵阵寒风从下午刮到黄昏，使我宁愿在林间能另有一处宁静的小湖。就在几星期前，这种愿望越来越强烈，我便去买了一对钓鲈鱼的钩子、一只能旋转的盛鱼饵器，起程回到我们经常去的那个湖上，预备在那儿垂钓一个星期，还再去看看那些梦魂萦绕的老地方。

　　我把我的孩子带了去，他从来没有让水没鼻梁过，他也只有从列车的车窗里，才看到过莲花池。在去湖边的路上，我不禁想象这次旅行将是怎样的一次。

我缅想时光的流逝会如何毁损这个独特的神圣的地方——险阻的海角和潺潺的小溪，在落日掩映中的群山，露营小屋和小屋后面的小路。我缅想那条容易辨认的沥青路，我又缅想那些已显荒凉的其他景色。一旦让你的思绪回到旧时的轨迹时，简直太奇特了，你居然可以记忆起这么多的去处。你记起这件事，瞬间又记起了另一件事。我想我对于那些清晨的记忆是最清楚的，彼时湖上清凉，水波不兴，记起木屋的卧室里可以嗅到圆木的香味，这些味道发自小屋的木材，和从纱门透进来的树林的潮味混为一气。

木屋里的间隔板很薄，也不是一直伸到顶上的，由于我总是第一个起身，便轻轻穿戴以免惊醒了别人，然后偷偷溜出小屋去到清爽的气氛中，驾起一只小划子。沿着湖岸上一长列松林的阴影里航行。我记得自己十分小心不让划桨在船舷上碰撞，唯恐打搅了湖上大教堂的宁静。

这处湖水从来不该被称为渺无人迹的。湖岸上处处点缀着零星小屋，这里是一片耕地，而湖岸四周树林密布。有些小屋为邻近的农人所有，你可以住在湖边而到农家去就餐，那就是我们家的办法。虽然湖面很宽广，但湖水平静，没有什么风浪。而且，至少对一个孩子来说，有些去处看来是无穷遥远和原始的。

我谈到沥青路是对的，就离湖岸不到半英里。但是当我和我的孩子回到这里，住进一间离农舍不远的小屋，就进入我所稔熟的夏季了，我还能说它与旧日了无差异——我知道，次晨一早躺在床上，一股卧室的气味，还听到孩子悄悄地溜出小屋，沿着湖岸去找一条小船。我开始幻觉到他就是小时的我，而且，由于换了位置，我也就成了我的父亲。这一感觉久久不散，在我们留居湖边的时候，不断显现出来。这并不是全新的感情，但是在这种场景里越来越强烈，我好似生活在两个并存的世界里。在一些简单的行动中，在我拿起鱼饵盒子或是放下一支餐叉，或者我在谈到另外的事情时，突然发现这不是我自己在说话。而是我的父亲在说话或是摆弄他的手势。这给我一种悚然的感觉。

次晨我们去钓鱼。我感到鱼饵盒子里的蚯蚓同样披着一层苔藓，看到蜻蜓落在我钓竿上，在水面几英寸处飞翔，蜻蜓的到来使我毫无疑问地相信一切事物都如昨日一般，流逝的年月不过是海市蜃楼，一无岁月的间隔。水上的涟漪如旧，在我们停船垂钓时，水波拍击着我们的船舷有如窃窃私语，而这只船也就像是昔日的划子，一如过去那样漆着绿色，折断的船骨还在旧处，舱底更有陈年的水迹和碎屑——死掉的翅虫蛹，几片苔藓，锈了的废鱼钩和昨日捞鱼时的干血迹。我们沉默地注视着钓竿的尖端，那里晴蜓飞来飞去。我把我的钓竿伸向水中，短暂而又悄悄避过蜻蜓，蜻蜓已飞出二英尺开外，平衡了一下又栖息在钓竿的梢端。今日戏水的蜻蜓与昨日的并无年限的区别——不过两者之一仅是回忆而已。我看看我的孩子，他正默默地注视着蜻蜓，而这就如我的手替他拿着钓竿，我的眼睛在注视一样。我不禁目眩起来，不知道哪一根是我握着的钓竿。

我们钓到了两尾鲈鱼。轻快地提了起来，好像钓的是鲭鱼，把鱼从船边提出水面完全像是理所当然，而不用什么抄网，接着就在鱼头后部打上一拳。午餐前当我们再回到这里来游泳时，湖面正是我们离去时的老地方，连码头的距离都未改分厘，不过这时却已刮起一阵微风。这地方看来完全是使人入迷的海湖。这个湖你可以离开几个钟点，听凭湖里风云多变，而再次回来时，仍能见到它平静如故，这正是湖水的经常可靠之处。在水浅的地方，如水浸透的黑色枝枝丫丫，陈旧又光滑，在清晰起伏的沙底上成丛摇晃，而蛤贝的爬行踪迹也历历可见。一群小鱼游了过去，游鱼的影子分外触目，在阳光下是那样清晰和明显。另外还有来宿营的人在游泳，沿着湖岸，其中一个拿着一块肥皂，水显得模糊和非现实的了。多少年来总有这样的人拿着一块肥皂，这个有洁癖的人，现在就在眼前。年份的界限也跟着模糊了。

上岸后到农家去吃饭，穿过丰饶的满是尘土的田野，在我们橡胶鞋脚下踩着的只是条两股车辙的道路，原来中间那一股不见了，本来这里布满了牛马的蹄印和薄薄一层干透了的粪土。那里过去是三股道，任你选择步行的，如今这个选择已经减缩到只剩两股了。有一刹那我深深怀念这可供选择的中间道。小路引我们走过网球场，蜿蜒在阳光下再次给我信心。球网的长绳放松着，小道上长满了各种绿色植物和野草，球网（从6月挂上到9月才取下）这时在干燥的午间松弛下垂，日中的大地热气蒸腾，既饥渴又空荡。农家进餐时有两道点心可资选择：一是紫黑浆果做的馅饼，另一种是苹果馅饼。女侍还是过去的普通农家女，那里没有时间的间隔，只给人一种幕布落下的幻象——女侍依旧是15岁，只是秀发刚洗过，这是唯一的不同之处——她们一定看过电影，见过一头秀发的漂亮女郎。

夏天啊，夏天，生命的印痕难以磨灭，那永远不会失去光泽的湖，那不能摧毁的树林，牧场上永远永远散发着香蕨木和红松的芬芳，夏天是没有终了的。这只是背景，而湖岸上的生活才正是一幅画图，带着单纯恬静的农舍，小小的停船处，旗杆上的美国国旗衬着漂浮着白云的蓝天在拂动，沿着树根的小路从一处小屋通向另一处，小路还通向室外厕所，放着那铺撒用的石灰，而在小店出售纪念品的一角里，陈列着仿制的桦树皮独木舟和与实景相比稍有失真的明信片。这是美国家庭在游乐，逃避城市里的闷热，想一想住在小湖湾那头的新来者是"一般人"呢还是"有教养的"人，想一想星期日开车来农家的客人会不会因为小鸡不够供应而吃了闭门羹。

对我说来，因为我不断回忆往昔的一切，那些时光那些夏日是无穷宝贵而永远值得怀念的。这里有欢乐、恬静和美满。到达（在8月的开始）本身就是件大事情，农家的大篷车一直驶到火车站，第一次闻到空气中松树的清香，第一眼看到农人的笑脸，还有那些重要的大箱子和你父亲对这一切的指手画脚，然后是你座下的大车在十里路上的颠簸不停，在最后一重山顶上看到湖面的第一眼，梦魂萦绕的这汪湖水，已经有11个月没有见面了。其中宿营人看见你去时的欢呼和喧哗，箱子要打开，把箱里的东西拿出来。（今天抵达已经较少兴奋了，你一声不响地把汽车停在树下靠近小屋的地方，下车取了几个行李袋，只要5分钟一切就都收拾停当，一点没有骚动，没有搬大箱子时的高声叫唤了。）

恬静、美满和愉快。这儿现在唯一不同于往日的，是这地方的声音，真的，就是那不平常的使人心神不宁的舱外推进器的声音。这种刺耳的声音，有时候会粉碎我的幻想而使年华飞逝。在那些旧时的夏季里，所有马达是装在舱里的，当船在远处航行时。发出的喧嚣是一种镇静剂、一种催人入睡的含混不清的声音。这是些单汽缸或双汽缸的发动机，有的用通断开关，有的是电花跳跃式的，但是都产生一种在湖上回荡的催眠声调。单气缸噗嗅震动，双汽缸则咕咕噜噜，这些也都是平静而单调的音响。但是现在宿营人都用的是舱外推进器了。在白天，在闷热的早上，这些马达发出急躁刺耳的声音。夜间，在静静的黄昏里，落日余晖照亮了湖面，这声音在耳边像蚊子那样哀诉。我的孩子钟爱我们租来使用舱外推进器的小艇，他最大的愿望是独自操纵。成为小艇的权威，他要不了多久就学会稍稍关闭一下开关（但并不关得太紧），然后调整针阀的诀窍。注视着那种单汽缸而有沉重飞轮的马达，如果你能摸熟它的脾性，你就可以应付自如。那时的马达船没有离合器，你登岸就得在恰当的时候关闭马达，熄了火用方向舵滑行到岸边。但也有一种方法可以使机器开倒车，如果你学到这个诀窍，先关一下开关，然后再在飞轮停止转动前再开一下，这样船就会承受压力而倒退过来。在风力强时要接近码头，若用普通靠岸的方法使船慢下来就很困难了。如果孩子认为他已经完全主宰马达，他应该使马达继续发动下去，然后退后几英尺，靠上码头。这需要镇定和沉着的操作，因为你如果很快把速度开到一秒钟 20 次，你的飞轮还会有力量超过中度而跳起来像斗牛样地冲向码头。

我们过了整整一星期的露营生活，鲈鱼上钩，阳光照耀大地，永无止境，日复一日。晚上我们疲倦了，就躺在为炎热的蒸晒了一天而显得闷热的狭隘卧室里。小屋外微风吹拂，使人嗅到从生锈了的纱门透进的一股潮湿味道。瞌睡总是很快来临。每天早晨红松鼠一定在小屋顶上嬉戏，招引伴侣。

清晨躺在床上——那个汽船像非洲乌班基人嘴唇那样有着圆圆的船尾，她在月夜里又是怎样平静航行。当青年们弹着曼陀铃姑娘们跟着唱歌时，我们则吃着撒着糖末的多福饼，而在这到处发亮的水上，夜晚乐声传来又多么甜蜜，使人想起姑娘时又是怎么样的感觉。早饭过后，我们到商店去，一切陈设如旧——瓶里装着鲦鱼，塞子和钓鱼的旋转器混在牛顿牌无花果和皮姆牌口香糖中间，被宿营的孩子们移动得杂乱无章。店外大路已铺上沥青，汽车就停在商店门前。店里，与往常一样，不过可口可乐更多了，而莫克西水、药草根水、桦树水和菝葜水不多了，有时汽水会冲了我们一鼻子，而使我们难受。我们在山间小溪探索，悄悄地，在那儿乌龟在太阳曝晒的圆木间爬行，一直钻到松散的土地下，我们则躺在小镇的码头上，用虫子喂食游乐自如的鲈鱼。随便在什么地方，都分辨不清当家做主的我，和与我形影不离的那个人。

有天下午我们在湖上。雷电来临了，又重演了一出为我儿时所畏惧的闹剧。这出戏第二幕的高潮，在美国湖上的电闪雷鸣下所有重要的细节一无改变。这是个宏伟的场景，至今还是幅宏伟的场景。一切都显得那么熟稔，首先感到透不过气来，接着是闷热，小屋四周的大气好像凝滞了。过了下午的傍晚之前（一切都是一模一样），天际垂下古怪的黑色，一切都凝滞不动，生命好像夹在一卷布里，接着从另一处来了一阵风，那些停泊的船突然向湖外漂去，还有那作为警告的隆隆声。之后铜鼓响了，接着是小鼓，然后是低音鼓和铙钹，再以后乌云里露出一道闪光，霹雳跟着响了，诸神在山间咧嘴而笑，舔着它们的腮帮子。之后是一片安静，雨丝打在平静的湖面上沙沙做响。光明、希望和心情的奋发，宿营人带着欢笑跑出小屋，平静地在雨中游泳，他们爽朗的笑声，关于他们遭雨淋的永无止境的笑语，孩子们愉快地尖叫着在雨里嬉戏，有了新的感觉而遭受雨淋的笑话，用强大的不可毁的力量把几代人连接在一起。遭人嘲笑的人却撑着一把雨伞蹚水而来。

当其他人去游泳时，我的孩子也说要去。他把水淋淋的游泳裤从绳子上拿下来，这条裤子在雷雨时就一直在外面淋着，孩子把水拧干了。我无精打采，一点也没有要去游泳的心情，只注视着他，他的硬朗的小身子，瘦骨嶙峋，看到他皱皱眉头，穿上那条又小又潮湿得冰凉的裤子。当他扣上泡胀了的腰带时，我的下腹为他打了一阵死一样的寒战。

（孙仲旭　译）

# 春将至

[日] 井上靖

过了年，把贺年片整理完毕，就会感到春天即将来临的那种望春的心情抬起头来。

翻看年历，方知小寒是 1 月 6 日，1 月 21 日为大寒。一年中，这时期寒气极为凛冽。实际上日本列岛的北侧正被厚厚的积雪覆盖着，南半部的天空也多是呈现着欲降白雪的灰色。当然也有时遍洒新春的阳光，却不会持久，灰色天空即刻就会回来，寒气也相随而至，不几天即将降雪吧。严冬季节，寒气袭人，理所当然；在这种情况中等待春天的心情，是任何人都会产生的。不光是住在无雪的东京和大阪，即便是北海道和东北一带雪国的人们，依然是没有两样的。总之，生活在全被寒流覆盖着的日本列岛的一切人，不管有雪，抑或是无雪的地方，只要新年一过，都会感到春日的临近，而等待着春天。我喜爱这种等待春天的心境。住在东京的我，尽管是很少，但也能捕捉到一点春天的信息。今晨，从写作间走下庭院中去，只见一棵红梅和另一棵白梅的枝上长满牙签尖端般小而硬的蓓蕾。我的幼年在伊豆半岛的山村度过，家乡的庭院多梅树，初春季节齐放白英。没有樱树，也没有桃树，只种了一片小小的梅林。也许是由于幼年时代熟悉梅树，直到过了半个世纪的现在，依然喜爱梅花。梅花，对于我，已经成为特殊的花。

如今，故乡家院里的梅树减少了，而且年老了，已经看不到幼年时代那种纯白的花朵。即使同是昔日的白花，却略含黄色，并不像《万叶集》和歌中吟咏的酷似雪花的那样洁白了。今朝眷雪降，洁白似云霞。梅傲严冬尽，竞相绽白花。犹如观白雪，缓缓降天涯。朵朵频飞落，不知是何花。前一首的作者是大伴家持，后者是骏河采女。读了这类和歌，那种纯白的沁人心脾的白梅，立刻就会浮现于眼帘。故里家中的梅树都已枯老，但东京书斋旁的唯一一株白梅却尚年轻，因而花是纯白的。梅树过早地长出坚硬的小蓓蕾，这个季节可还没着花。正是在这尚未着花的时刻，自然地培育着一种望春的心情吧。水仙的黄花，山茶的红花，恐怕是这个季节屈指可数的花朵了。

去岁之暮接近年关的时候，我瞻仰桂离宫，广阔的庭院里也未看到花开，只见落霜红和朱砂根的蓓蕾，在广阔庭院的角落里，隐约地闪烁着动人的红光。这个季节，仿佛是树木的蓓蕾代替花朵炫耀着自己的地位。

乘此雪将融，会当山里行。

且赏野橘果，光泽正莹莹。

这也是大伴家持的歌。野橘即是紫金牛，我觉得紫金牛的红色小蓓蕾映衬着皑皑白雪的光景，也许确实具有踏雪前去观赏的价值哩。前面讲过，我喜爱这种在几乎无花的严冬季节等待春天的心情。每日清晨，坐在写作间前廊子的藤椅上，总是发觉自己沉浸在这样的情致之中。眼下还是颗颗坚硬的小蓓蕾，却在一点点长大，直到那繁枝上凛然绽满白花，这种等待春天的情致始终孕育在心的深处。

我出国旅行，总是初夏或仲秋季节回来。当然，也并非出于什么理由作了这样的决定，而是自然而然地形成的结果。然而，如今却想在什么时候，在那春天已经有了信息却难于降临的2月底或3月初，结束国外旅行，重踏日本的土地。那时，我想一定会深刻地感受到日本节气变化的微妙，和随之改换面貌的日本这一季节景物的细致美。然而，这种等待春天的1、2、3月期间，大气中的自然运行，却是非常复杂微妙，春天绝不是顺顺当当地走向前来的。

小寒、大寒，大致都是1月初或月中，因此，新春1月便是一年中最冷的时节，一直要持续到2月4日的立春时分。当然，这不过是历书上的事，实际上也并不如此规规矩矩。有时小寒比大寒还冷，又有时大小寒都不那么冷，等到2月立春之后，才真正冷上一阵子。不，与其说冷上一阵子，毋宁说这种情形居多。

但是，尽管只是历书上写着，立春这个词，也蕴涵着一种难以言状的明朗性。过了年，春天就近了；春天近了，等待春天到来的心情便活跃起来。历书上的立春，使人涌起一种期待：这回春天可真要来了！实际上，春天总是姗姗来迟，寒冬依然漫长，然而，千真万确，春天正在一步步走近，只是很难看到它会加快步子罢了。这种春日来临的步调，恐怕是日本独有的；似乎很不准确，实际上却准确得出乎意料。

人们都把立春后的寒冷叫做余寒，实际上远远不是称为余寒的一般寒冷。这时候，既会降雪，一年中最冷的寒气也会袭来。然而，即便是这种寒气，等一进3月，便一点一点地减轻，简直是人们既有所感，又无察觉的程度。

不过，即便进了3月，春天依然没有露面。只是弄好了阳光、天色和树木的姿容，会不觉间给人以早春的感觉，余寒会变成名副其实的春寒。这样，与此同时，连那些从天上降下的东西，那种降落的样子，也会多少发生些变化。那就是"春雪""淡雪"和"春霰"。总之，春寒会千方百计改变着态度，时而露出面孔来，时而又把身子缩了回去。在这样的3月里，有一次寒流袭击了日本列岛的中部，正是3月3日奈良举行汲水活动的当口。近畿一带，奇怪的是这时节却受到寒流的洗礼。也正在此时，我在东京的家，3月初开始着花的白梅达到盛开时分。每年，当我望见白梅盛开，便又一度想到历书上的记载。于是发现，大抵上相当于汲水日，或在其以前以后两三天，并且就在两三天里气温下降，十分寒冷。我的眼前浮现出，在奈良古寺的殿堂里，松枝火炬照亮黑暗的情景。看来，也许并非照亮了黑暗，而是照亮了寒流。这时节的春寒，确实是不容怀疑的。

白梅是在汲水时节盛开，红梅却只乍开三分。白梅在3月末凋零殆尽，红梅却进了4月，还多是保存着凋余的疏花。在那白梅开始凋落的时分，杏花和李花就开始着花，好不容易春天才正式来到人间。

然而，3月末，或是4月初，我家的红梅繁花正盛的时节，还要再来一次寒流。那正是比良湾风浪滔滔的季节。自古以来，就流传着比良大明神修讲《法华经》之时，琵琶湖便风涛大作，寒气袭来。实际上，这时节京都和大阪地方还要经受一次最后的寒流袭击。不只是京阪一带，东京也是如此。

这样，与杏、李大致同时，桃树也开始着花。杏树的花期较短，刚刚看到开了花，一夜春风就会吹得落英缤纷，或是小鸟光临，一霎时变成光秃秃的。李花虽不像杏花那样来去匆匆，但也是短命的。比较起来，依然是桃花生命力强，一直开到樱花换班的时节。

今年恐怕也与往年相似，1、2、3月之间，寒流会在日本列岛来来往往，梅树的蓓蕾就在这中间一点点长大吧。日本的大自然，在为春天作准备的家当，既十分复杂，又朝三暮四，但是总的看来，恐怕也还是呈现着一种严格地遵循既定规律的动向。梅、杏、李、桃、樱，都在各自等待时机，准确地出场到春天的舞台上来。

（李芒　译）

# 林　鸟

[英] 赫德逊

相当一段时间以来，我一直在攀登一座低矮宽阔的平顶小山；当我拨开灌丛，又出现在空地时，我已经上了一片平坦高地、一片四望空旷，到处石楠与零星荆豆杂生的地方，其间也有几处稠密的冷杉桦木之类。在我面前以及高地的两侧，弥望尽是一带广野。那地亩田垄时有中断，唯独那惊人的青葱翠绿则迄无中断，这点显然与新近降雨丰沛有关。依我看来，南德文郡①里的绿色实在未免过多，另外那色调的柔和与亮度也到处过于单一，在眼睛饱餍这种景色之后，山顶上那些棕褐刺目的稀疏草木反而有爽心怡目之感。这块石楠地宛如一片绿洲与趋避之地；我在那里漫步许久，一直弄得腿脚淋湿；然后我又坐下来等脚晒干，就这样我在这里愉快地度过了几个小时，高兴的是这里再没有人前来打搅。不过鸟类友伴并不缺乏。路边丛薄间一只雄雉的鸣叫似乎已在警告我说我已闯入了禁猎地带。或许这里的禁猎并不严格，因为我看到我所熟识的食腐肉乌鸦出来为它的幼雏觅食。它在树上稍停

① 南德文郡：英国西南部郡名。

人一生要读的经典美文

了停，接着掠我而过，便不见了。在目前这季节，亦即在初夏时期，当飞起时，它是很容易同它的近亲白嘴鸦分别清楚的。前者在出来巡劫时，它在空中的滑翔流畅而迅速，并不断地改变着方向，时而贴近地面，继而又升腾得很高，但一般保持着约与树齐的高度。它的滑翔与转弯动作略与鲱鱼鸥相似，只是滑翔时翅膀挺得直直，那长长的翎翮尖端呈现稍稍上翘的曲线，但最主要的区别还在飞行时的头部姿势。至于白嘴鸦，则像苍鹭与鹤那样，总是把它的利喙笔直地伸向前面。它飞时方向明确，毫不犹豫；它简直可说是跟着它自己的鼻子尖跑，既不左顾，也不右盼。而那寻觅肉食的乌鸦则不停地转动着它的头部，像只海鸥或猎兔狗那样，忽而这边，忽而那边，仿佛在对地面进行彻底搜查，或集中其视力于某个模糊难辨的事物。

这里不仅有乌鸦，我从羊齿丛中走出时，一只喜鹊正在吱喳叫着，只是拒不露面；过了一会儿，一只樱鸟又对着我啼叫起来，那叫声在鸟中实在够得上十分独特。对于这聒噪不已的警告与咒骂里所流露的一腔忿激，对于这位受惊的孤客在骇睹其他生物侵入其林中净地时恼羞成怒的这种猝然勃发，我有时倒也能深表同情。

这个地方的小鸟相当不少，仿佛此地的荒芜和贫瘠对它们也有着某种吸引力量。各类山雀、各类鸣禽、云雀以及鸢鸟正在飞来跑去，到处遨游，并各自吐露着不同的佳音，这些声音时而来自树端，时而来自地上，时而逼近，时而遥远；但是随着放歌者的或远或近，鸣声上下，也给那声音带来不同的特质，因而所产生的效果真是千声万籁，蔚然大观。只有岣鸭总是停留在一个地方或保持着一种姿势，另外每次开口唱时，也总是重复着一个调子不变。尽管如此，这种鸟的鸣叫也并不如人们所说的那般单调。

不久之后，我有了更有趣的鸟来听了——红尾。一只雌的飞下地面。离我不到 15 码远；它的伴侣追随其后，接着落在一个枯枝上面，而就这样一个胆怯易惊、生性好动的小东西说，它停留的时间很不算短。它周身羽毛丰满，一动不动地待在熠熠的阳光之下，非常惹人注目，可说是英国禽羽族中心情最欢快，样子也最带异国色彩的了。过了一晌，它离开这里，飞向附近一棵树上，于是咔喉歌唱起来；这之后一连半个小时，我始终凝神倾听着它那每过一阵便重复一番的短促曲调——这是一种从来没有为人很好描写过的特别歌唱。"多练使艺术完美"这句格言是不适用于鸟类的歌唱艺术的；因为即以红尾来说，虽然出身于有名的音乐家族，而且歌喉的天赋也极不错，却并不曾因为多练而臻于完美境地。它的歌声之所以有趣不仅因为它的性质特别，还因为它的出奇糟糕。一位著名的鸟类学家曾经说过，鸟类一般靠两种办法来讨人喜欢：一靠歌喉，二靠羽毛；多数鸟类都是非此即彼，不出这两种途径。另外，长于歌而短于色的族类一旦变得羽毛美艳之后，势必要引起其歌艺的堕落。他这里即是指的红尾而言。但可惜的是，出乎这条规律的例外实在未免太多。例如，即以我们英国岛上的一个鸟族——鹭类来说，那些羽毛平常的往往也音调不佳，而那些羽毛最艳丽的又偏偏都是歌唱妙手——例如金翅雀、鸦鸟、金雀、红雀，等等。但是要人长时间地去听一只红尾，哪怕再多的红尾，而不产生厌烦，却是不可能的，因为它那曲调最多也不过是一阕歌曲的几声前奏——那里面所预知的东西根本未能表达出来；也许在遥远的古代时候它曾一度是个幽美繁复、极具变化的歌唱好手，但如今所残留下来的只不过是当年妙曲的一些零星片段而已。它一开始时滴沥溜转的几个音符往往是极动听的，人们的注意力登时被它吸了去。这包括两种声音，但都很美——即那纯净嘹亮、有如泉涌的知更雀式的音调，以及更加柔美和富有表情的燕子式的音调。但是一切也即此为止，那歌还没怎么唱出来便已结束，或者"垮去"。因为多数情形是，这个纯净幽美的开始曲不久便被继之而来的一连串稀奇古怪的咕咕唧唧以及破碎不成片段的夹七杂八的混乱声音所弄坏，而且声响又极微弱，数码之外，便听不见。另外，奇怪的是，这些细碎音调最后不仅在这种鸟的不同成员身上很不一致，而且在力度、性质与频率上也很不一致。有的不过单纯一声微弱的鸣啸而已，有的则连续发至六七甚至十来声清晰音响。但整个来说，这些声音的吐放总给人以吃力之感，仿佛这种鸟只是在鼓其如簧之舌硬唱下去。

（高键　译）

# 我不能沉默

[俄] 列夫·托尔斯泰

一

"判处死刑七人：彼得堡二人，莫斯科一人，平扎二人，里加二人。处决四人：赫尔松二人，维尔诺一人，敖德萨一人。"

这是报纸上每天都有的。这种事已经继续了不止一周，不止一月，不止一年，而是几个年头了。这是发生在俄国，发生在人民认为每个罪人都是不幸的，直到最近法律上并无死刑的俄国。

我记得，从前我在欧洲人面前曾以此而引为自豪，但现在不断出现死刑、死刑、死刑，已经第二个年头，第三个年头了。

我拿着现在的报纸。

此时，5月9日，有一件可怕的事。报上印着几句简短的话："今天在赫尔松的斯特里尔比茨基野地，20名农民被处绞刑，罪行为抢劫叶里沙维特格勒县的地主庄园。"

这 12 个人是这样一种人：我们以他们的劳动为生，我们以往使用一切力量败坏他们，现在也在败坏他们，从伏特加毒液开始，直到我们并不相信却拼命灌输给他们的那种信仰的可怕谎言——这样的 12 个人，被他们给饭吃、给衣穿、给房住，过去和现在都在败坏他们的那些人的绳子绞死了。12 个丈夫、父亲、儿子。俄国的生活全靠这种人的善良、勤劳、淳朴来维持，现在他们却被捉了起来，关进监牢，戴上脚镣。然后，为了不让他们抓住将要吊死他们的绳子，把他们的手反缚在背后，带到绞刑架下。有几个和他们同样的农民，就要把他们吊起来，不过这几人都有武装，穿着很好的靴子和干净的制服，手上拿着枪，伴送着被判决的人。这些被判决的人旁边，走着一个身穿锦缎法衣、围着项巾、手里拿着十字架、头发长长的人。队伍停住了。全部事务的主持者说了几句话，秘书念着公文，当念完公文，那长发的人便面对别的正准备用绳子绞死的那些人讲了一些关于上帝和基督的话。讲过这些话之后，刽子手——他们有好几个人，一个人是处理不了这样复杂的工作的——立刻冲肥皂水，抹到索套上，以便把那些戴着镣铐的人勒得更紧；接着就给他们穿上尸衣，带到绞架的木台上，给颈子套上索套。

就这样，一个接一个，这些活活的人随着凳子从脚下抽出，就互相碰撞着，全身的重量立刻把自己颈上的索套拉得紧紧，于是痛苦地窒息而死。这之前还是活生生的人，只消一会儿工夫，就变成吊在绳子上的死尸，起初还慢慢地摇晃着，后来便一动不动地停住了。

所有这一切，都是上流人物、有学识的文明人士为自己的人类弟兄热心安排和想出来的。他们出主意，要悄悄地，在黎明时候干这些事，这样就谁也不会瞧见。他们出主意，让执行的人分担这些暴行的责任，以便每个人都认为并且会说他不是罪人。他们出主意搜罗堕落和不幸的人，一面迫使他们做我们想出和赞成的事，一面又装模作样，好像我们很厌恶做这种事的人。他们想出的主意甚至是如此微妙，一些人（军事法庭）只作判决，但行刑时必须出席的不是军人，而是文官。不幸的、被欺骗的、堕落的、受鄙视的人却去执行工作，他们所能做的只有一件事：好好给绳子抹上肥皂，叫它更牢靠地勒着颈子，痛痛快快去喝这些文明的上等人贩卖的毒酒，以便更快更彻底地忘记自己的灵魂、自己"人"的称号。

医生察看着尸体，这里摸摸，那里碰碰，于是报告上司，工作已经完成，该做的都做了，全体 12 个人无疑都死了。上司认为工作做得认真，哪怕这是沉重而且必要的工作，就回去处理自己的日常事务去了。人们取下僵硬的尸体，掩埋起来。

这难道还不可怕吗！

这种事不止出了一次，也不仅仅出在俄罗斯人民一个很好的阶层里面这 12 个不幸的、被欺骗的人身上，而是几年来一直不停地出在成百成千被欺骗的人身上，而欺骗他们的正是那些对他们干这种可怕事情的人。

他们干的不单是这种可怕的事情，而且还在同样的口实下，以同样的冷酷无情在监狱里、要塞中、流放地制造种种苦难和暴行。

这是可怕的，但最可怕的是，干这种事不是出于一时兴起，出于压倒了理智的感情，像在殴斗中、战场上，乃至抢劫时干出来的那样；恰恰相反，而是出于理智的要求，出于胜过感情的打算。因此，这些事特别可怕。之所以可怕，那是由于没有任何东西能像从法官到刽子手以及不希望干这种事的人干出来的所有这一切事那样彰明昭著。无论什么东西都不会如此明显、如此清晰地表明专制制度对人类灵魂的害处，一些人统治另一些人的害处。

当一个人可以夺走另一个人的劳动果实，夺走他的金钱、牛、马，甚至可以夺走他的儿女的时候，我们感到气愤——这是令人气愤的，但更加令人气愤得多的是一个人可以夺走另一个人的灵魂，可以迫使他做伤害他精神上的"我"、剥夺他精神幸福的事。而干这种事情的人却心安理得地为人们的幸福安排着这一切，用暗害、威胁、欺骗迫使从法官到刽子手这样的人，做出这些必然剥夺他们真正幸福的事。

当这一切几年来一直在全俄国发生的时候，这些事的罪魁，那些下令干这些事的人，那些能阻止这些事的人，却蛮有信心地认为这些事是有益的，甚至是必需的。或者想出一些话来，大谈什么不该让芬兰人像芬兰人所希望的那样生活，而是必须迫使他们要像一些俄国人所希望的那样生活。或者颁布一些命令，说："骑兵团队里，袖子的翻口和短上衣的领子颜色应同短上衣一样，而领得的套衣，在袖口的皮毛上边，不得再有镶边。"

是啊，这太可怕了！

# 二

这里最可怕的是，所有这些非人的暴行和屠杀，除了给暴行的牺牲者及其家人造成直接的祸害之外，它们还会给全体人民造成极大的祸害，同时把像干草堆上的火灾那样飞快蔓延的俄国各阶层人民的堕落传播开去。而这种堕落又会在普通劳动人民当中传播得特别迅速。因为所有这些罪行比起普通小偷和强盗，全部加在一起的革命家已经和正在犯的罪行，要超过一百倍。而且制造这些罪行时还有一种借口，说什么这是必需的、很好的、非此不可的，而那些在人民的观念中各种与正义乃至神圣分不开的设施，如枢密院、宗教院、杜马、教会、沙皇等，不仅为它辩白，而且还竭力支持。

这种堕落正以不寻常的速度传播着。

前不久在整个俄国人民中还找不出两名刽子手。还在不久之前，在80年代，全俄国只有一名刽子手。我记得，当时符拉吉米尔·索洛维约夫非常高兴地告诉我，全俄国找不到第二个刽子手，只好把唯一的一个从这个地方运到那个地方。现在不是那样了。

莫斯科一位开小铺子的商人，买卖失败之后，他愿意为政府执行杀人时效力。每绞死一人得100卢布。短短的时间里他便重振了家业，很快就不需要再搞这种副业了，现在照旧做他的生意。

过去几月里，像各地一样，奥勒尔省要用刽子手。马上有人出来同意办这件事，和主持杀人的官员讲好每人50卢布。但他谈好价钱之后，知道别处付钱更高，于是这位自愿的刽子手在行刑时候，给犯人穿上了尸衣，却不把他带上木台，而是停下来，走到长官面前，说道："大人，您给添一张25卢布的票子，要不我就不干。"给他添了钱，他执行了。

随后又有5人要处决。行刑前一天，一个不知名的人来找主持杀人的官员，希望秘密谈判。主持人出来了。不知名的人说道：

"前不久有人向您每个要了三张 25 卢布的票子。今天，听说决定处决 5 个。请吩咐全留给我，我每个只要 15 个卢布，您放心，我会干得很好的。"

我不知道这提议是否被采纳，但我知道有这个提议。

政府造成的这些罪行，就这样对一些很坏的、最没有道德的人发生作用。但这些可怕的事件也不能不影响大多数道德一般的人。大量普通的，尤其是年轻的经营自己个人事业的人，由于不断听到和读到当局，即民众已经习惯当做优秀人士而加以尊敬的那些人造成的骇人听闻的、非人的兽行，非但不理解制造这些可恶事件的人不配受人尊敬，而且会不知不觉地作出相反的判断。他们认为，如果大家尊敬的人做了我们以为可恶的事，那么这些事未必会像我们以为的那样可恶。

如今人们在文章上写着和口头上讲着死刑、绞刑、屠杀、炸弹，就像以前讲天气似的。孩子们玩绞死人的游戏。孩子或中学生几乎也敢于在剥夺财物的时候杀死人，像从前打猎一样。杀死大地主、占有他们的土地，现在许多人认为是解决土地问题最可靠的办法。

总之，由于政府的所作所为，它为达到自己的目的容许杀人，容许任何罪行，如抢劫、偷盗、撒谎、苦刑、屠杀等，都被那些为政府所败坏的不幸的人认为是十分自然的、人类本来就有的事。

是的，不论事件本身多么可怕，它们所造成的道德的、精神的、看不见的祸害更加可怕得无法相比。

## 三

你们说，你们制造这些恐怖，是要建立安宁和秩序。

你们建立安宁和秩序！

你们究竟是怎样建立的呢？你们基督权力的代表，受到教会人士赞扬和鼓励的指导者、教师，你们消灭人们最后剩下的一点点信仰和道德，制造最大的罪行。即谎言、背叛、各种各样的苦刑，以及违反每一颗尚未完全败坏的人类良心的最坏和最可怕的罪行。即不是单数的屠杀，不是一次屠杀，而是多数的屠杀、无尽的屠杀，并且你们还想引用各种愚蠢的条文为它们作辩护，而这些条文是你们写在被你们侮辱地称之为法律的你们那些愚蠢和虚伪的书里的。

你们说，这是使人民安宁和消灭革命的唯一手段，但这显然是一句假话。很清楚，这并不是满足全体俄国庄稼人最起码的正义要求：消灭土地私有，恰恰相反，而是在肯定私有，并且以种种办法激怒人民，激怒那些开始和你们进行暴力斗争的轻举妄动和满腔愤怒的人，既然使他们遭受肉体和精神的折磨，流放和监禁，绞死孩子和妇女，你们就不能使他们平静。要知道无论你们怎样竭力摧残自己人类本来就有的理智和爱，它们还是存在于你们心中，你们应当醒悟，应当想想，这样就会看到，要是像现在这样行动，即参与这些可怕的罪行，你们不仅不能医治病症，而且只能使它加重，使它病入膏肓。

这本来是十分清楚的。

发生这种事件的原因，无论如何不在物质世界的事件里面，而是全部问题都在人民的精神情绪当中，并且有所变化。无论怎样努力也不能使它回到以前的状态，正像不能把成年人再变做儿童一样。社会的愤怒或安宁绝不取决于彼得洛夫是活下去还是被吊死，或者伊凡诺夫不是生活在唐波夫，而是生活在尼布楚的苦役中。社会的愤怒或安宁只能取决于不单是彼得洛夫或伊凡诺夫，而且是极大多数人如何看待自己的境遇，取决于这个大多数如何对待执政当局、土地私有、所传播的信仰，也就是说，取决于这个大多数认为什么是善、什么是恶。事件的力量绝不在于物质的生活条件，而是在于人民的精神情绪。如果你们屠杀和折磨哪怕 1/10 的俄国人民，那么其余人的精神状态也不会是你们所希望的那样。

所以，你们现在所做的一切，连同你们的搜查、侦查、流放、监狱、苦役、绞架——所有这一切不仅不能把人民引到你们想要引到的状态，而是相反，会增添愤怒，消除任何安宁的可能。

你们说："那么怎么办呢，现在要使人民安宁，该做什么呢？怎样阻止那些正在发生的暴行呢?"

回答最简单:"停止你们在做的那些事。"

如果谁也不知道,需要做什么才能使"人民"——全体人民安宁(许多人知道得非常清楚,使俄国人民安宁最需要的就是必须废除土地私有,正像50年前必须废除农奴制一样)。如果谁也不知道,使人民安宁现在需要什么,那么仍然很清楚,要使人民安宁,肯定不需要做只会增添人民愤怒的事。而你们现在做的,恰恰就是在做这种事。

你们做的那种事,你们不是为人民做的,而是为自己,为了维持由于你们的谬误被你们认为有利的,实际上却是你们所处的可怜和可鄙的地位。所以,你们别说你们做的那种事是为人民做的。这是谎言。你们所做的一切卑鄙龌龊的事,你们都是为自己做的,是为了你们自己自私自利、沽名钓誉、追求虚荣、报复私仇的目的。为了自己能在那种你们所生存并认为是一种幸福的腐化堕落之中再生活一些日子。

但不管你们讲多少遍,说你们所做的一切都是为人民的幸福而做的,人们总是越来越懂得你们,越来越鄙视你们,越来越不像你们希望的那样看待你们的镇压和制止的措施。你们希望把这看做为某种高级人物集体的、政府的行动,而他们却看做是个别一些不怀好意的自私自利之人私自干的坏事。

# 四

你们说:"开头的不是我们,而是革命家,而革命家的可怕暴行只能用强硬的(你们这样称呼你们的暴行),强硬的政府措施来镇压。"

你们说,革命家造成的暴行是可怕的。

我不争辩,对这个我还要加上一点,他们的事业除了可怕以外,也同样愚蠢,同样击不中目标,正像你们的事业那样。但他们做的事:所有这些炸弹和暗害,所有这些极其可恶的谋财害命勾当——所有这些事不论多么可怕、多么愚蠢,都远远不如你们干出的那些事罪大恶极和愚蠢。

他们做的完全和你们一样,并且也出于同样的动机。他们像你们一样,抱着同样的（我想说可笑的，如果它的后果不是这样可怕的话）谬见，一些人只管拟订计划，应当照他们的意见建立多么合乎希望的社会，他们就有权利和可能照着这个计划安排另一些人的生活。谬见一模一样，达到臆想目的手段也一模一样。这些手段是直到杀死人的种种暴力。为暴行作的辩解一模一样。这辩解就是为多数人的幸福做出的坏事，不是不道德的，因此，如果能为多数人实现我们所想象、所预见以及希望设置的那种假设出来的幸福境遇，就可以说谎、抢劫、屠杀，而不破坏道德的定则。

你们，政府人士们，把革命家的事业称之为暴行和滔天大罪，但他们过去没有做，现在也没有做任何你们不曾做过的事，你们也不曾做到极端的事。所以，当你们使用你们用来达到自己目的的那些不道德的手段时，你们没有任何理由指责革命家。他们做的只不过是你们做的那些事：你们雇用间谍特务，一再欺骗人们，在报刊上传播谎言，他们也这样做；你们使用种种暴力手段夺取人们的财物，按你们自己的意志处置，他们做的也是同样的事；你们处死你们认为有害的人，他们也这样做。凡是你们能够用来为自己辩护的一切，他们也同样用来为自己作辩护，且不说你们还做了许多他们没有做的坏事，如挥霍人民的财物，准备战争和进行战争，征服和压迫异族人民，等等。

你们说，你们有你们遵循的古代传说，有往时伟大人物的活动典范。他们也有同样来自远古的、比法国大革命还要早的传说，而伟大人物、可以仿效的典范、为真理和自由牺牲的殉难者，也不比你们少。

所以，如果说你们和他们之间有差别，那么，这仅仅是你们希望一切都像过去和现在这样保留下来，而他们却希望变革。当他们想着一切不能永远原封不动，如果他们没有从你们那里取来的荒唐和有害的谬见：以为一些人能知道未来一切人所特有的生活形式、并且可以用暴力建立这种形式，那他们就会比你们更加正确。其余一切他们所做的，只不过是你们做的那种事，而且采用的手段也是同样的。他们完全是你们的学生，他们像俗话说的，全是你们一盆水里的几滴水珠；他们不仅是你们的学生，他们还是你们的产物、你们的孩子。没有你们，就不会有他们。所以，当你们想以强力镇压他们的时候，你们所做的，就和一个人使劲在挤对他开着的门一样。

如果说你们和他们之间有差别，那么，这绝不会有利于你们，而是有利于他们。他们可以从轻的理由：第一，他们的暴行是冒着很大的个人危险干出来的，这种危险比你们冒的大得多，而冒险和危险，在易于受骗的年轻人眼里，可以为许多过错辩护。第二，他们极大多数都是年纪轻的人，本来容易犯错误；你们却大部分是成熟的人、年老的人，对犯错误的人是能持以心平气和、宽宏大量的理智态度的。第三，利于他们的可以从轻的理由还有，不论他们的杀人行为多么可恶，他们还没有像你们的施里塞尔堡要塞、苦役、绞架、枪毙那样冷酷残忍。第四，可以减轻革命家罪过的理由，他们都毫无疑义地不接受任何宗教教义，认为目的可以证明手段正确。因此，为了臆想的多数人的幸福而杀一个人或几个人，他们的行动都是完全合乎情理的。然而你们，政府人士们，从下级的刽子手到高级的主管他们的人，你们是捍卫宗教、捍卫基督教的，而基督教无论如何也同你们所干的事不能相容。

你们——年老的人、另一些人的领导者、基督教的信奉者，你们说："不是我们开的头，那是他们。"这就像打架的孩子，因打架遭到斥责时说的话一样。你们，担当人民统治者角色的人，不会也不能讲出任何比这更好的话了。可是你们是什么样的人呢？你们是承认这样的人为上帝的人，他以最明确的方式不仅禁止任何屠杀，而且也禁止对我们弟兄发泄任何怒气；他不仅禁止法庭和惩罚，而且也禁止责备我们的弟兄；他以最明确的言辞废除一切惩罚，承认永远宽恕不可避免，无论罪行会重复多少次；他吩咐把右脸送给打了你左脸的人，而不要以恶报恶。他讲了一个故事，说一个妇女被判受石块打击的刑罚，这就非常简单、非常明白地表明一些人不能责备和惩罚另一些人。你们承认这位导师是上帝的人，除了"他们开了头，他们杀人啦！来吧，咱们也来杀他们"，却找不到任何别的话说明自己做得对。

# 五

我熟知的一位画家想画一幅《死刑》图，需要一名刽子手做模特儿。他打听到那时莫斯科有一个看门的仆役做刽子手的工作。他去到看门人的房子里。这天是复活节。家里人衣冠楚楚，都坐在茶桌旁，男主人却不在，后来才明白，他看见陌生人，就躲起来了。妻子显得很困窘，说丈夫不在家，但小姑娘却道出了他的底细。

她说："爸爸在阁楼上。"她还不知道，她父亲知道自己干坏事，所以他应当害怕大家。画家向女主人解释，他需要她丈夫做"模特儿"，好照着他的模样画一幅肖像，因为他的相貌适合这幅想画的画（当然，画家没有说他需要这位仆役的相貌画一幅什么画）。同女主人谈了一阵，画家为了做个人情，就向她提出一个建议，说可以把她的小男孩带回去学画。这个建议显然博得了女主人的好感。她走出去了。过了一会儿，男主人皱着眉头走进来，很阴郁，有些惊慌不安，他把画家一直追问了好半天，为哪桩事，是什么缘故他需要的正好是他。当画家对他说，他在街上遇见过他，觉得他的相貌很适合画画。仆役问，他在哪里看见他的，什么时候，穿什么衣服？显然，由于害怕和疑心有什么坏事，他完全拒绝了。

是的，这个动手的刽子手知道他是刽子手，知道他干的是坏事，由于他干的事，人们都憎恨他，他也害怕人们。我以为，这种意识和在人前的恐惧至少可以洗刷他的部分罪过。而你们大家，从法庭书记到首席大臣和沙皇，每天发生的暴行的间接参加者，你们仿佛不感到自己有罪，也不觉得可耻。而参与制造恐怖，你们是应当感到可耻的。不错，你们也害怕人们，像那个刽子手一样，你们对罪行的责任越大，就害怕得越厉害：检察官比书记怕得厉害；法庭庭长比检察官怕得厉害；省长比庭长怕得厉害；总理大臣怕得更加厉害；而沙皇又怕得比所有的人厉害。你们大家都害怕，但不是由于你们知道你们办坏事，像那个刽子手似的，而你们所以害怕，是由于你们觉得人们在办坏事。

因此，我认为不论这个不幸的仆役堕落到何等不可救药的地步，比起你们，比起你们这些可怕罪行的参与者和多少负有一些罪责的人，只责备别人而不责备自己，还趾高气扬的人，他在道德上毕竟高超得多。

# 六

我知道，一切人都是人。我们大家都是弱者，我们大家都怀有谬见，一个人不能责备另一个人。我和我的感情作了长久的斗争，我这感情是这些可怕罪行的肇事者的过去和现在激发起来的，而这些人在社会的阶梯上爬得越高，就激发得越加厉害。但现在我再也不能、再也不愿同这种感情斗争了。

我之所以不能和不愿，第一，这是因为这些看不见自己罪孽的人需要揭发，他们自身需要揭发，在这些人表面的奖励和颂扬影响之下赞助他们骇人听闻的勾当，甚而还竭力仿效他们的无数庶民百姓，也需要这种揭发。第二，我之所以不能和不愿再作斗争，这是因为（我公开承认这点）我希望我对这些人的揭发，能引起我非常希望的通过某种方式把我从他们那些人的圈子中革除出来。我现在生活在他们当中，不能不感觉到自己是发生在我周围的罪行的参加者。

要知道，现在在俄国所做的一切，都是为共同的幸福，为生活在俄国的人生活温饱、太平安宁而做的。如果是这样，那么这一切也是为了生活在俄国的我而骄傲的了。然而，为了我，这却是人民贫困，被剥夺了起码的、天赋的人的权利——使用他们所诞生的土地。为了我，这是数十万穿上制服，被训练来杀人的失去幸福生活的庄稼汉。为了我，这是负着歪曲和隐瞒真正基督教的主要职责的冒称宗教界的人们。为了我，这是把人们从此地驱赶到彼地。为了我，这是千千万万彷徨在俄国的饥饿的工人。为了我，这是千千万万在不够大家使用的要塞和监狱中死于伤寒和瘟疫的不幸的人。为了我，这是被逐放、被监禁、被绞死者们的父母和妻子的痛苦。为了我，就是这些特务侦探和阴谋暗害，是这些杀人的警士，因杀人得到奖赏的人。为了我，这是掩埋成十成百遭枪杀的人。为了我，这是以前很难找到，而现在却不那么厌恶这种事情的刽子手的可怕工作。为了我，是这些绞架和吊在上面的妇女、儿童和男人。为了我，这是人们相互间可怕的愤恨。

说所有这一切都是为我而做，我是这些可怕事情的参与者，这样的断言不管多么荒唐，我还是不能不感觉到，我宽敞的房间、我的午餐、我的衣服、我的余暇和为了铲除想要夺取我享用之物的那些人而造成的可怕罪行之间，有着毫无疑义的依附关系。虽然我知道，如果没有政府的威胁，会把我所享用之物夺走的所有这些无家可归、满腔愤恨、堕落败坏的人，都是政府自己制造出来的，但我还是不能不感觉到，我今天的安宁实际上是政府现在制造的恐怖造成的。

当我认识到这一点，我再也不能忍受了，我不能，我应当从这种痛苦的处境里解脱出来。

不能这样生活。至少是我不能这样生活，我不能，也不会。

因此我写上这篇东西，我将全力以赴把我写下的东西在俄国内外传布，以便二者取其一。或者结束这些非人的事件，或毁掉我同这些事的联系，以便达到或者把我关进监牢。在那里，我会明确意识到，所有这些恐怖都不是为我制造的，或者最好是（好到我不敢希望有这样的幸福）像对待那20个或12个农民似的，也给我穿上尸衣，戴上软圆帽，踢开凳子，让我全身的重量勒紧套在我这衰老喉管上抹了肥皂的套索。

# 七

现在为了达到这两个目的中的一个目的，我呼吁这些可怕事件的所有参加者，我呼吁大家，从给人类兄弟、给妇女、给儿童戴软帽，套绞索的人开始；从典狱官到你们，这些可怕罪行的主要指挥者和许可者。

人类兄弟们！醒悟吧，反省吧，要明白你们在干什么。回想回想你们是谁。

要知道，你们在成为刽子手、将军、检察官、法官、总理、沙皇之前，你们首先是人。今天你们出现在神的世界，明天就不会有你们了（你们，过去和现在都为人们特别憎恨的各类刽子手，你们特别需要记住这一点）。难道你们，神的世界上转瞬即去的人——要知道，如果你们不遭杀害，死神随时随刻都站在我们大家背后的——难道你们在你们光明的时刻，看不出你们生活的使命不能是折磨人、杀害人，对自己被杀却吓得发抖；看不出你们向自己说谎，向人们和上帝说谎，却要自己和人们相信，你们参加这些事情，是为千百万人的幸福做一件重要和伟大的事？难道你们不知道——如果你们没有为环境、阿谀逢迎和司空见惯的诡辩所陶醉的话——想出这一切话语，其目的不过是即使做坏事也可以认为自己是好人？你们不会不知道，你们正如我们每个人一样，只有一件包含其余一切事情的真正事情——要遵照派我们来到这个世界的意志，活过赋予我们的一瞬短暂时刻，再遵照那个意志离开这个世界。而这个意志所希望的只是一件，就是人人相爱。

可是你们在做什么呢？你们把自己的精神力量用在什么上面呢？你们爱谁？谁爱你们？是你们的妻子吗？你们的孩子吗？但这并不是爱。妻子和孩子的爱，这不是人类爱。动物也会这样爱，而且更强烈。人类爱，这是人人相爱，是爱一切人，像爱神的儿子和弟兄一样。

你们对谁有这样的爱？谁也没有。那么谁爱你们？谁也不爱。

人们害怕你们，像害怕刽子手或野兽一样。人们奉承你们，因为他们在心里鄙视你们，憎恨你们——那是恨得多么厉害啊！你们知道这个，你们害怕人们。

是啊，你们大家都想想吧，从高级到低级的参加屠杀的人们，你们都想想你们是谁，停止你们所做的事吧！停止吧！这不是为自己，不是为自己个人，不是为人们，不是为了人们不再责备你们，而是为自己的灵魂，为不管你们怎样摧残都活在你们心中的上帝。

（张孟恢　译）

# 蒲公英

［日］壶井荣

"提灯笼，掌灯笼，聘姑娘，打箱笼……"

村子里的孩子们一面唱，一面摘下蒲公英，深深吸足了气，"噗"的一声把茸毛吹去。

"提灯笼，掌灯笼，聘姑娘，扛箱笼，噗！"蒲公英的茸毛像蚂蚁国的小不点儿的降落伞，在使劲吹的一阵人工暴风里，悬空飘舞一阵子，就四下里飞散开，不见了。

在春光弥漫的草原上，孩子们找寻成了茸毛的蒲公英，争先恐后地赛跑着。我回忆到自己跟着小伙伴们在草原上来回奔跑的儿时，也给孩子一般的小儿子，吹个茸毛瞧瞧。

"提灯笼，掌灯笼，聘姑娘，扛箱笼，噗！"

小儿子高兴了，从院里的蒲公英上摘下所有的茸毛来，小嘴里鼓足气吹去。茸毛像鸡毛一般飞舞着地散在狭小的院子里，有的越过篱笆飞往邻院，一旦扎下根，不怕遭践踏被踩踏还是会一回又一回地爬起来，开出小小花朵来的蒲公英!

我爱它这忍耐的坚强和朴素的纯美,曾经移植了一棵在院里,如今已经8年了。虽然爱它而移植来的,可是动机并不是为风雅或好玩。

在战争激烈的时候,我们不是曾经来回走在田野里寻觅野草来吗?那是多么悲惨的时代!一向只当做应时野菜来欣赏的鸡筋菜、芹菜都不能算野菜,却变成美味了。

我们乱切一些现在连名儿都记不起来的野草,掺在一起趴煮成吃得碗都懒得端的稀粥。后来,有几次吃的就是蒲公英。

据新闻杂志的报道,把蒲公英在开水里烫过,去了苦味就好吃了,我们如法炮制过一次,却再没有勇气去打来吃了。

就在这一次把蒲公英找来当菜的时候,我偶然忆起儿时唱的那首童谣,就种了一棵在院子里。

蒲公英当初是不大愿意被迁移的,它紧紧趴住了根旁的土地,因此好像受了很大的伤害,一定让人以为它枯死了。可是过了一个时期,又眼看着有了生气,过了两年居然开出美丽的花来了。

原以为蒲公英是始终趴在地上的,没想到移到土壤松软的菜园之后,完全像蔬菜一样,绿油油的嫩叶冲天直上,真是意想不到的。

蒲公英只为长在路旁,被践踏、被蹂躏,所以才变成了像趴在地上似的姿势的吗?

从那以后,我家院子里蒲公英的一族就年复一年地繁殖起来。

"府上真新鲜,把蒲公英种在院子里啦。"

街坊的一位太太来看蒲公英时这样笑我们。其实,我并不是有心栽蒲公英的,只不过任它繁殖罢了。我那个像孩子似的儿子来我家,也和蒲公英一样的偶然。这个刚满周岁的男孩子,比蒲公英迟一年来到我家的。

男孩子和紧紧趴住扎根的土里,不肯让人拔的蒲公英一样,他初来时万分沮丧,没有一点精神。

这个"蒲公英儿子"被夺去了抚养他的大地。战争从这个刚一周岁的孩子身上夺去了父母。我要对这战争留给我家的两个礼物，喊出无声的呼唤：

"须知你们是从被践踏、被蹂躏里，勇敢地生活下来的。今后再遭践踏、再遭蹂躏，还得勇敢地生活下去，却不要再尝那已经尝过的苦难吧！"

我怀着这种情感，和我那孩子一般的小儿子吹着蒲公英的茸毛：

"提灯笼，掌灯笼，聘姑娘，扛箱笼……"

（舒畅　肖肖　译）

# 虚荣的紫罗兰

[黎巴嫩] 纪伯伦

幽静的花园里，生长着一棵紫罗兰。她有美丽的小眼睛和娇嫩的花瓣。她生活在女伴们中间，满足于自己的娇小，在密密的草丛中愉快地摆来摆去。

一天早晨，她抬起顶着用露珠缀成的王冠的头，环顾四周，她发现一株亭亭玉立的玫瑰，那么雍容而英挺，使人联想起绿宝石的烛台托着鲜红的小火舌。紫罗兰张开自己天蓝色的小嘴，叹了一口气，说："在香喷喷的草丛里，我是多么不显眼啊，在别的花中间，我几乎不被人看见。造化把我造得这般渺小可怜。我紧贴着地面生长，无力地向蓝色的苍穹，无力把面庞转向太阳，像玫瑰花那样。"

玫瑰花听到她身旁的紫罗兰的这番话，笑得颤动了一下，接着说："你这枝花多么愚蠢呵！你简直不理解自己的幸福，造化把很少赋予别类花朵的那种美貌、那种芬芳和娇嫩给予了你。抛弃你那些错误的想法和空洞的幻想，满足于自己的命运吧。要知道，温顺会使他变得坚强，谁要求过多，谁就会失去一切。"

紫罗兰回答道:"呵,玫瑰花,你来安慰我,因为在我只能幻想的那一切,你都有了。你是那样美好,所以你用聪明的词令粉饰我的渺小。但是对于不幸者来说,那些幸福者的安慰意味着什么呢?向弱者说教的强者总是残酷的!"造化听到玫瑰与紫罗兰的对话,觉得奇怪,于是高声问:"呵,女儿,你怎么了,我的紫罗兰?我知道你一向谦逊而有耐心,你温柔而又驯顺,你安贫而又高尚。难道你被空虚的愿望和无谓的骄傲制伏了?"

紫罗兰用充满哀求的声调回答她:"呵,你原是无上全能、悲悯万物的啊,我的母亲!我怀着满腔激情、满腔希望请求你,答应我的要求,把我变成玫瑰花吧,哪怕只一天也好!"造化说:"你不知道你请求的是什么。你不明白外表的华丽暗藏着不可预期的灾祸。当我把你的躯干抽长,改变了你的容貌,使你变成了玫瑰花,你会后悔的。可是,到那时,后悔也无济于事了。"紫罗兰答道:"呵,把我变作玫瑰花吧!变作一株高高的玫瑰花,骄傲地抬着头!日后不论发生什么事,都由我自己承担!"

于是,造化说:"呵,愚蠢而不听话的紫罗兰,我满足你的愿望!但是,如果不幸和灾祸突然降落在你的头上,那是你自己的过错!"

造化伸开她那看不见的魔指,触了一下紫罗兰的根——转瞬间紫罗兰变成了盛开的玫瑰,伫立在众芳之上。

午后,天边突然乌云密布,卷起旋风,雷电交加,隆隆作响,狂风和暴雨所组成一支不计其数的大军突然向园林袭来;他们的袭击折断了树枝,扭弯了花茎,把傲慢的花朵连根拔起。花园里除了那些紧贴着地面生长或是隐藏在岩石缝里的花草之外,什么也不剩了。而那座幽静的花园遭到了比其他花园更多的灾难。

等到风停云散,花儿全死去了——她们像灰尘一样,满园零落,唯有躲在篱边的紫罗兰,在这场风暴的袭击之后,安然无恙。一株紫罗兰抬起头来,看着花草树木的遭遇,愉快地微笑了一下,招呼自己的女伴:"瞧呵,暴风雨把那些自负为美的花朵变成了什么哟!"另一株紫罗兰说:"我们紧贴着地面生长。我们才躲过了狂风暴雨的愤怒。"第三株喊道："我们是这般脆弱，但龙卷风并没有战胜我们！"

这时紫罗兰皇后向四周环顾了一下，突然看见昨天还是紫罗兰的那株玫瑰花。暴风雨把她从土里拔起，狂风扫去了她的花瓣，把她抛在湿漉漉的青草上。她躺在地上，像一个被敌人的箭射中了的人一样。

紫罗兰皇后挺直了身子，展开自己的小叶片，招呼女伴们说："看呵，看呵，我的女儿们！看看这株紫罗兰，为了能炫耀自己的美貌，她想变成一株玫瑰，哪怕是一小时也可以。就让眼前这景象作为你们的教训吧。"

濒死的玫瑰叹了一口气，集中了最后的力量，用微弱的声音回答道："听我说吧，你们这些愚蠢而谦逊的花儿，听着吧，暴风雨和龙卷风都把你们吓坏了！昨天我也和你们一样，藏在绿油油的草丛里，满足于自己的命运。这种满足使我在生活的暴风雨里得到了庇护。我的整个存在的意义都包含在这种安全里，我从来不要求比这卑微的生存更多一点的宁静与享受。呵，我原是可以跟你们一样，紧贴着地面生长，等待冬季用雪把我盖上，然后偕同你们去接受那死亡与虚无的宁静。但是，只有当我不知道生活的奥妙，我才不能那样做。这种生活的奥妙，紫罗兰的族类是从来也不知道的。从前我可以抑制自己一切的愿望，不去想那些得天独厚的花儿。但是我倾听着夜的寂静，我听见更高的世界对我们世界说：'生活的目的在于追求比生活更高更远的东西。'这时我的心灵就不禁反抗起自己来了。我的心殷切地盼望升到比自己更高的地方。终于，我反抗了自己，追求那些我不曾有过的东西，直到我的愤怒化成了力量，我的向往变成了创造的意志。到那时，我请求造化——你们要知道，造化，那不过是我们一种神秘的幻觉的反应，我要求她把我变成玫瑰花。她这样做了，就像她常常用赏识和鼓励的手指变换自己的设计和素描一样！"

玫瑰花沉默了片刻，然后带着骄傲而优越的神情补充说："我做了一小时的玫瑰花，我就像皇后一样度过了这一小时。我用玫瑰花的眼睛观察过宇宙。我用玫瑰花的耳朵倾听过周围的私语。我用玫瑰花的叶片感受过光的变幻。难道你们中间找得到一位，蒙受过这样的荣光吗?"

玫瑰低下头，已经喘不上气来，说："我就要死了。我要死了，但我内心里却有一种从来没有一株紫罗兰所体验过的感觉。我要死了，但是我知道，我所生存的那个有限的后面隐藏着的是什么。这就是生活的意义，这就是本质的所在，隐藏在无论是白天或夜晚的机缘之后的本质!"

玫瑰卷起自己的叶子，微微叹了一口气，死去了。她的脸上浮着超凡绝俗的微笑——那是理想实现的微笑、胜利的微笑、上帝的微笑。

(李唯中　译)

# 沙 漠

[法] 纪德

啊！多少次黎明即起，面向霞光万道、比光轮还明灿的东方——多少次走到绿洲的边缘，那里的最后几棵棕榈树枯萎了，生命再也战胜不了沙漠——多少次啊，我把自己的欲望伸向你，沐浴在阳光中的酷热的大漠，正如俯向这无比强烈的耀眼的光源……何等激动的瞻仰、何等强烈的爱恋，才能战胜这沙漠的灼热呢？

不毛之地、冷酷无情之地、热烈赤诚之地、先知神往之地——啊！苦难的沙漠、辉煌的沙漠，我曾狂热地爱过你。

在那时时出现海市蜃楼的北非盐湖上，我看见犹如水面一样的白茫茫盐层。我知道，湖面上映照着碧空——盐湖湛蓝得好似大海，但是为什么？会有一簇簇灯芯草，稍远处还会矗立着正在崩坍的页岩峭壁。为什么会有漂浮的船只和远处宫殿的幻象？所有这些变了形的景物，悬浮在这片臆想的深水之上（盐湖岸边的气味令人作呕。岸边是可怕的泥灰岩，吸饱了盐分，暑气熏蒸）。

我曾见在朝阳的斜照中，阿马尔卡杜山变成玫瑰色，好像是一种燃烧的物质。

我曾见天边狂风怒吼，飞沙走石，令绿洲气喘吁吁，像一只遭受暴风雨袭击而惊慌失措的航船，绿洲被狂风掀翻。而在小村庄的街道上，瘦骨嶙峋的男人赤身露体，蜷缩着身子，忍受着炙热焦渴的折磨。

我曾见荒凉的旅途上，骆驼的白骨蔽野。那些骆驼因过度疲顿，再难赶路，被商人遗弃了，随即尸体腐烂，缀满苍蝇，散发出恶臭。

我也曾见过这种黄昏：除了鸣虫的尖叫，再也听不到任何歌声。

生长细茎针茅的荒漠，游蛇遍地，绿色的原野随风起伏。

乱石的荒漠，不毛之地。页岩熠熠闪光，小虫飞来舞去，灯芯草干枯了。在烈日的暴晒下，一切景物都发出劈劈啪啪的声音。

黏土的荒漠，这里只要有涓滴之水，万物就会充满生机。只要一场雨后，万物就会葱绿。虽然土地过于干旱，难得露出一丝笑容，但这里的青草似乎比别处更嫩更香。由于害怕未待结实就被烈日晒枯，青草都急急忙忙地开花，授粉播香。它们的爱情是急促短暂的。太阳又出来了，大地龟裂、阴凉，悄然长着灯芯草。海浪输却沙丘三分蓝，胜似天空一片光。我熟悉这样的夜晚，似乎觉得一颗颗明星格外璀璨。

（冯寿农　张驰泽　译）

人一生要读的经典美文

# 人　生

［英］劳伦斯

在世界的开端和末日之间出现了人。人既不是创世者又不是被创者，但他是创造的核心。一方面，他拥有产生一切创造物的根本未知数；另一方面，又拥有整个已创造的宇宙，甚至拥有那个有极限的精神世界。但在两者之间，人是十分独特的。人就是最完美的创造本身。

人在喧闹、不完美和未雕琢的状态下诞生，是个婴儿、幼孩，一个既不成熟，又未定型的产物。他生来的目的是要变得完美，以至最后臻于完善，成为纯洁而不能缓解的生灵。就像白天和昼夜之间的星星，披露着另一个世界，一个没有起源亦没有末日的世界。那儿的创造物纯乎其纯，完美得超过造物主，胜过任何已创造出来的物质。生超越生，死超越死，生死交隔，又超越生死。

人一旦进入自我，便超越了生，超越了死，两者都达到完美的地步。这时候，他便能听懂鸟的歌唱、蛇的静寂。

然而，人无法创造自己，也达不到被创之物的顶峰。他始终徘徊于无处，直至能进入另一个完美的世界；但他不是不能创造自己，也无法达到被创之物完美的恒止状态。为什么非要达到不可呢？既然他已经超越了创造和被创造的状态。

人处于开端和末日之间、创世者和被创造者之间。人介于这个世界和另一个世界之中途，既兼而有之，又超越各自。

人始终被往回拖。他不可能创造自己，任何时候也不可能。他只能委身于创世主，屈从于创造一切的根本未知数。每时每刻，我们都像一种均衡的火焰从这个根本的未知数中释放出来。我们不能自我容纳，也不能自我完成，每时每刻我们都从未知中衍生出来。

这就是我们人类的最高真理。我们的一切知识都基于这个根本的真理。我们是从基本的未知中衍生出来的。看我的手和脚：在这个已创造的宇宙中，我就止于这些肢体。但谁能看见我的内核、我的源泉，我从原始创造力中脱颖出来的内核和源泉？然而，每时每刻我在我心灵的烛芯上燃烧，纯洁而超然，就像那在蜡烛上闪耀的火苗，均衡而稳健，犹如肉体被点燃，燃烧于初始未知的冥冥黑暗与来世最后的黑暗之间。其间，便是被创造和完成的一切物质。

我们像火焰一样，在两种黑暗之间闪烁，即开端的黑暗和末日的黑暗。我们从未知中来，复又归入未知。但是，对我们来说，开端并不是结束，两者是根本不同的。

我们的任务就是在两种未知之间如纯火一般地燃烧。我们命中注定要在完美的世界，即纯创造的世界里得到满足。我们必须在完美的另一个超验的世界里诞生，在生与死的结合中达到尽善尽美。

我转过脸，这是一张双目失明但仍能感知的脸。犹如一个瞎子把脸朝向太阳，我把脸朝向未知——起源的未知。就像一个盲人抬头仰望太阳，我感到从创造源中冒出的一股甘甜，流入我的心田。眼不能见，永远瞎着，但却能感知。我接受了这件礼物。我知道，我是在有创造力的未知的入口处。就像一颗在不知不觉中接受阳光，并在阳光下成长的种子，我敞开心扉，迎来伟大的原始创造力的无比温暖，并开始完成自己的使命。

这便是人生的法则。我们永远不会知道什么是起源，永远不会知道我们怎样才具有目前的形状和存在。但我们可能知道那生动的未知，让我们感受到的未知是怎样通过精神和肉体的通道进入我们体内的。谁来了？我们半夜听见在门外的是什么？谁敲门了？谁又敲了一下？谁打开了那令人痛苦的大门？

然后，注意，在我们体内出现了新的东西，我们眨眨眼睛，却看不见。我们高举以往理喻之灯，用我们已有的知识之光照亮了这个陌生人。然后，我们终于接受了这个新来者，他成了我们当中的一员。

人生就是如此。我们怎么会成为新人？我们怎么会变化、发展？这种新意和未来的存在又是从何处进入我们体内的？我们身上增添了些什么成分，它又是怎样才获得通过的？

从未知中，从一切创造的产生地——根本的未知那儿来了一位客人。是我们叫它来的吗？召唤过这新的存在吗？我们命令过要重新创造自己，以达到新的完美吗？没有。没有，那命令不是我们下的。我们不是由自己创造的。但是，从那未知，从那外部世界的冥冥黑暗，这陌生而新奇的人物跨过我们的门槛，在我们身上安顿下来。它不来自我们自身，不是的，而是来自外部世界的未知。

这就是人存在的第一个伟大的真理。我们怎么来到这个世界上的？不靠我们自己。谁能说，我将从我那里带来新的我？不是我自己，而是那在我体内有通道的未知。

那么，未知又是怎么进入我的呢？未知所以能进入，就因为在我活着时，我从来不封闭自己，从不把自己孤立起来。我只不过是通过创造的辉煌转换，把一种未知传导为另一种未知的火焰。我只不过是通过完美存在的变形，把我起源的未知传递给我末日的未知罢了。那么，什么是起源的未知，什么又是末日的未知呢？这我说不出来，我只知道，当我完整体现这两个未知时，它们便融为一体，达到极点———种完美解释的玫瑰。

起源的未知是通过精神进入我身的。起先，我的精神惴惴不安，坐卧不宁。深更半夜时，它听到了从远处传来的脚步声。谁来了？呵，让新来者进来吧，让他进来吧。在精神方面，我一直很孤独，没有活力。我等待新来者，我的精神却悲伤得要命，十分惧怕新来的那个人，但同时，也有一种紧张的期待。我期待一次访问，一个新来者。因为，呵，我很自负、孤独、乏味、然而，我的精神仍然很警觉，十分微妙地盼望着、等待新来者的访问。事情总会发生，陌生人总会来的。

我聆听着，我在精神里聆听着。从未知那边传来许多纷杂的声音。能肯定那一定是脚步声吗？我匆忙打开门。啊哈，门外没有人。我必须耐心地等待，一直等到那个陌生人。一切都由不得我，一切都不会自己发生。想到此，我抑制住自己的不耐烦，学着去等待、去观察。

终于，在我的渴望和困乏之中，门开了，门外站着那个陌生人。啊，到底来了！啊，多快活！我身上有了新的创造，啊，多美啊！啊，快乐中的快乐！我从未知中产生，又增加了新的未知。我心里充满了快乐和力量的源泉。我成了存在的一种新的成就，创造的一种新的满足、一种新的玫瑰、地球上新的天堂。

这就是我们诞生的故事，除此之外，别无他路。我的灵魂必须有耐心，去忍耐，去等待。最重要的，我必须在灵魂中说，我在等待未知，因为我不能利用自己的任何东西。我等待未知，从未知中将产生我新的开端。不是为了我自己，而是为了我那不可战胜的信念，我得等待。我就像森林边上的一座小房子。从森林的未知的黑暗之中，在起源的永恒的黑夜里，那创造的幽灵正悄悄地朝我走来。我必须保持自己窗前的光闪闪发亮，否则那精神又怎么看得见我的屋子？如果我的屋子处在睡眠或害怕的黑暗中，天使便会从房子边上走过。最主要的，我不能害怕，必须观察和等待。就像一个寻找太阳的盲人，我必须抬起头，面对太空未知的黑暗，等待太阳光照耀在我的身上。这是创造性勇气的问题。如果我蹲伏在一堆煤火前面，那是于事无补的。这绝不会使我通过。

　　一旦新事物从源泉中进入我的精神，我就会高兴起来。没有人，没有什么东西能让我再度陷入痛苦。因为我注定将获得新的满足，我因为一种新的、刚刚出现的完善而变得更丰富。如今，我不再无精打采地在门口徘徊，寻找能拼凑我生命的材料。配额已经分下在我体内，我可以开始了。满足的玫瑰已经扎根在我的心里，它最终将在绝对的天空中放射出奇异的光辉。只要它在我体内孕育，一切艰辛都是快乐。如果我已在那看不见的创造的玫瑰里发芽，那么，阵痛、生育对我又算得了什么？那不过是阵阵新的、奇特的欢乐。我的心只会像星星一样，永远快乐无比。我的心是一颗生动的、颤抖的星星，它终将慢慢地扇起火焰，获得创造，产生玫瑰中的玫瑰。

　　我应该去何处朝拜，投靠何处？投靠未知，只能投靠未知——那神圣之灵。我等待开端的到来，等待那伟大而富有创造力的未知来注意我、通知我。这就是我的快乐、我的欣慰。同时，我将再度寻找末日的未知，那最后的、将我纳入终端的黑暗。

　　我害怕那朝我走来、富有创造力的陌生的未知吗？我怕，但只是以一种痛苦和无言的快乐而害怕。我怕那死神无形的黑手把我拖进黑暗，一朵朵地摘取我生命之树上的花朵，使之进入我来世的未知之中吗？我怕，但只是以一种报复和奇特的满足而害怕。因为这是我最后的满足，一朵朵地被摘取，一生都是如此，直至最终纳入未知的终端——我的末日。

（姚暨荣　译）

# 烦扰的心灵

[美] 纳撒尼尔·霍桑

当你第一个从午夜梦中惊起，在半梦半醒之间挣扎时，那是多么奇异的一刻呀！突然睁开双眼，你似乎惊奇于梦中的角色已全部汇集到你的床边，在其迅速变模糊之前，你放眼扫视过他们。或者，换一种比喻，一瞬间你发现自己在幻觉的王国里（睡眠是通往该王国的通行证）完全清醒着，看到了王国中幽灵般的居民和美丽的风景，感受着他们的奇妙，仿佛只要梦境被扰，你就永不会得到。遥远的教堂钟声在风中微弱地飘来。你半严肃地问自己，是否有人从某座伫立在你梦境里的灰塔中为你那只醒着的耳朵偷来这钟声。悬而未决中，越过沉睡的城镇，另一座钟又发出了巨大的鸣响，声音如此洪亮清晰，在周遭的空气中留下长长的、低沉而连续的回声。你确信它一定是发自最近角落的一座教堂尖塔。你数着钟鸣——一下——二下——然后它们停在那儿，伴随着一声沉重的回响，就如同这座钟拼尽全力又敲响了第三下。

如果你能从一整夜中选出清醒的一小时，那就是此刻。你有合理的入睡时间（11点钟），所以你的休息已足以消除昨日疲惫的重压；一直到来自"遥远的中国"的阳光照亮你的窗口，你面前呈现的几乎是整个夏夜的空间；一个小时陷入沉思，将心门半掩，两个小时在快乐的梦中流连，再留两个小时沉浸在那些最奇妙的享受中，快乐和忧愁同样健忘。起床属于另一段时间，而且显得如此遥远，带着灰心沮丧想从暖暖的被窝里爬出来置身于寒冷的空气中，简直是不可能的。昨天已经消失在过去的影子里；明天还未从未来中显现。你发现了一个中间地带，生活的琐事还未侵扰它的安宁；眼前的时刻在这里徘徊不去，真正地变成现实；时间老人发现在这儿无人注视他，便在路边坐下来喘口气。哈，他会沉沉睡去，让人们长生不老！

迄今你一直极安静地躺着，因为哪怕是最轻微的动作也会使人持续的睡眠消失无踪。现在，你感到一种无法回避的清醒，透过拉到一半的窗帘向外偷瞥，看到玻璃上装饰的满是冰霜的杰作，而每块窗玻璃都代表着一种类似于冻结的梦一样的东西。等待吃早饭的召唤时会有足够的时间找出其中的相似。透过玻璃上未结霜的部分看去，被冰雪覆盖的银白色的山峰并没有上升，最触目的东西是教堂的尖顶；白色的塔尖引你望向风雪交加的天空。你几乎可以辨别出刚刚报过时的那座钟上的数字。如此寒冷的天空，覆满皑皑白雪的屋顶，冰冻的街道那长长的远景，到处都是耀眼的白色。远处的水已凝成冰岩，尽管身上裹着四床毛毯和一条毛制盖被，这一切仍会使人不寒而栗。但是，你看那颗光彩夺目的星！它的光束不同于所有其他的星星，竟然用深于月光的一束光芒将窗影洒在床上，尽管轮廓如此的模糊。

你将身体缩进被窝，蒙住头，一直颤抖着，但来自体内的寒冷远逊于直接想到极地空气所带来的寒冷。实在是冷极了，连思想都不敢外出冒险。用尽了床上所有的御寒物，你思索着自己的奢华和舒适，如同一只壳中牡蛎，满足于一种无行动的懒散的沉迷，除了那诱人的温暖，就像你现在重新感觉到的一样，你昏昏沉沉地意识不到任何东西。啊！那个念头带来了可怕的后果。想到那些死人正躺在他们冰冷的裹尸布和狭窄的棺木中，想到墓地那阴郁窒闷的冬天，当雪花不断吹积在他们的墓丘上，刺骨的冷风在墓穴的门外怒号时，你无法说服自己不去想象他们正在瑟缩发抖。这种阴郁的想法会越积越重，最终扰乱你清醒的那一小时。

每颗心灵的深处都有一座墓穴和地牢，尽管外界的光、音乐及狂欢可能使我们暂时忘却它们和它们中所掩埋的死者及关押的囚犯。但有时，最经常的是在午夜，那些黑暗的藏身之所的大门会砰然大开。在像这样的一小时中，心灵会产生一种消极的敏感，但却没有任何活力了；想象就如同一面镜子，没有任何选择和控制的力量，而使思维变得栩栩如生；然后祈求你的悲伤睡去，祈求悔恨的兄弟不要打碎其锁链。太晚了！一辆灵车滑到你的床边，"激情"与"感情"以人形出现在车中，而心中的一切则在眼中幻化成模糊的幽灵。这里有你最早的"悲哀"，一个年轻的苍白的哀悼者，具有一个与初恋相似的姐妹，那是一种哀绝的美，忧郁的脸上现出一种神圣的甜蜜，黑貂皮外衣中流露着典雅。接着出现的是被毁坏了的可爱的幽灵，金发中带着尘土，鲜艳的衣服都已褪色且破烂不堪。她低垂着头不时地偷看你一眼，像是怕受责备；她就是你多情而虚妄的"希望"；现在人们叫她"失望"。然后又出现了一个更严厉的影子，他双眉紧锁，表情和姿态中显出铁样的权威。除了"灾难"再无其他名字更适合于他，他是控制你命运的不祥之兆。他是个魔鬼，在生活的开端你也许会因犯了某些错误受制于他。而一旦屈从于他，你就会永远受他奴役。看哪！那些刻在黑暗中的凶残的脸，那因轻蔑而扭歪的唇，那只活动的眼中流露出的嘲弄，那尖尖的手指，触痛着你心中的疮疤！还记得某件即使躲在地球上最偏僻的山洞里你也会为之脸红的大蠢事吗？那么承认你的"羞耻"。

走开，这帮讨厌的家伙！对一个清醒而又极悲惨的人来说，没有被一群更凶残的家伙围住就算不错了。那群家伙是藏在一颗负罪的心中的魔鬼，而地狱就筑在那颗心中。假如"悔恨"以一个被伤害的朋友的面目出现会怎样？假如魔鬼穿着女人的衣裙，在罪恶和孤寂中带着一种苍白凄恻之美慢慢躺在你身边，又会怎样？假如他像具僵尸一样站在你的床角，裹尸布上带着血迹，那又会怎样？没有这样的罪行，心灵的梦魇也就足够了，这灵魂沉沉地堕落；这心中寒冬般的阴郁；这脑海里模糊的恐惧与室内的黑暗融合在一起。

通过绝望的努力，你终于坐直了身子，从一种神志清醒的睡眠中挣扎出来，疯狂地盯着床的四周，仿佛除了你烦扰的心灵外魔鬼们无处不在。同时，炉中昏昏欲睡的炉火发出一道光亮，把整个外间屋映得一片灰白，火光透过卧室的门摇曳不定，但却未能完全驱散室内的昏暗。你的双眼搜寻着任何能够提醒你有关这个活生生的世界的东西。你热切而细密地注意到炉旁的桌子，桌上的一本书，书页间一把象牙色的小刀，未折的书页，帽子及掉落的手套。很快，火焰就熄灭了，整个景象也随之消失，尽管当黑暗吞噬了现实时，其画面还片刻存留于你心灵的眼中。整个室内一如从前的模糊暗淡，但在你心中却已不再是相同的阴郁。当你的头又落回枕上的时候，你想（小声地说了出来），在这样的夜的孤寂中，感受一种比你的呼吸更轻柔的呼吸起落，一个更柔软的胸脯的轻轻触压，一颗更纯洁的心灵静静地跳动，并把它的和平宁静传给你那烦扰的心灵，就如同一位多情的睡美人正在将你拖入她的梦乡，那是怎样的一种至乐呀！

她感染了你，尽管她只存在于那幅转瞬即逝的画面中。在梦与醒的边界，你常常陷入一片繁花似锦的地方，这时你的思想便走马灯般以图画的形式出现在眼前，彼此毫无关联，但却被一种弥漫着的喜悦和美好全部同化了。那些美丽的回忆在阳光下闪闪发光，不停地旋转飞舞，伴着教室门旁、老树下隐约闪现的斑驳树影中及乡间小路的角落里孩子们的欢笑。你在太阳雨中伫立，那是一场夏季阵雨，你在一片秋天的森林中阳光辉映下的树木间漫步，抬头仰望那道最灿烂明亮的彩虹，如一道弯弓架在尼亚加拉大瀑布在美国境内的那片完整的雪被子上。一位年轻人刚刚娶了新娘，幸福的喜悦正在洞房中跳荡，春天里鸟儿们在为它们新筑的巢兴奋地飞来飞去，不停地在鸣唢歌唱，而你的心却在二者之间快乐地挣扎。封冻之前你感受到一只船欢快地跳动；灯火斑斓的舞厅中，当玫瑰花似的少女在她们最后的、最欢快的舞曲中旋转时，你发觉自己正盯视着她们极富韵律感的双脚；当大幕落下，遮住那优美活泼的一幕场景时，你发现自己正置身于一家拥挤不堪的剧院中灯火辉煌的二楼厅座。

你不情愿地开始抓住意识，通过在人的生活及现在已消逝的那一小时之间所作的模糊的比较，你证明自己处于半梦半醒之间。在这二者之中，你都是从神秘中出现，通过一种你能够产生却不能完全控制的变化，向上进入到另一神秘。现在远处的钟声又传了过来，声音越来越弱，而此时你却更深地陷入了梦中的旷野。这是为暂时的死亡而鸣响的丧钟。你的灵魂已经出发，像一个自由公民到处流浪，置身于朦胧世界的人群中，看到奇异的风景，却没有一丝惊异和沮丧。那最后的变化或许会如此平静，那灵魂通向永恒的家的入口处或许会如此毫无干扰，就像置身于熟识的事物之中！

（杨晓红　译）

# 西西弗斯的神话

[法] 阿尔贝·加缪

西西弗斯遭受天谴，诸神命他昼夜不休地推滚巨石上山。到达山巅时，由于巨石本身的重量，又滚了下来。由于某个理由，他们认为，没有一种比徒劳无功和毫无指望的苦役更为可怕的刑罚了。

荷马说西西弗斯是最智虑明达的凡人。然而，根据另一个传说，他干的却是绿林好汉拦路打劫的勾当。我认为这两种说法并无二致。至于他为何被打入阴间干那徒劳的苦活儿，却是众说纷纭。有人说他曾对诸神施以轻蔑，偷走了他们的秘密。河神伊索普斯之女伊琴娜为天帝朱比特所掳。做父亲的伊索普斯遭此创痛，心忧如焚，乃向西西弗斯诉苦。西西弗斯知道这桩诱拐案的个中原委，愿意说出真相，但他要求河神赐给柯林斯的城堡一个水源，作为交换条件。他不要天上的雷霆，但求神水的恩典。因为他泄露了天帝的秘密，所以被打入阴曹地府受罪。荷马说西西弗斯曾一度把死神给加上镣铐。阎罗王受不了他黄泉殿的萧条景象，他派遣战神出兵，把死神从他征服者的桎梏中救了出来。

据说，西西弗斯行将就木的时候，轻率地想出一个法子考验他老婆的爱情。他命令她把他未入殓的尸体甩到公共广场的中央。西西弗斯在阴间醒来，他对于这个不合人情的三从四德十分懊恼，乃求得阎王的同意回到人世来惩罚他的老婆。但是当他重见到地面的景色，享受了阳光和水的滋育，亲炙了大海和石头的温暖之后，便不愿再回到黑黝阴森的地府。阎王的召唤、愤怒和警告都不生效。面对着海湾的曲线、闪烁的海洋和大地的微笑，他又活了好几年。诸神不得不作宣判。信使神麦邱利被遣来，揪住这莽小子的领子，把他从乐不思蜀的境界中硬拖了回去。再降阴间时，大石头已经准备好了。

您已经猜到西西弗斯就是荒谬的主人翁。确实不错，无论就他的热情或他的苦刑说来，他都是个地道的荒谬人物。他对诸神的蔑视，对死亡的仇恨，以及对使命的热爱，使他赢得这难以形容的报应，这报应使他用尽全力而毫无所成。这就是对尘世的热爱所必须付出的代价。至于西西弗斯在阴间的情形，他们毫无所悉。神话需要想象力的润色，给它们赋予生命。至于这个神话，人们只能看见一个人鼓足全身之力滚动着巨石，紧贴着巨石的面颊，肩膀承受住布满泥土的庞然巨物，双脚深陷入泥中，两臂伸展开来，重新推动，支撑全身安危的一双泥泞的手。到了以漫天穹苍的空间和毫无深度的时间才能度量的那漫长辛劳的尽头时，目的达到了。然后，西西弗斯眼睁睁地看到那块巨石以迅雷不及掩耳之势滚下山去，他得再从头往上推起，推向山巅。他再度回到了山下的无垠平壤。

使他感到兴趣的是西西弗斯一驻足，再回首的那顷刻。一张如此紧贴着石块的面庞，其本身也已僵化为石了！我见到那人拖着沉重但规律的步伐踱下山岗，走向永无止境的酷刑。那歇息的一刻，如同他的苦难一般确凿，仍将再回来，那正是他恢复意识的一刻。每当他离开山巅，踽踽步向诸神的居处时，他便超越了命运。他比那块千钧磐石更为坚强。

如果说这个神话具有悲剧性，那是因为它的主人翁具有意识。假如他每跨一步，成功的希望都在支撑着他，那么他的苦刑还算什么？今天的工人毕生做着同样的工作，其荒谬与前者相差又有几何？但是只有偶尔当它成为有意识行为时，其悲剧性才呈现出来。西西弗斯是诸神脚下的普罗阶级，他权小力微，却桀骜不驯，他明白自己整个的悲惨状态：在他蹒跚下山的途中，他思量着自己的境况。这点构成他酷刑的清明状态，同时也给他加上了胜利的冠冕。蔑视能克服任何命运。

下山时，他有时会沉浸在悲哀之中，然而，他也会感到喜悦。喜悦一词并无不当。我再度想到西西弗斯回向巨石，他的悲哀正在开始。当尘世的景象紧缠记忆之时，幸福的召唤如暮鼓频催之时，人心中的忧郁之情乃油然而生：这就是巨石的胜利，这就是巨石的本身。无边的哀愁沉重得无法忍受。这就是我们的受难夜。但一当我们认命时，沉重的事实便破碎无存。因此，俄狄浦斯一开始便不知不觉地顺从了命运。但是一旦知道了真相，他的悲剧便宣告开始。就在那失明和绝望的一刻，他了解到，唯一使他和人世联系的却是一个女孩冰凉的小手，然后他发表了一个惊人的宣言："纵经如许磨难，我迟暮之年与崇高之灵魂使我得到一个结论：一切都很好。"索福克丽斯之俄狄浦斯，正如同陀思妥耶夫斯基的克瑞洛夫一样，提出了荒谬制胜的秘方。古代的智慧肯定了现代的英雄思想。

一旦人们发现了荒谬的真相，便禁不住地写一本幸福手册。"什么！经由这么狭窄的途径？"然后，世界仅有一个。幸福与荒谬是大地的两个儿子。他们是不可分割的。如果说幸福必然产生于荒谬的发现，那是错误的。荒谬感亦可能产生于幸福。"我的结论是一切都很好"，俄狄浦斯如是说，那是一个神圣的告示。它回响在人类野蛮和狭窄的宇宙中。它教训我们道，一切都没有——从来都没有——被耗尽。它把带来不满和无谓苦难的那个神灵逐出人世。它把命运造成人间事务，必须由人类自己解决。

西西弗斯一切沉寂的喜悦均包容于此。他的命运属于自己，那块石头为他所有。同样地，当荒谬的人思量着自身的苦刑时，一切偶像都噤若寒蝉。当宇宙突然恢复了沉寂时，世间无数的诧异之声会轰然而起。无意识的、秘密的呼唤，千万面孔所发出的邀请，他们都是胜利的必然逆转和必然代价。

没有无阴影的太阳，同时，我们必须认识夜晚。荒谬的人首肯，他的努力将夙夜匪解。假如有个人的命运，就不会有更高的命运。即使有，也只有一种他认为是不可避免且不足挂齿的命运。至于其余的一切，他明白自己是其一生的主宰。当人回顾人生旅程那微妙的一刻，西西弗斯走回巨石，在那微小的轴承上，他思量着那一串毫不相关的行为，这些行为构成了他的命运，由他创造而成，在他记忆的眼中结合而成，不久将由他的死亡缄封。由于相信百般人事之原委属于人本身，因此一个盲人乃渴见天日，虽然也知道长夜无尽，他仍然努力不懈。巨石仍然在滚动着。

我就让西西弗斯留在山脚下！一个人总是会再发现他的重负。但西西弗斯教导我们以更高的忠贞否定诸神，举起巨石。他也下了一个"一切皆善"的结论。对他说来，没有主宰的宇宙既不贫瘠，也不徒劳。石头的每一个原子、夜色蒙蒙的山上的每一片矿岩，本身就是一个世界，奋斗上山此事本身已足以使人心充实。我们应当认为西西弗斯是快乐的。

（张汉良　译）

# 生之爱

[法] 阿尔贝·加缪

巴马的夜，生活缓慢地转向市场后面的喧闹的咖啡馆，安静的街道在黑暗中延伸直至透出灯光与音乐声的百叶门前。我在其中一家咖啡馆待了几乎一整夜。那是一个很矮小的厅，长方形，墙是绿色的，饰有玫瑰花环。木制天花板上缀满红色小灯泡。在这小小空间，奇迹般地安顿着一个乐队，一个放置着五颜六色酒瓶的酒吧以及拥挤不堪、肩膀挨着肩膀的众宾客。这儿只有男人。在厅中心，有两米见方的空地。酒杯、酒瓶从那里散开，侍者把它们送到各座位。这里没有一个人有意识。所有的人都在喊叫。一位像海军军官的人对着我说些礼貌话，发散着一股酒气。在我坐的桌子旁，一位看不出年龄的侏儒向我讲述自己的生平。但是我太紧张了，以致听不清他讲些什么。乐队不停地演奏乐曲，而客人只能抓住节奏，因为所有的人都和着节奏踏脚。偶尔，门打开了。在叫喊声中，大家把一个新来者嵌在两把椅子之间。

突然，响起一下钹声，一个女人在小咖啡馆中间的小圈子里猛地跳了起来。"21 岁。"军官对我说。我愣住了。这是一张年轻姑娘的脸，龇刻在一堆肉上。这个女人有 1.8 米左右。她体形庞大，该有 300 磅重。她双手叉腰，身穿一件黄网眼衫，网眼把一个个白肉格子鼓胀起来。她微笑着，肌肉的波动从嘴角传向耳根。在咖啡馆里，激情变得抑止不住了。我感到这儿的人对这姑娘是熟悉的，并热爱她，对她有所期待。她总是微笑着。她总是沉静和微笑着，目光扫过周围的客人，肚子向前起伏。大厅里所有的人都喊叫起来，随后唱起一首看来众人都熟悉的歌曲。这是一首安达卢西亚歌曲，唱起来带着鼻音。打击乐器敲着沉闷的鼓点，全部是三拍的。她唱着，每一拍都在表达她全部身心的爱。在这单调而激烈的运动中，一肉体真实的波浪产生于腰并将在双肩死亡。大厅像被压碎了。但在唱副歌时，姑娘就地旋转起来，她双手托着乳房，张开红润的嘴加入到大厅的合唱中去，直到大厅里所有的人都卷入喧哗声中为止。

她稳当地立在中央，汗水瀌瀌，头发蓬乱，直耸着她笨重的、在黄色网眼衫中鼓胀的腰身。她像一位刚出水的邪恶女神。她的低前额显得愚蠢，她像马奔驰起来那样只是靠膝盖的轻微颤动才有了生气。在周围那些兴奋得跺脚的人们中间，她就像一个无耻的、令人激奋的生命形象，空洞的眼睛里含着绝望，肚子上汗水淋滴。

若没有咖啡馆和报纸，就可能难以旅行。一张印有我们语言的纸，我们在傍晚试着与别人搭话的地方，使我们能用熟悉的动作显露我们过去在自己家乡时的模样。这模样与我们有距离，使我们感到它是那样陌生。因为，造成旅行代价的是恐惧。它粉碎了我们身上的一种内在背景。不再可能弄虚作假——不再可能在办公室与工作时间后面掩盖自己（我们与这种时间的抗争如此激烈，它如此可靠地保护我们以对抗孤独的痛苦）。就这样，我总是渴求写小说，我的主人公会说："如果没有办公时间，我会变成什么样？"或者："我的妻子死了，但幸亏我有一大捆明天要寄出的邮件要写。"旅行夺走了这个避难所。远离亲人，言语不通，失去了一切救助，伪装被摘去（我们不知道有轨电车票价，而且一切都如此），我们整个地暴露在自身的表层上。但由于感觉到病态的灵魂，我们还给每个人、每个物件以自身的神奇的价值，在一块幕布后面，人们看到一个无所思索的跳舞的女人，一瓶放在桌上的酒。每一个形象都变成了一种象征。如果我们的生命此刻概括在这种形象中，那么生命似乎在形象中全部地反映出来。我们的生命对所有一切天赋于人的禀性是敏感的，怎样叙述出我们所能品味到的各种互相矛盾的醉意（直到明澈的醉意）。可能除了地中海，从没有一个国家于我是那样遥远，同时又是那样亲近。

无疑，我在巴马咖啡馆的激情由此而来。但到了中午则相反。在人迹稀少的教堂附近，坐落在清凉院落的古老宫殿中，有阴影气氛下的大街上，则是某种"缓慢"的念头冲击着我。这些街上没有一个人。在观景楼上，有一些迟钝的老妇人。沿着房屋向前，我在长满绿色植物和竖着灰色圆柱的院子里停下，我融化在这沉静的气氛中，正在丧失我的限定。我仅仅是自己脚步的声音，或者是我在沐浴着阳光的墙上方所看见掠影的一群鸟。我还在旧金山哥特式小修道院中度过很长时间，它那精细而绝美的柱廊以西班牙古建筑所特有的美丽的金黄色大放异彩。在院子里有月桂树、玫瑰、淡紫花牡荆，还有一口铁铸的井，井中悬挂着一只锈迹斑斑的长把金属勺，来往客人就用它取水喝。直到现在，我还偶尔回忆起当勺撞击石头井壁时发出的清脆响声。但这所修道院教给我的并不是生活的温馨。在鸽子翅膀干涩的扑打声中，突然的沉默浓缩在花园中心，而我在井边锁链的磨击声中又重温到一种新的然而又是熟悉的气息。我清醒而又微笑地面对诸种表象的独一无二的嬉戏。世界的面容在这水晶球中微笑，我似乎觉得一个动作就可能把它打碎，某种东西要迸散开来，鸽子停止飞翔，展开翅膀一只接一只地落下。唯有我的沉默与静止使得一种十分类似幻觉的东西成为可以接受的，我参与其中。金色绚丽的太阳温暖着修道院的黄色石头。一位妇女在井边汲水。一小时之后，一分钟、一秒钟之后，也可能就是现在，一切都可能崩溃。然而，奇迹接踵而来。世界含羞、讥讽而又有节制地绵延着（就像女人之间的友谊那样温和又谨慎的某些形式）。平衡继续保持着，然而染上了对自身终了的忧虑的颜色。

我对生活的全部爱就在此：一种对于可能逃避我的东西的悄然的激情，一种在火焰之下的苦味。每天，我都如同从自身中挣脱那样离开修道院，似在短暂时刻被留名于世界的绵延之中。我清楚地知道，为什么我那时会想得多利亚的阿波罗那呆滞无神的眼睛或纪奥托笔下热烈而又呆钝的人物。直至此时，我才真正懂得这样的国家所能带给我的东西。我惊叹人们能够在地中海沿岸找到生活的信念与律条，人们在此使他们的理性得到满足并为一种乐观主义和一种社会意义提供依据。因为最终，那时使我惊讶的并不是为适合于人而造就的世界——这个世界却又向人关闭。不，如果这些国家的语言同我内心深处发出回响的东西相和谐，那并不是因为它回答了我的问题，而是因为它使这些问题成为无用的。这不是能露在嘴边的宽容行为，但这宽容只能面对太阳的被粉碎的景象才能诞生。没有生活之绝望就不会有对生活的爱。

在伊比扎，我每天都去沿海港的咖啡馆坐坐。5点左右，这儿的年轻人沿着两边栈桥散步。婚姻和全部生活在那里进行。人们不禁想到：存在某种面对世界开始生活的伟大。我坐了下来，一切仍在白天的阳光中摇曳，到处都是白色的教堂、白垩墙、干枯的田野和参差不齐的橄榄树。我喝着一杯淡而无味的巴旦杏仁糖浆。我注视着前面蜿蜒的山丘。群山向着大海缓和地低斜。夜晚正在变成绿色。在最高的山上，最后的海风使风磨的叶片转动起来。由于自然的奇迹，所有的人都放低了声音。以致只剩下了天空和向着天空飘去的歌声，这歌声像是从十分遥远的地方传来的。在这短暂的黄昏时分，有某种转瞬即逝的、忧伤的东西笼罩着。并不只是一个人感觉到了，而是整个民族都感觉到了。至于我，我渴望爱如同他人渴望哭一样。我似乎觉得我睡眠中的每一个小时从此都是从生命中窃来的……这就是说，是从无对象的欲望的时光中窃来的。就像在巴马的小咖啡馆里和旧金山修道院度过的激动时刻那样，我静止而紧张，没有力量反抗要把世界放在我双手中的巨大激情。

　　我清楚地知道，我错了，并知道有一些规定的界限。人们在这种条件下才从事创造。但是，爱是没有界限的，如果我能拥抱一切，那拥抱得笨拙又有什么关系。在热那亚有些女人，我整个早上都迷恋于她们的微笑。我再也看不见她们了。无疑，没有什么更简单的了。但是词语不会掩盖我的遗憾的火焰。我在旧金山修道院中的小井中看到鸽群的飞翔，我因此忘记了自己的干渴。我又感到干渴的时刻总会来临。

　　　　　　　　　　　　　　　　　　（杜小真　译）

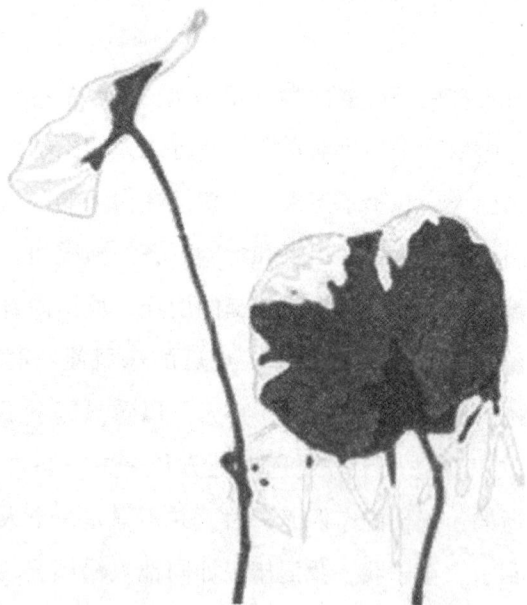

# 蒂巴萨的婚礼

[法] 阿尔贝·加缪

春天，蒂巴萨住满了神祇，它们说着话儿，在阳光和苦艾的气味中，在披挂着银甲的大海上，在深蓝色的天空中，在铺满了鲜花的废墟上，在沸滚于乱石堆里的光亮中。在某个时辰，田野被太阳照得黑乎乎一片。眼睛什么也看不见，只能抓住在睫毛边上颤动的一滴滴光亮和色彩。芳香植物浓郁的气味直刺嗓子眼儿，在酷热中让人透不过气来。极远处，我只能勉强看见舍努阿山那黑黑的一团。这山的根在环绕村庄的群山里，它平稳而沉重地摇晃着，跑去蹲在大海里。

我们穿过村庄，这村庄已经面向海滩了。我们进入一个黄色和蓝色的世界，迎接我们的是阿尔及利亚夏天的土地的芬芳和辛辣的气息。到处可见，玫瑰花越出别墅的墙外。花园里，木槿还只有淡淡的红色，而一片繁茂的花，其中茶红色却奶油一般浓，还有一片长长的蓝色鸢尾花，其边缘弯得极为精巧。石头都是热的。我们走下金黄色的公共汽车时，肉店老板们正坐着红色的车子进行早晨的巡回，他们吹响喇叭呼唤着居民。

人生要读的经典美文

港口左侧，有一条干燥的石头小路，穿过一片乳香黄连木和染料木，通向废墟。道路从一座小灯塔前经过，然后深入田野。灯塔脚下，已经有开着紫色、黄色和红色的花的肥大植物爬向海边的岩石。大海正吮吸着，发出阵阵亲吻似的响声。我们站立在微风中，头上的太阳只晒热了我们的脸颊的一面。我们望着光明从天上下来。大海没有一丝皱纹，它那明亮的牙齿绽出微笑。进入废墟王国之前，这是我们最后一次做旁观者。

走了几步，苦艾的气味就呛得我们喉咙难受。它那灰色的绒毛盖满了无际的废墟。它的精华在热气中蒸腾，从地上到天上弥漫着一片慷慨的酒气，天都为之摇晃了。我们迎着爱情和欲望走去。我们不寻求什么教训，也不寻求人们向伟人所要求的那种苦涩的哲学。阳光之外，亲吻之外，原野的香气之外，一切对我们来说都微不足道。对于我，我不想一个人独自来到这里。我经常和我喜欢的那人一起来，我在他们脸上看到了明媚的微笑，那是充满爱情的脸呈现出的微笑。这里，我把秩序和节制留给别人去说。这是自然的大放纵，这是大海的大放纵，我整个儿地被抓住了。再次抱回到自然之中。为了这回头浪子，自然毫不谗异鲜花。在广场的石板中间，天芥茶长出了它那白色的圆脑袋，红色的天竺葵把它的血洒在昔日的房屋、庙宇和公共广场上。如同许多的知识将一个人引向上帝，许多的岁月将废墟又带回母亲的家园。今天，它们的过去终于离去，什么也不能使他们与这种深厚的力量分开，这力量把它们引向尘世间的事物的中心。

多少时间在碾碎苦艾、抚摸废墟、试图让我的呼吸与世界骚动的叹息在相配合之中过去了！我深深地沉入原野的气味和催人入睡的昆虫的合唱之中，对着这充满着热的天空那不堪承受的雄伟睁开了双眼。成为自己，找到深藏的能力，这并不那么容易。然而，望着舍努阿山那结实的脊梁，我的心平静了，洋溢着一种奇异的信心。我学会了呼吸，我融合了我自己，我完成了我自己。我攀登过一座又一座山丘，每一座都给了我奖赏，如同那座庙宇，其圆柱度量着太阳的行程，人们从那里可以看见整个村庄，它的白色、粉红色的墙；它的绿色的阳台上，也如同东山上那座大教堂，它还保留着墙，其周围很大范围内摆着出土的石棺，大部分刚刚被发掘出来。它们曾经收容过死者，现在则长出了鼠尾草和野萝卜。圣萨尔萨教堂是基督教的教堂，然而每一次从窗洞望出去，我们看见的都是世界的旋律：长满松柏的山丘，或是滚动着一群20米长的白犬的大海。背伏着圣萨尔萨教堂的山丘顶部平坦，风通过柱廊吹得更为畅快。在早晨的太阳下，空中摇荡着一种巨大的幸福。

需要神话的人们是很可怜的。在这里，神祇充当着岁月流逝的河床或参照物。我描绘，然后我说："这是红色，这是蓝色，这是绿色。这是大海，这是高山，这是鲜花。"我无须提到狄俄倪索斯就可以说我喜欢把鼻子紧贴着乳香黄连木的花球。我还可以无拘无束地想到那首献给得墨忒耳的古老颂歌："世上活着的人中看见这些事情的人是幸福的。"看见，而且在世上看见，这教训怎能忘记？对于厄琉西斯的神秘，只需沉思就够了。就在这里，我知道我接近世界永远是不够的。我应该精赤条条，然后带着大地之精华的香气投入大海，在后者之中洗刷前者的精华，在我的皮肤上牢牢地系上一条纽带，为了这纽带，大地和大海嘴对嘴地呼吸了那么久。进入水中，先是一阵寒战。然后是一种又凉又浑的上升，然后是两耳嗡嗡作响，流鼻涕，嘴里发苦——这是游泳，两臂出了海像添了一层水，再在太阳底下晒，每一块肌肉都在扭曲中磨炼；水在我身上流，我的腿在一片骚动中占有了波浪——天际消失了。上了岸，跌进沙滩，委身于世界，重新回到我的血肉的重力之中，太阳晒得我昏头昏脑，我渐渐看见胳膊上水流了下去，干了的皮肤露出金黄色的汗毛和沙砾。

我在这里明白了什么是光荣，那就是无节制地爱的权利。在这个世界上只有一种爱情。抱紧一个女人的躯体，这也是把从天空降下大海的那种奇特的快乐留在自己身上。刚才，当我想扑向一丛苦艾，让它的芬芳进入我的身体内，我应该不顾一切偏见地意识到，我正在完成一桩真理，这既是太阳的真理，也是我的死亡的真理。从某种意义上说，我在这里玩耍时，正是我的生命。这生命散发着火热的石头的气味，充满了大海和刚刚开始鸣叫的蝉的叹息。微风是清凉的，天空是蔚蓝的。我无保留地爱这生命，愿意自由地谈论它，因为它使我对我作为人的处境感到骄傲。然而，人们常常对我说："没有什么可骄傲的。"不，确有可以骄傲的东西：这阳光、这大海、我的洋溢着青春的心、我的满是盐味儿的身体，还有那温情和光荣在黄色和蓝色中相会的广阔的背景。我必须运用我的力量和才能来获取的正是这一切。这里的一切都使我完整无损，我什么也不抛弃，我任何假面具也不戴，我只需耐心地学习那困难的生活本领，这抵得上所有那些生活艺术。

快到中午了，我们穿过废墟回到港口边上的一家小咖啡馆。阳光和色彩的铙钹在我们的脑袋里轰响，好凉快啊，那阴影憧憧的大厅，那绿色的、冰镇的大杯薄荷茶！外面，是大海和飞扬着滚烫的尘土的公路。我坐在桌前，试图在闪动睫毛间捉住热得发白的天空那炫目的五颜六色。我们的脸上满是汗水，轻薄的衣裳下面的身体却是凉爽的，我们都炫耀着与世界进行了一天的婚宴所感到的幸福的疲倦。

这咖啡馆里吃得不好，然而有大量的水果，尤其是桃子，我们一口咬下去，果汁顺着腮往下流。当我的牙咬住了桃子的时候，我听见了我的血汩汩地涌上耳朵，我全神贯注地看着。海上，是中午的无边的寂静，任何美的东西都为自己的美感到骄傲，今天的世界让它的骄傲在各个方面流露出来。在它面前，我为什么要否认生之快乐呢，如果我知道不能把一切都包容在生之快乐中？幸福并没有什么可以让人感到羞耻的。然而今日蠢人为王，我把那些怯于享受的人称为蠢人。关于骄傲，人们对我们说了那么多："你们知道，骄傲是撒旦的罪孽。"他们喊道："小心，你们会迷路的，会失去你们的力量的。"事实上，我是从此才知道某种骄傲的……其他时候，我总是禁不住要求整个世界都在设法给予我的这种生之骄傲。在蒂巴萨，我看到的和我相信的完全一致，我绝不固执地否认我的手能触摸、我的唇能够亲吻的东西。我没有感到需要将其制成一件艺术品，但我感到需要讲一讲，这是不一样的。在我看来，蒂巴萨就像那人物，人们描绘他们是为了间接地表明一种对于世界的看法。它像他们一样地作证，并且是强有力地作证。它今天成了我的人物，在抚爱它描绘它的时候，我的陶醉好像变得无穷无尽了。有生活的时间，也有为生活作证的时间。同时也有创造的时间，这就不那么自然了。对我来说，用我全部的身体生活，用我全部的心作证，这就足够了。首先是体验蒂巴萨，然后自然会有作证和艺术品。这里有一种自由。

我在蒂巴萨的停留从未超过一天。看风景不可看得过久，时间长了就会觉得看够了。高山、天空、大海，就像人的面孔，有时看到的是一片荒芜，有时则是一片辉煌，这取决于是盯着看，还是一眼就看见。所以，任何面孔，要想富有内涵，都必须历经某种更新。人们常常抱怨很快就感到厌倦，而这时恰恰应该赞赏世界，因为曾经被遗忘过而显得常见常新。

傍晚，我进入位于国家公路旁的公园，那里花木井然，更见秩序。我走出混乱的芳香和阳光，在因夜晚而凉爽的空气中，精神平静下来，松弛的躯体品味着因爱情得到满足而产生的内心寂静。我在一张椅子上坐下。我看着田野渐渐地变圆。我心满意足。头上，一株石榴垂下花蕾，还没有张开，满布着棱纹，仿佛一只只握起的小拳头，其中包容着春天的一切希望。身后是一丛丛迷迭香，我只闻见了一阵酒香。山丘嵌在树间，再远些，大海如带，上面是一角天空，仿佛抛锚的帆船，安详而温柔。我的心中涌起一种奇特的快乐，就是那种产生于良心安宁的快乐。演员都体验过一种感情，那是当他们意识到演好了一个角色的时候，确切地说，他们使自己的姿态和所演人物的姿态互相吻合，以某种方式进入一种事先谋划好的意图之中，而且又一下子使之与自己的心一起跳动。感觉到的正是这个：我演好了我的角色。我做了人应该做的事，虽然一整天都感到快乐这件事并不是一桩非凡的成功，但却是一种处境的充满了感情的完成。在某些场合中，这使得幸福成为我们的一种义务。于是，我们又感到了孤独，然而是在满足之中。

现在，树上站满了鸟雀。大地缓缓地叹息着，渐渐遁入黑暗。很快，黑夜将随同第一批星辰降临在世界的舞台上。白天的明亮的神祇们将返回每日一次的死亡之中，但又会有别的神祇出现。他们的脸色明暗、憔悴，一定是出生于大地的心脏之中。

　　至少是现在，一阵阵波浪穿过颤动着金色花粉的空间扑到我的脚下，在沙滩上散开。大海、原野、寂静、土地的芬芳，我周身充满着香气四溢的生命。我咬住了世界的这枚金色的果子，心潮澎湃，感到它那甜而浓的汁液顺着嘴唇流淌。不，我不算什么，世界也不算什么，重要的仅仅是使我们之间产生爱情的那种和谐与寂静。我不想只为我一个人要求这爱情，我知道并且骄傲地与整个人类来分享。这人类生自太阳，生自大海，活跃而有味儿，它从淳朴中汲取伟大，它站在海滩上，向它的天空那明亮的微笑送去会心的微笑。

（郭宏安　译）

# 告　别

[瑞典] 彼得·魏斯

　　我曾试图想象我的母亲和父亲究竟是什么样子，并且总是以一种好恶参半的心理去进行思考。但我从来把握不住，也永远说不清楚我生活中这两个重要人物的性格特征到底是什么。当他俩几乎同时去世时，我发现我同他们之间有着多么深的隔阂。我并不为他们而悲哀，因为我几乎不认识他们。使我悲哀的倒是无可挽回地失去的那一切。由于这个缘故，我的童年和青年时代几乎像一片空白。我感到悲哀，因为我认识到，一种共同生活的尝试已彻底失败：一个家庭的成员数十年之久只是勉强地生活在一起而已。我悲哀，还因为我认识到我们兄弟姐妹们聚集在坟墓旁已为时过晚。我们匆匆相遇，又匆匆分手，每个人都各奔前程。母亲去世后，毕生都孜孜不倦地工作并因此而为人称道的父亲试图再次唤起从头开始的假象。他独自前往比利时，据他说是为了建立业务上的关系。但实际上，他是准备像一只受伤的野兽那样在隐匿中孤独地死去。他出门时已经老态龙钟，走路很吃力，离不开两只拐杖。接到他在根特去世的通知后，我乘飞机到了布鲁塞尔，在机场，怀着抑郁的心情踏上了一条漫长的路。我父亲也曾走过这条路，并且不得不拖着他那两条因血脉不通而行动艰难的腿，在楼梯上爬上爬下，穿过一个个大厅、一条条走廊。那是三月初，天空晴朗，阳光灿烂，一阵阵寒风刮过根特的上空。我沿着铁路旁的一条街道向医院走去，父亲的灵柩就安放在医院的小教堂里。在一排光秃秃的、经过修剪的树木后面，一列列货车正在调轨，一节节车厢呼啸着飞驰而过。我来到那个形同车库的小教堂前，一位护士替我打开门。父亲就躺在一个蒙着帆布的担架上，身旁放着一口覆盖着花束和花圈的棺材。他穿着那身过于肥大的黑色西装，套着黑袜子，两只手叠放在胸前，怀里是一张镶着黑框的母亲的遗照。他那瘦削的脸庞十分安详，几乎还没有变白的稀疏的头发蜷曲地贴在额上，表情里有一种我以前未曾看到过的高傲和果敢。那两只匀称的手上，指甲闪着淡青色的光芒。当我抚摸这冰冷、发黄、皮肤绷紧的手时，那个护士就站在几步远的门外，在太阳地里等我。我回想着我最后一次看见父亲时的情景：在埋葬了母亲之后，他躺在卧室的沙发上，身上盖着毯子，泪水模糊的脸显得发灰，嘴里不停地小声念叨着母亲的名字……我久久地站立着，任凭凛冽的寒风吹拂着我冻僵的身体，耳边响着从铁路那边传来的汽笛声和机车喷出蒸汽时短促的响声。

我面前这个人的生命之火完全熄灭了，他那旺盛的精力已化成了彻底的虚无。在我面前，在异乡一间靠近铁路的车库里，躺着一个人的尸体，他将长眠地下，再也不可企及。这个人在他的一生中，曾拥有过许多营业所和工厂，曾作过无数次旅行，住过无数家旅馆；在他的一生中，他有过规模宏大的房屋和豪华的住宅，有过许多间摆满家具的房间；在这个人的一生中，他的妻子总是陪伴着他，在共同的家里等待着他；这个人的一生中也有过许多孩子，他总是避开他们，从来不会和他们谈点什么。

但是，当他外出旅行时，他也会感到对孩子们温存的爱，希望见到他们。他总是把他们的相片带在身边。在旅途中，晚上住宿的旅馆里，他常常端详这些已经揉皱、磨损的照片，并且相信，在他回家后他们会对他报以信赖。可是，每当他回到家，发现的却总是失望和相互间的隔膜。这个人在他的一生中，曾作过不懈的努力来维护他的家庭，使它不至于崩溃，即使在忧虑和疾病中，他也同妻子一道勉为其难地维护这个家庭的产业，自己却从未从这份产业中获得过一丝幸福。这个人现在就躺在我面前，永远地安息了。

他从未动摇过对于现有这个家的信念，然而却孤独地死在远离这个家的一间病房里。在他离开人世的那一瞬间，当他伸手按电铃时，他也许突然感到了一阵寒冷和空虚，想唤来某种东西，得到哪种帮助或是宽慰。我端详着父亲的脸，还活在人世的我，心中保留着对他的纪念。这张被阴影笼罩的脸变得陌生了，他正带着满足的神情躺在这里，永远脱离了尘世，而与此同时，他的最后一幢大厦还矗立在某个地方，里面铺满了地毯，摆满了家具、盆栽花卉和绘画。

这是一个失去了生命力的家，是他经历了多年的流亡和频繁的迁徙，克服了种种不适应的困难，饱尝了战争忧患拯救下来的家。这天的晚些时候，父亲被殓进了我从殡仪馆买来的一口普通褐色棺材。在那位护士的关照下，他妻子的相片仍留在他的怀里。在货运列车驶过的隆隆声中，两名杂役旋紧了棺材盖并将父亲的灵柩抬到灵车上，我则乘坐一辆出租汽车跟在后面。在通往布鲁塞尔的公路上，过路的农民和工人在夕阳的映照下向那辆黑色的灵车脱帽致意，这是父亲在一个陌生的国家里所作的最后一次旅行。在市郊的一块高地上，坐落着设有火葬场的一座公墓，寒风吹拂着墓碑和光秃秃的树木。

父亲的棺材被抬进了礼拜堂的一间圆形大厅里，安放在一个台基上。我站在一边等待着。壁龛里的管风琴旁，坐着一个面带醉意的老人，他开始演奏一支安魂曲。此时，墙壁正中的一扇门突然开了，载有棺木的台基开始微微移动，沿着嵌在地板上几乎察觉不到的轨道缓缓地向门后一间空荡荡的四方形房间滑去，然后，门又无声地关上了。两个小时后，我拿到了父亲的骨灰盒。

我捧着这只嵌有十字架、上宽下窄的盒子，在工作人员和客人陌生的目光下走过，父亲的骨灰随着我的脚步在盒中发出轻微的响声。我回到旅馆，

人生要读的经典美文

先是把骨灰盒放在桌上，然后移到窗台上，接着又放在地板上，取进大橱里，最后，放到了衣帽间。我下楼进了城，到百货店买了些纸和绳子，将盒子包好。当天，我陪伴着衣帽间里父亲的骨灰在那家旅馆里过了夜。

第二天，我来到父母住过的房子，同我的同父异母兄弟及其妻子、我的亲哥嫂以及我的姐姐、姐夫一道商量了送葬、执行遗嘱和分配遗产等事宜。在以后的几天里，我们这个家终于解体了。

（荣裕民　译）

# 冬天之美

[法] 乔治·桑

　　我从来热爱乡村的冬天。我无法理解富翁们的情趣，他们在一年当中最不适于举行舞会、讲究穿着和奢侈挥霍的季节，将巴黎当做狂欢的场所。大自然在冬天邀请我们到火炉边去享受天伦之乐，而且正是在乡村才能领略这个季节罕见的明朗的阳光。

　　在我国的大都市里，臭气熏天和冻结的烂泥几乎永无干燥之日，看见就令人恶心。在乡下，一片阳光或者刮几小时风就使空气变得清新，使地面干爽。

　　可怜的城市工人对此十分了解，他们滞留在这个垃圾场里，实在是由于无可奈何。我们的富翁们所过的人为的、悖谬的生活，违背大自然的安排，结果毫无生气。

　　英国人比较明智，他们到乡下别墅里去过冬。

　　在巴黎，人们想象大自然有 6 个月毫无生机，可是小麦从秋天就开始发芽，而冬天惨淡的阳光——大家惯于这样描写它——是一年之中最灿烂、最辉煌的。当太阳拨开云雾,当它在严冬傍晚披上闪烁发光的紫红色长袍坠落时,人们几乎无法忍受它那令人炫目的光芒。即使在我们严寒却偏偏不恰当地称为温带的国家里,自然界万物永远不会除掉盛装和失去盎然的生机,广阔的麦田铺上了鲜艳的地毯,而天际低矮的太阳在上面投下了绿宝石的光辉。地面披上了美丽的苔藓。华丽的常春藤涂上了大理石般的鲜红和金色的斑纹。报春花、紫罗兰和孟加拉玫瑰躲在雪层下面微笑。由于地势的起伏,由于偶然的机缘,还有其他几种花儿躲过严寒幸存下来,随时使你感到意想不到的欢愉。虽然百灵鸟不见踪影,但有多少喧闹而美丽的鸟儿路过这儿,在河边栖息和休憩!当地面的白雪像璀璨的钻石在阳光下闪闪发光,或者当挂在树梢的冰凌组成神奇的连拱和无法描绘的水晶的花彩时,有什么东西比白雪更加美丽呢?在乡村的漫漫长夜里,大家亲切地聚集一堂,甚至时间似乎也听从我们使唤。由于人们能够沉静下来思索,精神生活变得异常丰富。这样的夜晚,同家人围炉而坐,难道不是极大的乐事吗?

(程依荣　译)

# 树林和草原

[俄] 屠格涅夫

渐渐地牵引他向后方：

回到幽暗的花园里，回到村子上，

那里的菩提树高大而阴凉，

铃兰花发出贞洁的芬芳，

那里有团团的杨柳成行，

从堤畔垂垂地挂在水上，

那里有繁茂的橡树生长在膏腴的田地上，

那里的大麻和荨麻发出馨香……

到那地方，到那地方，到那辽阔的原野上，

那里的土地黑沉沉的像天鹅绒一样，

那里的黑麦到处在望，

静静地泛着柔软的波浪。

从一团团明净的白云中央，

照射出沉重的、金黄色的阳光。

那是个好地方……

——节自待焚的诗篇

读者对于我的笔记也许已经感到厌倦了，我赶快安慰他，约定限于已经发表的几篇为止；但是在向他告别的时候，不能不略谈几句关于打猎的话。

带了枪和狗去打猎，就本身而论，即从前所谓 fursich（编者注：德语，就本身而论），是一件绝妙的事；纵然你并不生来就是猎人，但你总是爱好自然和自由的，因此你也就不能不羡慕我们猎人。请听我讲吧。

例如，春天黎明以前乘车出游时的快感，你知道吗？你走到台阶上。深灰色的天空中有几处闪耀着星星；滋润的风时时像微波一般飘过来；听得见夜的隐秘而模糊的私语声；阴暗的树木发出微弱的喧噪声。仆人把地毯铺在马车上了，把装茶炊的箱子放在踏脚的地方了。两匹副马畏缩着身子，打着响鼻，优雅地替换着蹄子站在那里；一对刚才睡醒的白鹅静悄悄、慢吞吞地穿过道路去。在篱笆后面的花园里，看守人安闲地在那里打鼾；每一个声音都仿佛停滞在凝结的空气中，停滞不动。于是你坐上车，马儿一齐举步。马车发出隆隆的声音。你乘着马车，经过教堂，下山向右转，开过堤坝。池塘上刚开始升起烟雾。你觉得有点儿冷，就用大衣领子遮住了脸，你打瞌睡了。马蹄踏在水洼里发出很响的声音；马车夫吹着口哨。但是这时候你已经走了约莫四俄里。天边发红了：唐鸦在白桦树丛中醒过来，笨拙地飞来飞去；麻雀在暗沉沉的禾堆周围唧唧喳喳地叫。空气清朗了，道路更加看得清楚，天色明净起来，云发白了，田野显出绿色。农舍里点着松明，发出红色的火光，大门里面传出瞌睡蒙眬的说话声。这期间朝霞发红了；已经有金黄色的光带扩展在天空中，山谷里缭绕地升起一团团烟雾来，云雀嘹亮地歌唱着，黎明前的风吹出了——于是徐徐地浮出深红色的太阳来。阳光像流水一般进出；你的心像鸟儿一般振奋起来。一切都新鲜、愉快而可爱！四周远处都看得清楚了。小树林后面有一个村庄；再过去些还有一个村庄，村里有一所白色的礼拜堂；山上有一个白桦树林；这树林后面是一片沼地，就是你要去的地方。快跑，马儿，快跑！跨着大步向前进！……一共只有三俄里了。太阳很快地升起来；天空明净。今天天气一定很出色。一群家畜从村子里向我们迎面而来。你的车子登上山顶。风景多么好！河流蜿蜒十俄里光景，在雾色中隐隐地发蓝；河那边是大片的水汪汪的青草地；草地那边有几个平坦的丘陵；远处有几只田凫在沼地上空飞鸣；通过了散布在空气中的滋润的阳光，远处的景物显得很清楚——不像夏天那样。呼吸多么自由，四肢动作多么爽快，全身被春天的清新气息笼罩着，感到多么壮健！

夏天7月里的早晨！除了猎人之外，有谁曾经体会到黎明时候在灌木丛中散步的乐趣呢？你的脚印在白露沾湿的草上留下绿色的痕迹。你用手拨开濡湿的树枝，夜里蕴蓄着的一股暖气立刻向你袭来；空气中到处充满着苦艾的新鲜苦味、荞麦和三叶草的甘香；远处有一片茂密的橡树林，在阳光底下发出闪闪的红光；天气还凉爽，但是已经觉得炎热逼近了。过多的芬芳之气使得你头晕目眩。灌木丛没有尽头。只是远处某些地方有一片黄澄澄的成熟了的黑麦，一条条狭长的粉红色的荞麦田。这时候一辆马车轧轧地响过；一个农人缓步走来，把他的马预先牵到阴凉的地方去。你同他打个招呼，就走开了；你后面传来镰刀的响亮的铿锵声。太阳越升越高。草立刻干燥了。天气炎热起来。过了一个钟头，又一个钟头……天边上黑暗起来；静止的空气中发散出火辣辣的热气。

"老兄，这里什么地方可以弄点水喝？"你问一个割草的人。

"那边山谷里有一口井。"

你穿过缠着蔓草的茂密的榛树丛，走到山谷底下。果然，断崖的下面隐藏着泉水；橡树的掌形枝叶贪婪地铺张在水面上；银色的大水泡摇摇摆摆地从长满细致柔滑的青苔的水底上升起来。你投身到地上，喝饱了水，但是懒得再动了。你现在正在阴凉的地方，呼吸着芬芳的湿气，你觉得很舒服，可是你对面的丛林晒得火辣辣的，在阳光底下仿佛颜色发黄了。然而这是什么呀？风突然吹来，又疾驰而去；四周的空气颤动了一下。这不是雷声吗？你从山谷里走出来……天边的一片铅色是什么？是不是暑气浓密起来了？是不是乌云涌过来了？但是这时候电光微微地一闪。啊，原来是暴风雨要来了：它前面的一边像衣袖一般伸展开来，像穹隆似的笼罩着。顷刻之间，草木全部黑暗了。赶快跑！那边好像有一间干草棚……赶快跑！你跑到那里，走了进去。雨多么大！闪电多么亮啊！有些地方，水通过了草屋顶滴在芳香的干草上。但是，瞧，太阳又出来了。暴风雨过去了；你走出来。我的天啊，四周一切多么愉快地发出光辉，空气多么清新澄澈，草莓和蘑菇多么芬芳！

但是现在黄昏来临了。晚霞像火焰一般燃烧，遮掩了半个天空。太阳就要落山了。附近的空气似乎特别清澈，像玻璃一样；远处笼罩着一片柔和的雾气，样子很温暖；鲜红的光辉随着露水落在不久以前还充满金色光线的林中旷地上；树林、丛林和高高的干草垛上都投射出长长的影子来。太阳落山了；一颗星在落日的火海里发出颤抖的闪光来。这火海渐渐泛白了；天空发青了；一个个的影子逐渐消失，空气中充满了烟雾。现在该回去了，回到你过夜的村中的农舍里去了。你背上枪，不顾疲倦，迅速地走着。这期间黑夜来临了；二十步之外已经看不见了；狗在黑暗中微微地显出白色。在那边黑压压的丛林上，天际模糊地发亮。这是什么？火灾吗？不是，这是月亮升起来了。下面靠右边，村子里的灯火已经在闪耀了。终于到达了你的屋子。你从窗子里可以看到铺着白桌布的食桌、焰焰的蜡烛、晚餐……

有时你吩咐套上竞走马车，到树林里去猎松鸡。车子在两旁长着又高又密的黑麦的狭路上经过，是很愉快的事。麦穗轻轻地打你的脸，矢车菊绊住你的脚，四周有鹌鹑叫着，马儿跑着懒洋洋的大步子。树林到了。阴暗而寂静。体态匀称的白杨树高高地在你上面簌簌作响；白桦树的下垂的长枝微微颤动；一棵强大的橡树像战士一般站在一棵优雅的菩提树旁边。你的车子在长满绿草的、阴影斑驳的小路上行驶着；黄色的大苍蝇一动不动地在金黄色的空气中逗留了一会儿，突然飞去；小蚊蚋成群地盘旋着，在阴暗的地方发亮，在太阳光里发黑；鸟儿安闲地歌唱着。知更鸟的金嗓子欢愉地发出天真烂漫的絮絮叨叨声，这声音同铃兰的香气很调和。再走远去，再走远去，去到树林的深处。树林丛密起来……心中感觉到说不出的沉寂；四周也都充满睡意，悄然无声。但是忽然一阵风吹来了，树梢哗哗地响起来，仿佛翻落的波浪。有些地方，从去年的褐色的落叶中间生出很高的草来；蘑菇各自戴着自己的帽子站着。雪兔突然跳出，狗高声吠叫着急起直追。

　　同是这座树林，当晚秋山鹬飞来的时候，显得多么美好啊！山鹬不停在树林深处，必须到树林边上去找它们。没有风，也没有太阳，没有光亮，没有阴影，没有动作，没有声音；柔和的空气中弥漫着秋天的像葡萄酒似的香气；远处黄澄澄的田野上笼罩着一层淡薄的雾。光秃秃的褐色树枝中间，露出宁静而洁白的天空，菩提树上有几处挂着最后几张金色的叶子。两脚踏在潮湿的土地上觉得有弹性；高高的干燥的草一动也不动；长长的蛛丝在苍白的草上闪闪发光。呼吸舒畅，可是心里感到一种异样的惊悸。你沿着树林边缘走去，一路照看着你的狗，这期间可爱的形象、可爱的人——死了的和活着的——都回忆起来了，久已睡着了的印象蓦地苏醒过来；想象力像鸟一般翱翔，一切都在眼前清晰地出现并活动起来了。心有时突然颤抖跳动。热情地向前突进，有时一去不回地沉没在回忆中了。全部生活就像一个手卷似的轻快迅速地展开来；人在这时候掌握了他的全部往事、全部感情、力量、全部灵魂。四周没有一样东西来妨碍他——既没有太阳，也没有风，又没有声音……

　　在秋天，早晨严寒而白天明朗微寒的日子里，那时候白桦树仿佛神话里的树木一般全部化作金黄色，优美地显出在淡蓝色的天空中：那时候低斜的太阳照在身上不再感到温暖。但是比夏天的太阳更加光辉灿烂；小小的白杨树林全部光明透彻；仿佛它认为光秃秃地站着是愉快而轻松的；霜花还在山谷底上发白，清风徐徐地吹动，追赶着卷曲的落叶；那时候河里欢腾地奔流着青色的波浪，一起一伏地载送着逍遥自在的鹅和鸭；远处有一座半掩着柳树的磨坊轧轧地响着，鸽子在它的上空迅速地盘着圈子，在明亮的空气中斑斑驳驳地闪耀着。

　　夏天的烟雾弥漫的日子也很美好，虽然猎人不喜欢这种日子。在这些日子里不能打枪，因为鸟儿从你的脚边拍翅飞起，立刻消失在白茫茫的凝滞的烟雾中了。然而四周多么静寂，静寂得难于形容！一切都觉醒了，然而一切都默不做声。你经过一棵树旁边，它一动也不动，正在悠然自得。

通过均匀地散布在空气中的薄雾，在你前面显出一片长长的黑影。你以为这是近处的树林；你走过去，这树林就变成了长在田界上的一排高高的苦艾。

在你的上空，在你的四周，到处都是雾。可是这时候风轻轻地吹出了，一块淡蓝色的天空通过了稀薄如烟的雾气而显现出来，金黄色的阳光突然侵入，照射成一条长长的光带，落到田野上，钻进树林里——接着，一切又都被遮蔽起来。

这斗争继续了很久，但是光明终于胜利，被太阳照暖了的最后一阵阵烟雾时而凝集起来，铺展得平平的，时而盘旋缭绕，消失在发着柔和的光辉的蔚蓝色的高空中，这一天就变成壮丽无比的晴明天气了。

现在你要出发到远离庄园的草原上去行猎了。

你的车子在乡间土道上行驶了大约十俄里，终于来到了大道上。你经过无数的货车旁边，经过几家大门敞开的旅店旁边，望见里面有一口井，屋檐下还有茶炊吱吱地沸腾着；你的车子从一个村庄开到另一个村庄，穿过一望无际的原野，沿着绿色的大麻田，长久地行驶着。

喜鹊从一棵柳树飞到另一棵柳树；农妇们手里拿着长长的草耙，正在田野里慢慢地走；一个行路人穿着一件破旧的土布外套，肩上背着一只行囊，拖着疲劳的步子行走着；地主家的笨重的轿形马车上套着六匹高大而疲乏的马，向你迎面而来。车窗里露出垫子的角；一个穿大衣的侍仆扶着绳子，横着身子，坐在马车后面的脚镫上的一只蒲包上，泥污一直溅到眉毛上。

现在你来到了一个小县城里，这里有木造的歪斜的小屋子、无穷尽的栅栏、不住人的石造商店、深谷上的古老的桥。再走远去，再走远去！来到了草原地带。

你从山上眺望，风景多么好！一个个全部耕种过的圆圆低低的丘陵，像巨浪一般起伏着；长满灌木丛的溪谷蜿蜒在丘陵中间；一片片小小的丛林像椭圆形的岛屿一般散布着；狭窄的小径从一个村庄通到另一个村庄；各处有白色的礼拜堂；柳丛中间透出一条亮闪闪的小河，有四个地方筑着堤坝；远处原野中有一行野雁并列地站着；在一个小池塘上，有一所古老的地主邸宅，附有一些杂用房屋、一个果园和一个打谷场。

然而你的车子继续向前行驶。丘陵越来越小了，树木几乎看不见了。终于，你来到了一片茫无际涯的草原上！

在冬天的日子里，你在高高的雪堆上追逐兔子，呼吸严寒刺骨的空气，柔软的雪的耀目而细碎的闪光，使你的眼睛不由自主地要眯拢来，你欣赏着红澄澄的树林上面的青天，这一切多么可爱啊！在早春的日子里，当四周一切都发出闪光而逐渐崩裂的时候，通过融化的雪的浓重的水汽，已经闻得出温暖的土地的气息；在雪融化了的地方，在斜射的太阳光底下，云雀天真烂漫地歌唱着，急流发出愉快的喧哗声和咆哮声，从一个溪谷奔向另一个溪谷。

但是现在应该结束了。我正好又讲到了春天：在春天容易离别，在春天，幸福的人也会被吸引到远方去。再见了，我的读者，祝您永远称心如意。

（张守仁　译）

# 蟋蟀之歌

[西班牙] 胡安·拉蒙·希梅内斯

晚间散步的时候，普拉特罗和我都非常熟识蟋蟀的歌声。

蟋蟀在黄昏时的第一支歌是犹豫、低沉而粗糙的。他转调了，他向自己学习，跟着，一点一点地升到正确的音高上去，仿佛在寻找切合那个时空的和谐。忽然间，当透明的天空中星星都出来的时候，他的歌声便获得了一种旋律式的甜蜜，像随意摇荡的钟声。

清新的紫色的凉风来了又走了，夜的花朵在尽情开放。在天地交会的蓝色田畴上，一种圣洁的精华正飘过平原。蟋蟀的歌愈唱愈开心，响彻整个村野，像影子的声音。他再也不犹疑，再也不沉默了。就像把自己流淌出来一样，每一个音符都是另一个的双生兄弟，有一种黑水晶似的血缘关系。

时光安详地度过。世界上没有战争，工人酣睡着，远处天空的景象到达了他的梦境。在爬山虎丛中，靠着墙边也许有狂恋着的情人，眼神与眼神正互相交融。小块地上盛开的豆花向城镇吹送着轻柔的芬芳的消息。这种消息，仿佛来自一个无拘无束、心灵开放而感情微妙的青春期少年。青春的麦子，摆动在月光中，迎风而叹息，在早晨两点、三点、四点的时刻。蟋蟀的歌声一度唱得那样悠长，现在却消逝了。

又唱起来了！啊，那清晨的蟋蟀之歌！我和普拉特罗冷得发抖，正沿着那条露水凝霜的小径回家睡觉。月正落，红而瞌睡。现在，那歌声正为月色而步履浮荡，为星辉而沉醉欲睡，浪漫、神秘而丰盛。然后是那一大片令人沮丧的云，镶着悲哀的紫蓝色的边，缓缓地把白天从海面上一拉上来。

（傅一石 译）

# 孤独的树

[保加利亚] 埃林·彼林

　　一阵肆虐的狂风从遥远的树林里刮来两颗种子，随意将它们分撒在田野里。雨水将它们润湿，泥土将它们埋藏，阳光给它们温暖。于是，它们在田地里长成了两棵树。

　　最初，它们十分矮小，然而无心的时间把它们高高地拉离地面，它们便能眺望得比从前远多了。

　　它们也都彼此看见了。

　　田野十分辽阔，直到那葱绿的平原的尽头，也看不到任何其他的树木，只有这两株远远分隔着的树，形影相依地伫立在田野中间。

　　它们的枝丫纵横交错，仿佛是些用来丈量这旷野的奇怪的标尺。

　　它们遥遥相望，彼此思念，彼此倾慕。

　　然而，当春天来临，生命的力量给它们温暖，充盈的液汁在它们体内流动起来时，它们心中也勾起了对那永存的，同时也是永远离开了的母林的思念。

它们会心地摇动着树枝，相互默默地打着手势。当一只小鸟像一种心念从这棵树飞到那棵树的时候，它们就高兴得战栗了起来。

狂风暴雨来临时，它们惶恐地东摇西摆，折断了树枝，呜呜地呻吟叫喊，仿佛想挣脱地面，双方飞奔到一起，紧靠支撑，并在相互拥抱中获得解救。

夜晚到来，它们消失在黑暗中，重又被分隔开来。

它们痛苦得如同病魔缠身，它们祈求地仰望天空，期望快快给它们送来白日的光辉，以求再能彼此相见。

如果猎人和干活的人坐在它们中一个的影子下休息，另一个就忧伤地喃喃低语，沉痛地诉说孤独的生活多么苦恼，离开亲人的日子过得多么缓慢、沉重、没有意义；它们的理想因得不到理解而消失；它们的希望因不能实现而破灭；找不到慰藉的爱情多么强烈，没有亲情的处境多么难以忍受。

（陈九瑛　译）

# 生活是美好的

［埃及］艾哈迈德·哈桑·齐亚特

生活是美好的，只有被称为人的这类动物歪曲生活之美。因为人类并未像其他万物生灵那样循着天定正途、大自然的引导和真主的启示生活，而是按其自定法则生活，这些法则乃是其依据唯我主义、狂妄自大和个人好恶所随意制定的。所以，他常对同类行恶，与异类为敌。或许兽类会为食色而相互残杀，鸟类会为食色而相互撕咬，但那种残杀和撕咬只是短暂的行为，既无预谋，亦无后仇，更没有伴随其后的罪恶。而人类则与之不同，他是平安之中的混浊、生活之中的灰尘。他有记忆力，所以对往事念念不忘，将仇怨牢记在心；他有洞察力，所以常为自己制造布满恐惧的未来。他的现在是永无休止、永不消歇的炽烈厮杀，他要么为记忆中昨天的旧恨复仇，要么为预见中今天的食物而不择手段地攫取，要么为想象中明天的恐惧而小心防范。

生活是美好的，比之更美好的是生灵，是能够感受、品尝、体会到这种美好并以其点缀自身的万物生灵。鸟儿美于花园，因为它懂得怎样将花园中的五颜六色装点到自己的羽毛上，将花园中的乐曲集于自己的啼鸣；狮子美于森林，因为它能够使森林的威严活生生地体现在它的威严之中，将森林的雍容和庄重体现在它的雍容和庄重之中；骆驼美于沙漠，因为它将自己融于大漠之间，使大漠中的山丘化为它的形体，将大漠的黄沙描绘在它的肤色之中；鲸鱼美于大海，因为大海是它生命的一部分，平静的海水、汹涌的波涛和湍急的水流便是构成它这部分生命的内涵。

仿佛大千世界之中的万物生灵都在追随着大自然，受其影响，与其同步共进，只有人类例外。因为他们偏离了主在创造他们时为他们确定的正途，主便只好专为他们派遣先知和使者，为他们开办学校提供经书，但光明怎能照进盲人之眼，雷声又焉能震动聋子之耳！

生活是美好的，它的美并不局限于某个民族而不惠予另一个民族，亦不局限于某个阶层而不惠予另一个阶层。它的美是主在上天与下界撒播的艺术灵光。让我们全身心地去追寻，尽情地去享受吧！凡有听觉、视觉和感觉的人，都会在每一个景致中发现美，都会在每一个地方感受到美。那些对生活之美熟视无睹的人，生活的自然之花在他们身上已然枯萎，他们的感官已然麻木，所以，存在于他们和世间万物之间的真实和正确的思维纽带已然断裂。

美是大自然保护生活、保存生命本质的手段，它以美使离散的东西重新聚合，使离散的生灵重新会聚。同时，美是内心的愉悦，是心灵的光环，是精神的慰藉。谁的感觉和意识中充满了美，那他便青春永驻、处处是春天！

生活是美好的，美的感受，其表现是欢乐与幸福。你会看到：哪儿笼罩着暮气与忧伤，哪儿的生活便是被疲惫所困扰，被丑恶所蚀化，被邪恶所败坏。那里生灵的悟性便会死亡，或者美丑被倒置、善恶被颠倒。大自然之美须由心灵之美去感应，生活的清纯须由心灵的清纯与之对应。对于那些感觉阴暗、暮气沉沉的人来说，生活的醇美他们是永远品尝不到的。

要成为心灵美的人，方能视万物皆美，包括原本丑的东西。何时你意识中充满了美的感觉、美的感受，世界便会在你心中显得无比美好，苦味在你口中便会变得甘之如饴，苦酿便会在你口中变成玉液琼浆，你会情不自禁地向往去尼罗河、花园岛和乡村一游，同鸟儿一道鸣唱，同蝴蝶一道飞舞，同鱼儿一道戏水。你可同富翁们比富有，同他们赛欢乐。你可以自豪地对他们说："美好产生出来的幸福远远超过金钱产生出来的幸福。金钱属于你们，你们只能自己享用；而美好则属于主，可把它施与众人！"

生活是美好的。生活之子啊，你是这美好的继承者，你为何将头扭向别处，对它视而不见，将忌妒和仇视的目光投向那些生活奢侈的人们？他们终日沉湎于享乐，或上山行猎，或雪地溜冰，或水中浮游。君不见，开罗市区和郊外，有着不可胜数的天然美景，向生灵散播着无限的享受，这些美景和享受足以遏止你对富有的嫉恨，足以平缓你对生活的愤怒。这美丽的尼罗河在它神奇的两岸之间奔涌向前，为两岸平添了许多娇美。有谁能阻止平民百姓在尼罗河中泛舟荡桨，有谁能阻止他们乘舟劈浪戏水，又有谁能阻止在尼罗河两岸举行各种比赛盛会和娱乐集会？你可以任意在早晚哪个时分在尼罗河岸边徜徉，都会感到在笼罩着岸边和水中的无边静谧之中，尼罗河仿佛在人烟罕至的旷野上奔流。倘若没有横跨两岸之间的座座大桥，没有这些车马行人自东岸到西岸的必由之路，开罗人定会像赞颂穆盖塔木山那样赞颂它！我们生活中的懒惰、软弱、气馁以及沮丧等诸般不快的阴影统统抛到了尼罗河中和花园岛上，从而使尼罗河像沼泽一般停止流动，使得花园岛像墓地一般静寂。所以，你看到人们默默垂首徜徉于尼罗河岸边或花园岛的花丛间，仿佛是在默默地注视或静静地反思！

（杨言洪　译）

# 山 恋

[日] 立松和平

　　我来到人世第一眼看到的就是山。那座山叫男人山。虽然我家的周围有足尾连山、高原山、那须山，但从我家向前看，只能看到日光的男人山。

　　四季的交替，我是从山色的变化知道的。当山顶变成了银白色，而且这银白色不断向山下蔓延时，冬天到来了，寒气渐渐来到了我的身边。春天，大地充满了勃勃生机，但山还是一片白色，冬天依然顽固地盘踞在山顶，迟迟不愿离去。这时候还不能算是真正的春天。只有山下的积雪融化，显露出褐色的山体，绿色缓缓攀上山顶，春天才真正到来了。对于我来说，悠悠岁月，就是山色的演变。不知为什么，有时我觉得山近在咫尺，伸手可及。这种感觉多出现在冬天，山岳有一种阳刚之气，而天空碧澄，一尘不染，距离感骤然飘散。我在看山时，山也在看我。或许在海边长大的人也有这种感觉吧？你在观察大海时，海也在观察你。我觉得故乡的风景，也像人一样，是有灵性的。我第一次看到海是小学一年级的时候，刚刚 7 岁。夏天，我们到了离宇都宫市最近的大洗海滨。当时的欢呼雀跃，至今仍历历在目。海的风

人一生要读的经典美文

光和山的景色是大不相同的。

从那以后，我常常上山下海，体会山海的不同。山是沉默的。当我背着重重的行囊，像苦行僧一样默默地走着，就进入了自我反思的状态，敞开心灵的门窗，天真地自问自答，苦苦思索。有时豁然开朗，有时山穷水尽，有时高深莫测。故乡，对于日光山、那须山，不仅是我，枥木县人都怀着一种特殊的感情。小时候，儿童会、町之会、毕业旅行、家庭旅行，几乎都是去这两座山，不知去过了多少次。春暖花开时，盛夏酷暑时，红叶如丹时，日皑皑时，一年四季，都要上山。登山时，内心有一种宗教的庄严感，好像把自己的历史镌刻在起伏的山岭上。人死后谁也不知道自己的去向，只能大致看一看而已。

日光、那须的山中，是死者灵魂聚集的地方。人都难免一死，最终都要到那里去。在这种深层的心理活动驱使下，从孩提时代起，人们就总进山。人死后都想去一个美好的地方，在那里不知道要生活多久？日光、那须景色秀丽，四季分明，无疑是灵魂最理想的归宿地。这是我——一个看着山长大的人的心情。我的生命可能就是从山里来的。为什么这样说呢？因为我看见山就激动，就觉得心旷神怡。我无法在看不见山的地方生活。当我身处高楼大厦林立的东京中心时，就坐卧不安、六神无主。如果在我头脑清醒时就能明确知道自己的死期，我会回到故乡，像我来到这个世界时一样，望着山闭上眼睛。在山林中死去是幸福的。我生于山，死后也想回归山林。真的，我希望这样。

望着山而生者与望着海而生者是不同的，这就叫宿命。生在枥木，这是命中注定的，不是我自己的选择，但想摆脱这种命运的安排是枉费心机的，所以我应当为自己的命运而感到高兴。

（陈喜儒　译）

# 远处的青山

[英] 约翰·高尔斯华绥

不仅仅是在这刚刚过去的 3 月里（但已恍同隔世），在一个充满痛苦的日子——德国发动它最后一次总攻后的那个星期天，我还登上过这座青山吗？正是那个阳光和煦的美好天气，南坡上的野茴香浓郁扑鼻，远处的海面一片金黄。

我俯身草上，暖着面颊，一边因为那新的恐怖而寻找安慰，这进攻发生在连续四年的战祸之后，益发显得酷烈出奇。

"但愿这一切快些结束吧！"我自言自语道，"那时我就又能到这里来，到一切我熟悉的可爱的地方来，而不致这么伤神揪心，不致随着我的表针的每下滴答，就又有一批生灵惨遭涂炭。啊，但愿我又能——难道这事便永无完结了吗？"

现在总算有了完结，于是我又一次登上了这座青山，头顶上沐浴着 12 月的阳光，远处的海面一片金黄。

这时心头不再感到痉挛，身上也不再有毒气侵袭。和平了！仍然有些难以相信。

不过再不用过度紧张地去谛听那永无休止的隆隆炮火，或去观看那倒毙的人们、张裂的伤口与死亡。和平了，真的和平了！战争继续了这么长久，我们不少人似乎已经忘记了 1914 年 8 月战争全面爆发之初的那种盛怒与惊愕之感。

但是我却没有，而且永远不会。

在我们一些人中——我以为实际在相当多的人中，只不过他们表达不出罢了——这场战争主要会给他们留下了这种感觉："但愿我能找到这样一个国家，那里人们所关心的不再是我们一向所关心的那些，而是美，是自然，是彼此仁爱相待。但愿我能找到那座远处的青山！"关于忒俄克里托斯的诗篇，关于圣弗兰西斯的高风，在当今的各个国家里，正如东风里草上的露珠那样，早已渺不可见。

即或过去我们的想法不同，现在我们的幻想也已破灭。不过和平终归已经到来，那些新近被屠杀掉的人们的幽魂总不致再随着我们的呼吸而充塞在我们的胸臆。

和平之感在我们思想上正一天天变得愈益真实和愈益与幸福相连。

此刻我已能在这座青山之上为自己还能活在这样一个美好的世界而赞美造物。我能在这温暖阳光的覆盖之下安然睡去，而不会醒后又是过去的那种怏怏欲绝。我甚至能心情欢快地去做梦，不致醒后好梦打破，而且即使做了噩梦，睁开眼睛后也就一切消失。

我可以抬头仰望那碧蓝的晴空而不会突然瞥见那里拖曳着一长串狰狞可怖的幻象，或者人对人所干出的种种伤天害理的惨景。我终于能够一动不动地凝视着晴空，那么澄澈与蔚蓝，而不会时刻受着悲愁的拘牵，或者俯视那光滟的远海，而不致担心波面上再会浮起屠杀的血污。

天空中各种禽鸟的飞翔，海鸥、白嘴鸭以及那往来徘徊于白垩坑边的棕色小东西对我都是欣慰，它们是那样自由自在，不受拘束。一只画眉正鸣啭在黑莓丛中，那里叶间晨露未干。

轻如蝉翼的新月依然隐浮在天际，远方不时传来熟悉的声籁。而阳光正暖着我的脸颊，这一切都是多么愉快。这里见不到凶猛可怕的苍鹰飞扑而下，把那快乐的小鸟攫去。这里不再有歉疚不安的良心把我从这逸乐之中唤走。

到处都是无限欢欣，完美无瑕。这时张目四望，不管你看看眼前的蜗牛甲壳，雕镂刻画得那般精致，恍如童话里小精灵头上的细角，而且角端作蔷薇色；还是俯瞰从此处至海上的一带平芜，它浮游于午后阳光的微笑之下，几乎活了起来，这里没有树爵，一片空旷，但有许多炯炯有神的树木，还有那银白的海鸥，翱翔在色如蘑菇的耕地或青葱翠绿的田野之间；不管你凝视的是这株小小的粉红雏菊，而且慨叹它的生不适时，还是注目那棕红灰褐的满谷林木，上面乳白色的流云低低悬垂，暗影浮动——一切都是那么美好，这是只有大自然在一个风和日丽的天气，而且那观赏大自然的人的心情也分外悠闲的时候，才能见得到的。

在这座青山之上，我对战争与和平的区别也认识得比往常更加透彻。

在我们的一般生活当中，一切几乎没有发生多大改变——我们并没有领得更多的奶油或更多的汽油，战争的外衣与装备还笼罩着我们，报纸杂志上还充溢着敌意仇恨；但是在精神情绪上我们确已感到了巨大差别，那久病之后逐渐死去还是逐渐恢复的巨大差别。

据说，此次战争爆发之初，曾有一位艺术家杜门不出，把自己关在家中和花园里面，不订报纸，不会宾客，耳不闻杀伐之声，目不睹战争之形，每日唯以作画赏花自娱——只不知他这样继续了多久。

难道他这样做法便是聪明，还是他所感受到的痛苦比那些不知躲避的人更加厉害？难道一个人连自己头顶上的苍穹也能躲得开吗？连自己同类的普遍灾难也能无动于衷吗？

整个世界的逐渐恢复——生命这株伟大花朵的慢慢重放——在人的感觉与印象上的确是再美不过的事了。

我把手掌狠狠地压在草叶上面，然后把手拿开，再看那草叶慢慢直了过来，脱去它的损伤。我们自己的情形也正是如此，而且永远如此。

战争的创伤已深深侵入我们的身心，正如严霜侵入土地那样。在为了杀人流血这桩事情而在战斗、护理、宣传、文字、工事，以及计数不清的各个方面而竭尽努力的人们当中，很少人是出于对战争的真正热忱才去做的。

但是，说来奇怪，这四年来写得最优美的一篇诗歌，亦即朱利安·克伦菲尔的《投入战斗》竟是纵情讴歌战争之作！但是如果我们能把自我那第一声战斗号角之后一切男女对战争所发出的深切诅咒全部聚集起来，那些哀歌之多恐怕连笼罩地面的高空也盛装不下。

然而那美与仁爱所在的"青山"离开我们还很遥远。什么时候它会更近一些？人们甚至在我所偃卧的这座青山也打过仗。

根据在这里白垩与草地上的工事的痕迹，这里还曾宿过士兵。白昼与夜晚的美好，云雀的欢歌，香花与芳草，健美的欢畅，空气的澄鲜，星辰的庄严，阳光的和煦，还有那清歌与曼舞，淳朴的友情，这一切都是人们渴求不餍的。

但是我们却偏偏要去追逐那浊流一般的命运。所以战争能永远终止吗？

这是四年零四个月以来我再没有领略过的快乐，现在我躺在草上，听任思想自由飞翔，那安详如海面上轻轻袭来的和风，那幸福如这座青山上的晴光。

（高键　译）

# 手风琴颂

[西班牙] 巴罗哈

有一个礼拜天的傍晚，诸君在亢泰勃利亚海的什么地方的冷静的小港口，有没有见过黑色双桅船的舱面，或是旧式海船上，有三四个戴着无边帽的人们，一动不动地倾听着一个练习水手用旧的手风琴拉出来的曲子吗？

黄昏时分，在海里面，对着一望无涯的水平线，总是反反复复的那感伤的旋律，虽然不知道为什么，然而是能引起一种严肃的悲哀的。

旧的乐器，有时失了声音，好像哮喘病人的喘息。有时是一个船尾低声地合唱起来。有时候，则是刚要涌上跳板，却又发一声响，退回去了的波浪，将琴声、人声全都消掉了。然而，那声音仍重复起来，用平凡的旋律和人人知道的歌，打破了平稳的寂寞的休息日的沉默。

当村庄上的老爷们漫步了回来的时候，乡下的青年们比赛完打球，广场上的跳舞愈加热闹，小酒店和苹果酒吧间里坐满了客人的时候，潮湿得发黑了的人家的檐下，疲倦似的电灯发起光来，裹着毯子的老女人们做着念珠祈祷，或是九日朝山的时候，在黑色双桅船，或者装着水门汀的旧式海船上，手风琴就将悲凉的、平凡到谁都知道的、悠扬的旋律，陆续地抛在黄昏的沉默的空气中。

唉唉！那民众式的，从不很风流的乐器的肺里漏出来的疲乏的声音，仿佛要死似的声音所含有的无穷的悲哀呵！

这声音，是说明着恰如人生一样的单调的东西；既不华丽，也不高贵，也非古风的东西，并不奇特，也不伟大，只如为了生存的每日的劳苦一样，不足道的平凡的东西。

唉唉，平凡之极的事物的玄妙的诗味呵！

开初，令人无聊，厌倦，觉得鄙俚的那声音，一点点地露出它所含蓄的秘密来了，渐渐地明白、透彻了。

由那声音，可以察出那粗鲁的水手、不幸的渔夫们的生活的悲惨；在海和陆上，与风帆战，与机器战的人们的苦痛；以及凡有穿破旧难看的蓝色工衣的一切人们的困惫来。

唉唉，不知骄盈的手风琴呵！可爱的手风琴呵！你们不像自以为好的六弦琴那样，歌唱诗里的大谎话。你们不像风笛和壶笛那样，做出牧儿的故事来。你们不像喧嚣的喇叭和勇猛的战鼓那样，将烟灌满了人们的头里。你们是你们这时代的东西。谦逊、诚恳、稳妥也像民众。不，恐怕像民众而以至于到了滑稽程度了。然而，你们对于人生，却恐怕是说明着那实相对着无涯际的地平线的、平凡、单调、粗笨的旋律的吧……

（鲁迅　译）

# 人生是伟大的奇迹

[英] 雪 莱

　　人，就是生活；我们所感受的一切，即为宇宙。生活和宇宙是神奇的。然而，对万物的熟视无睹，犹如一层薄薄的雾，遮蔽了我们，使我们看不到自身的神奇。我们对人生倏忽不定的变幻赞叹不已，然而，它本身难道不正是伟大的奇迹？同人生相比，帝国兴衰、王朝更迭何足挂齿！同人生相比，宗教体系、政治体制的兴亡又何足轻重！同人生相比，我们所定居的星球的演变算得了什么！同人生相比，日月星辰的运转与归宿又算得了什么！这伟大的奇迹，我们叹为观止，只因你如此奇妙无比！我们姑且就让那薄薄的雾（我们对这层雾，既了如指掌，却又感到变幻叵测），遮蔽我们的视线吧，否则，我们的惊异感会吞没，惊慑那引起惊异的客体！

　　倘若有任何一位艺术家，仅仅在心目中想象出太阳、恒星、行星诸星系（假设它们不曾在世间存在过），又用语言或画笔描绘出今夜的天穹所呈现的景观，然后以天文学的智慧对诸星系进行阐述解释，那么，我们会对他推崇备至的；如果有任何一位艺术家，凭他的想象勾勒出地球的景致：山峦、海洋、河流、草木、花朵，森林中形形色色的叶子，日落日出时的云蒸霞蔚，混浊清明的大气中的色彩层次（假设这一切以前也不曾在世间存在过），那么，毫无疑问我们会对他惊叹不已。如果以"除了上帝与诗人，无人配称创造者"来称赞这位艺术家，这实在不是出于虚浮的吹捧。然而，此刻，人们只是不经意地打量着这一切——日月、星辰、山川、河流、山脉……而以极度的快乐意识到这一切的人则被盛赞为"教养良好""卓而不群"，芸芸众生对此是漠不关心的。这就是人生，包容一切的人生在人间所受的待遇。

什么是人生？我们的思想与情感有意识地或无意识的都会在脑海中涌现，而我们便运用言辞来表达它们；我们降临到世间，然而，呱呱坠地的时刻早已被我们淡忘，婴孩时代不过是记忆中破碎的残片。我们活下来了，可在生活中，我们失却了对生活的领悟。如果以为透过我们的言辞便能洞穿人生的秘密，这是何等狂妄自大！诚然，言辞倘若运用得当，的确能使我们明白自身的无知，不过仅此而已，而这已足人愿了！因为，我们无法回答我们究竟是什么，我们来自何处，又欲往何方。降临世间是否即为存在之始，而死亡是否即为存在之终？诞生是什么？死亡又是什么呢？

精密抽象的逻辑学，抹去了涂在人生表面的那层油彩，为我们展现出一幅惊心动魄的人生画面。然而，面对如此惊心动魄的画面，人们却已经习以为常，只感到它年复一年，周而复始。有哲学家宣称，只有被感知的事物才存在。我要承认，我自己就是这一学说的赞同者。

然而，由于这一论断与我们固有的信念背道而驰，我们固有的信念便千方百计地与它抗衡。在我们心悦诚服之前，我们的脑海里早已有这样一种定论：外在的世界是由"梦幻的物质"构成的。通俗哲学这种荒谬绝伦的意识观与物质观，在伦理道德观念上产生了致命的后果。这一切以及这种哲学在万物本原问题上极端的教条主义，曾使我一度陷入唯物论。这种唯物论对于年轻肤浅的心灵是一个富有诱惑力的体系。它允许信徒谈论，却"豁免"了其思索权。不过，我所不满足的是它的物质观。我认为，人是一种志存高远的存在，他"前见古人，后观来者"，他的"思想，徜徉于永恒之中"，与倏忽无常、瞬息即逝绝缘。他无法想象万物的湮灭；他只在"未来"与"过去"中存在；无论他真正的、最终的归宿如何，在他心中永远存在着一个精灵，与虚无、死亡为敌。这是一切生命、一切存在的特征。每一个生命与存在既是圆心，同时又是圆周；既是万物所指向的点，又是包含万物的线。这种观照为唯物论与通俗哲学的物质观、意识观所不容，然而，它与智力体系却是相投的。

冗长地介绍早已为探索的心灵所熟知的观点显得可笑。一个论题深奥的作者尽可以对他们发表演说，或许在威廉·德拉蒙德的《学术问题》中，我们可以找到对智力体系最清晰有力的论证。经过他的一番讲评，再用其他言语来转译就显得徒劳无益了，这种转译只能丧失原作的生动与贴切。如果人们一个论点一个论点、一字一句地审度德拉蒙德论著的整个推理过程，最明智的人不难发现他思想的混乱，他的推理并不最终导向论述过的结论。

然而，承认智力体系可以成立之后，接下来又是什么呢？智力体系并没有建立新的真理，对于人的天性的外在表现或天性本身也没有更新的发现。它旨在形成一种哲学。作为这个日益更新的时代之先驱，这种哲学任重而道远。智力体系朝着它的目标前进了一步，它致力于消除谬误及其根源。它留下的空白，往往是政治、伦理问题的改革者所应留下的。它使人的意识获得一种自由，倘若不是由于人们对于言语及符号——人的意识本身创造出来的工具的误用，这种自由就会发挥作用。符号，这里作广义理解，既包括该词通常的意义，还包含我所特指的意义。在特指意义中，几乎一切熟悉的客体都是符号，不是象征这些客体本身，而是代表其他事物。这些事物具有启示一种思想的能力，从这种思想中，可导引出一连串的思想。因而，在这个意义上说，我们整个的人生就是一场关于谬误的教育。

我们不妨回想一下儿时对事物的感受力。那时，对于世界和自身，我们抱有怎样独特而热切的理解啊！今天，许多当初对我们至关重要的社会情境已时过境迁。不过，这不是我执意对比的要点。那时候，我们并不像今日这般习惯性地在我们的所见所感与我们自身之间划一道分界线，似乎它们已经融为一体。就这点而言，有些人永远是孩子，他们沉湎于一种梦幻状态。在这种"出神入化"的状态下，他们感到天性仿佛已返璞归真，融入周围的宇宙中，或者周围的宇宙已经与其自身同化。天人合一，物我两忘——他们意识不到差别。这种状态往往是对人生热切而生动的理解的序曲、间奏或尾声。随着人们年龄的增长，这种力量渐渐衰退，变成机构性的、习惯性的力量。这样，感情与推理渐渐演变成一堆缠结不清的思想以及因反复重现所形成的所谓印象。

智力体系最精密的演绎所展示的人生观是统一的。万物以其被感知的方式存在着，人们以"观念"与"外在客体"之名粗浅地对思维的两种类型加以区分，然而，这两者之间的差别只是名义上的。同理，依照这种演绎方式，各不相同的个体的意识（它与我们现在正在使用以审度自身之本性的东西相类似）也同样可能只是一种幻觉。"我""你""他们"这些词语并不是标志观念集合体实际区别的符号，而不过是人们用于指示一个心灵的不同变体的修饰语与符号。

不过，请不要误以为这种学说导致了这样一个狂妄的推论，即我，一个现在正在写作、思考的人，就代表那"一个心灵"。我，只不过是它的一部分。"我""你""他们"这些词语不过是为了排列组合而创设的语法手段，根本不带通常附属于它们的那种严格、专一的意义。找到合适的名称来表达"理性哲学"所传递给我们的那种微妙的观念是很难的。我们正濒临为词语抛弃的边缘。如果我们俯视一下自身无知的黑暗深渊，我们会头晕目眩，我们将何等惊异！

不过，事物之间的关系没有因任何"体系"而变更。所谓"事物"一词，我们可理解为思想的任何客体，也可以是任何一个以明澈的分辨力对之进行思考的思想。这些事物之间的关系仍然未变，并成为我们所获得的知识的原材料。

人生的起因究竟是什么？或者说，人生究竟是如何产生的？是什么样的力量在主宰人生？有史以来，人类煞费苦心地试图对这一问题作出解答，其结果为——诉诸宗教。然而，万物的基础不可能是通俗哲学所宣称的意识，这一点是显而易见的。意识（倘若我们逾越了对意识属性切实体验这一范畴，一切论证将显得多么徒劳无益！）不可能创造，它只能感知。尽管意识被说成是人生的原因，然而，"原因"一词不过反映出人类意识的一种状态。它表达的是人们所理解的彼此相关的两个观念相互关联的一种方式。倘若任何人想知运用通俗哲学来解答这一重大问题是何等力不从心，那么他们只需不带偏见地回顾一下自己意识中的各种观念是如何发展的就可以了。意识的来源，也即存在的来源，是和意识本身毫不相同的。

（徐文惠　译）

# 谈读书

[英] 培 根

读书足以怡情，足以博采，足以长才。其怡情也，最见于独处幽居之时；其博采也，最见于高谈阔论之中；其长才也，最见于处世判事之际。

练达之士虽能分别处理细事或一一判别枝节，然纵观统筹，全局策划，则舍好学深思者莫属。读书费时过多易惰，文采藻饰太盛则矫，全凭条文断事乃学究故态。

读书补天然之不足，经验又补读书之不足，盖天生才干犹如自然花草，读书然后知如何修剪移接；而书中所示，如不以经验范之，则又大而无当。

狡黠者鄙读书，无知者羡读书，唯明智之士用读书，然书并不以用处告人，用书之智不在书中，而在书外，全凭观察得之。

读书时不可存心诘难读者，不可尽信书上所言，亦不可只为寻章摘句，而应推敲细思。

书有可浅尝者，有可吞食者，少数则须咀嚼消化。换言之，有只需读其部分者，有只需大体涉猎者，少数则须全读，读时须全神贯注，孜孜不倦。

书亦可请人代读，取其所作摘要，但只限题材较次或价值不高者，否则书经提炼犹如水经蒸馏，淡而无味。

读书使人充实，讨论使人机智，笔记使人准确。因此，不常做笔记者须记忆力特强，不常讨论者须天生聪颖，不常读书者须欺世有术，始能无知而显有知。

读史使人明智，读诗使人灵秀，数学使人周密，科学使人深刻，伦理学使人庄重，逻辑修辞之学使人善辩：凡有所学，皆成性格。

人之才智但有滞碍，无不可读适当之书使之顺畅，一如身体百病，皆可借相宜之运动除之。滚球利睾肾，射箭利胸肺，慢步利肠胃，骑术利头脑，诸如此类。如智力不集中，可令读数学，盖演题需全神贯注，稍有分散即须重演；如不能辨异，可令读经院哲学，盖是辈皆吹毛求疵之人；如不善求同，不善以一物阐证另一物，可令读律师之案卷。如此头脑中凡有缺陷，皆有特效可医。

（王佐良　译）

# 我的信念

[法] 玛丽·居里

生活对于任何一个男女都非易事，我们必要有坚韧不拔的精神；最要紧的，还是我们自己要有信心。我们必须相信，我们对一件事情是有天赋的才能，并且，无论付出任何代价，都要把这件事情完成。当事情结束的时候，你要能够问心无愧地说："我已经尽我所能了。"

有一年的春天里，我因病被迫在家里休息数周，我注视着我的女儿们所养的蚕结着茧子。这使我极感兴趣，望着这些蚕固执地、勤奋地工作着，我感到我和它们非常相似。像它们一样，我总是耐心地集中在一个目标。我之所以如此，或许是因为有某种力量在鞭策着我——正如蚕被鞭策着去结它的茧子一般。

在近五十年来，我致力于科学的研究，而研究基本上是对真理的探讨。我有许多美好快乐的回忆。少女时期我在巴黎大学，孤独地过着求学的岁月；在那整个时期中，我丈夫和我专心致志地、像在梦幻之中一般、艰辛地在简陋的书房里研究，后来我们就在那儿发现了镭。

我在生活中，永远是追求安静的工作和简单的家庭生活。为了实现这个理想，所以后来我要竭力保持宁静的环境，以免受人事的侵扰和盛名的渲染。

我深信在科学方面，我们是有对事而不是对人的兴趣。当皮埃尔和我决定应否在我们的发现上取得经济上的利益时，我们都认为这是违反我们的纯粹研究观念的。

因而我们没有申请镭的专利，也就抛弃了一笔财富。我坚信我们是对的，诚然，人类需要寻求现实的人，他们在工作中，获得最大的报酬。

但是，人类也需要梦想家——他们对于一件忘我的事业的进展，受了强烈的吸引，使他们没有闲暇，也无热诚去谋求物质上的利益。我的唯一奢望，是在一个自由国家中，以一个自由学者的身份从事研究工作，我从没有视这种权益为理所当然的，因为在 24 岁以前，我一直居住在被占领和蹂躏的波兰。我估量过法国自由的代价。

我并非生来就是一个性情温和的人。我很早就知道，许多像我一样敏感的人，甚至受了一言半语的呵责，便会过分懊恼，他们尽量隐藏自己的敏感。从我丈夫的温和沉静的性格中，我获益匪浅。当他猝然长逝以后，我便学会了逆来顺受。我年纪渐老了，我愈会欣赏生活中的种种琐事，如栽花、植树、建筑，对诵诗和眺望星辰也有一点兴趣。

我一直沉醉于世界的优美之中，我所热爱的科学也不断增加它崭新的远景。我认定科学本身就具有伟大的美。一位从事研究工作的科学家不仅是一个技术人员，并且还是一个小孩，在大自然的景色中，好像迷醉于神话故事一般。这种魅力就是使我终生能够在实验室里埋头工作的主要因素。

（剑捷　译）

# 最后的炉火

［法］加布里埃尔·西多尼·科莱特

点吧，你在炉里点起一年的最后一次火吧！阳光和火焰一起，要把你的脸照亮。

我手一挥，一捆柴烧起来，火光四射，烟袅袅上升，但我已不再认出我们那冬天的炉火了。由于不断添进干柴和大量树根，我们的火炽热旺盛，噼啪作响。它像一颗极为明亮的星，今天早晨从开着的窗子外直飞进来，落在我们的房里，像主人一样留了下来。

瞧！太阳不可能关心别的花园像关心我们的花园那样。你好好地瞧瞧，因为这里的一切一点也不像我们去年的园子了。

今年这一年一开始，尽管春寒料峭，但它已经开始着手改变我们那安闲的隐居生活的环境了。它使我们梨树的每根树枝上长出饱满而有光泽的花骨朵，它使每一丛丁香长出一簇簇新的尖叶子……

啊！特别是丁香，你看看它们究竟怎样在生长！去年你从旁边经过时，你亲得着它们的花朵。不过当5月又来临时，你闻不到它们的香味了，你只好踮起脚尖，得用手把它们那一串串花朵钩到你的嘴边来……你好好地瞧瞧那小路的细沙上红柳那枯瘦的阴影吧，明年，你会认不出它来了。

说到堇菜花，它们好像着了魔似的，昨天晚上在草地上突然全部开放了。你还认得出它们来吗？你弯下身子，像我一样，你很惊奇。在春天时它们的蓝颜色不是显得还要重一些吗？不，不，你搞错了，去年我看到它们的时候颜色还没那么深，那时是蓝紫的，你难道想不起来了……你反驳着，你摇着头，笑得很认真，嫩草的碧色使你那闪着金褐色色彩的眼神也相形失色了……更紫一些……不，更蓝一些……别在这上面费口舌了，你还不如去闻闻这些多变的堇菜花特有的香气呢！在闻着那使你入迷的、能忘却以往岁月的香气时，你像我一样去瞧瞧，那重新苏醒复活过来的、在你眼前越来越清晰的你那童年时代的春天吧！

颜色更紫……不，更蓝……我仿佛又重新看到了草地，看到了深深的树林，林里新发的嫩叶使整个林子蒙上了一层绿色的烟雾，一种很难形容的绿色。

寒冷的小溪，溪水刚冒出来又马上被沙子吸没了。

还有复活节时候的报春花，黄色的红口水仙，花蕊的颜色是橘黄色的，还有堇菜花，堇菜花，堇菜花……我重新看到一个安静的女孩子，春天那粗犷的野性气息使她心醉神迷，使她感到一种夹杂着凄凉而又神秘的幸福……

这是一个白天被关在学校里的女孩子，她用玩具和图片来和附近农场放羊的小姑娘交换她从树林里带来的最早的一束束堇菜花。这些花都用一根红棉线扎起来，有短茎的堇菜花，有白色的堇菜花，蓝色的堇菜花；还有一种泛着蓝色的白堇菜花，花上还有紫色的脉纹；还有报春堇菜花，它叶宽而软弱无力，长长的茎上高挂着一些没有香气的惨淡的花冠。

还有2月在雪地里开花的堇菜花，它经常被霜打落，变成红黄色，很难看，散发着一丁点香味……啊，我童年时代的堇菜花啊，你们一朵朵全都在我面前再现了，在这4月乳白色的天空里，到处都排列着你们那数不清的小脸，不断地飘舞着，使我晕眩，使我如痴如醉。

你把头向后一仰，在想些什么呢？你抬起你那安静的双眼勇敢地朝着太阳，但这只是为了去看一只今年第一次见到的蜜蜂。它正在飞翔，它飞得不太灵活，迷了路，正在寻找带蜜的桃花……

赶走它，它快挂在发亮的栗树花蕾上了！不，它消失在蓝色的空气中，一种像长春花汁液似的蓝色，在这有点雾然而又很洁净的天空里，它使你眩晕……你啊，你也许会对这破布似的一块蓝天感到满意，这块因被我们狭小的园子围墙局限而显得像片碎布一样的天空。

你去幻想吧，去想象在世界的某个地方，一个令人羡慕的、会在那里发现整个天空的地方！

想吧，你去遐想吧，就像你在向往到一个无法接近的王国去一样！你去想吧，在那遥远的天边，在接近大地边缘的地方，那种微妙的发白的颜色……在这姗姗来迟的春天里，有一天，在那边，越过墙，我在捉摸一条微微起伏的有力的线条，那条被孩子时的我称做大地的边缘的线，它变成玫瑰色，接着又成蓝的了，变成一种像水果核旁的那种汁的颜色，一种柔和的金色……你那美丽而又令人怜悯的眼神，别抱怨我这样强烈地在想我想要的东西！我那急切的愿望总使我在想一些我没有而又想得到的东西！是的，我笑了，带着好心笑了，笑你那闲着的没有拿花的手……太早了，太早了，蜜蜂和我们，还有那朵桃花，我们都过早地去寻找春天……

菖蒲睡着了，它在三层发绿的绸子里把自己卷成圆锥形。而牡丹呢？它用它那像珊瑚一样硬的树枝使劲地顶土而出，不过玫瑰还只敢长出一点点红色的像栗子那样大小的蓓蕾，一种很像蚯蚓那样的颜色。

现在到处可以采到棕色的桂竹香，它在郁金香之前开放，这种花颜色很深，土里土气，穿了一件很结实的绒衣，好像一个乡巴佬。但是现在还先别去找铃兰，它像淡菜的壳一样，长在两个瓣之间，它那东方绿的珍珠般的花苞，在慢慢地很神秘地鼓起来，马上就要散发出一种浓郁的香味……

阳光在沙地上移动，从淡紫色的东方刮过来了一阵冰冷的风，使你感到像電子那样的冰冷。

在空中，桃花被刮得到处都是……啊呀，我都感到冷了，那只暹罗母猫，它的脸像一块深色的丝绒，刚才还很安静很自在地躺在温暖的墙边，突然睁开了它那蓝宝石一样的眼睛。

肚子长长的，贴着地，怕冷的耳朵贴着脖子，向家里匍匐着走去……瞧！我怕这朵紫色的云，它镶了一条古铜色的边，在威胁着落日。

你刚才点着的火现在在房里蹦跳着，真像一只关在家里的欢快的动物，正在窥伺着我们的归来……

啊，一年里最后一次的炉火，最后的，也是最美的火！这是你的一朵粉色的牡丹，在炉子里凌乱地不停地开放。我们向火弯下身来，我们伸出了我们的手，它们被火红的微光烘烤着……我们园子里没有一朵花能比它更美丽，没有一棵树的枝叶能比它更茂盛，没有一株草能比它更随风飘曳，也没有一根藤像它那样专横，那样出其不意地把人缠住！让我们待在这里吧！我们要照顾好我们这位变化无常的神，它使你那忧郁的眼睛里出现了一丝微笑……再过一会儿，当我脱下连衣裙的时候，你会看到我的全身也是红红的，像一尊彩绘的塑像一样。

我站在这位神的面前，一动也不动。在那一明一暗的微光下，我的皮肤被激活了，颤抖着，就像在相爱的时刻里，那无法躲避的爱的羽翼，突然向我扑来一样……让我们待在这儿吧！一年里最后一次的炉火使我们沉静下来，懒洋洋的，使我们得到了一次非常温馨的小憩！我倾听着，头倚在你的胸前，倾听着风、火焰和你的心的跳动。

这时，在黝黑的玻璃窗外，一枝粉色的桃树枝却不停地敲打着窗子。它的叶子已大半脱落，显得非常可怕，活像一只在暴风雨中被击败的鸟儿一样。

(吴名 译)

# 白　草

[俄] 邦达列夫

　　我们的河上有一些那样幽静偏僻的地方，如果穿过树木互相纠结、到处长满荨麻、简直无法通行的密林，坐到水边，那么你会觉得自己是处于一个孤独的、完全与世隔绝的世界。

　　以最草率的目光来看，现在世界仅仅是由两部分构成的：绿荫和水。然而就连水里，映照在它那整个镜面上的，也同样是一片绿荫。

　　现在让我们一点一点地扩大我们的注意力。于是几乎与看到水和绿荫的同时，我们看到，不管河道多么狭窄，也不管树枝怎样在河床上纵横交错、密密地纠结在一起，但在创造我们这个小天地的过程中，天空仍然起了一定的作用，而且这作用并不是微不足道的。它时而是灰色的——这是在天刚蒙蒙亮的时候，时而在灰色中透露出一点儿玫瑰红，而在庄严的日出之前，它又变成了一片鲜红色，有时它又是金中透蓝，最后变成一片蔚蓝。在盛夏季节晴朗的日子里，它就应该是这个样子。

　　注意力再继续扩大一些，于是我们清清楚楚地分辨出：我们觉得似乎只不过是一片绿荫的一切，完全不只是单纯的绿色，而是一些可以细细区分的、十分复杂的东西。真的，如果在水边铺开一块平坦的绿色帆布，那才真叫美哩，那才真是妙不可言。望着这平坦的绿色帆布，我们真要情不自禁地赞叹说："这真是地上天堂啊。"

从树上伸出一根炭一般黑的弯弯曲曲的老树枝，悬挂在水面上。当初它也曾在风雨中喧哗，而现在却已默默无声。它那春天的嫩叶也曾被雨点打得簌簌颤抖，而现在它已不再战栗，它已经把闪闪发光的鲜黄的叶子统统撒落到水里，把它们挥霍光了。炭一般的黑影倒映在水上，只是在遇到睡莲的圆叶的地方，才会被莲叶切断。

这些睡莲叶的绿色和四周映在水面上的树荫大不相同，也不可能和它们融成一片。

稠李的未来的浆果，个儿已经长足了。现在它们光滑而又坚硬，简直像是用绿色的骨头雕成，再磨光了似的。

爆竹柳的叶子，有时让人看到它翠绿的正面，有时却翻转来，露出无光泽的银白色的背面，因此整棵爆竹柳，它的整个树冠，可以说，在总画面上看上去好像一个明亮的斑点。

水边长着野草，它们都朝一边弯着腰。但后面的草却似乎踮起脚尖，竭力伸着脖子，哪怕是从同伴们的肩后探出头去，但一定要看到水。这里有荨麻，也有一些很高的伞形野花，我们这儿谁也不知道它们叫什么。

但为美化我们这个与世隔绝的小天地出大力量的，是一种高大的、开白花的草本植物，它的花华丽极了。也就是说，每一朵单独的小花都很小，简直不易察觉，但每一根草茎上，花都多得不计其数，形成一顶十分华丽、稍有点儿发黄的白色花冠。因为这种草从来都不是一棵一棵地单独生长，所以华丽的花冠汇合在一起，简直像一片白云凝聚在静止不动的林间草地上，睡意正浓。还有一个原因，使人不可能不注意它，不可能不欣赏它：只要太阳把它晒暖，就有一团团看不见的轻烟、一阵阵浓郁的蜜香，像无形的花朵，从这白色的花之云上飘向四面八方。

看着大片大片华丽的白花，我常常想，这是一种多么荒谬的情况啊：我是在这条河上长大的，在学校里也教会了我一些东西；每次我都看到这些花，不仅是看到，而且能从其他花中认出它来。可是要是问我，它们叫什么，我却不知道。不知为什么，一次也没听到其他也是在此地长大的人提到过它叫什么。

蒲公英、母菊、矢车菊、车前草、风铃草、铃兰——对这些，我们的知识还够用。我们还能叫得出它们的名字。不过，为什么立刻就下结论呢？也许，只有我一个人不知道吧？不，不管我指着白花问村里的什么人，农民们都摊开双手说：

"谁知道呢。它们长在河边，树林中的谷地里，凡是比较潮湿的地方，都多得很。可是叫什么……你干吗要问它呢？花就是花，既用不着收割，也用不着脱粒，也用不着向国家交售，不是吗？就是没有名字，闻闻它还是可以的。"

我要说，一般来说，我们对于大地上周围的一切都有点儿漠不关心。不，不，当然啦，我们都喜欢说，我们爱大自然，无论是这些小树林、小丘、泉水，还是夏天半空中红艳艳的温暖的晚霞，我们都爱。啊，当然啦，还有采集一束鲜花。啊，当然啦，还有倾听鸟鸣，当森林里还是一片墨绿，黑得几乎让人感到凉意的时候，侧耳倾听在金色的林端卖弄歌喉的小鸟的啁啾声。还有去采蘑菇、钓鱼，还有，就这样躺在草地上，仰望空中飘浮的白云。

"喂，现在你这样无忧无虑，怡然自得地躺在草上，这种草叫什么啊？"

"什么叫什么？草，啊，那里……大概是什么冰草，要不就是蒲公英。"

"这儿哪有什么冰草啊？这儿根本没有任何冰草。你再仔细看看，就在你身子底下长着二十来种各式各样的草，它们每一种都有自己的名称，不是吗？咱就不说它们当中每一种都有什么让人感兴趣的地方了：要么是它的生活方式，要么是因为它能治病。不过这已经似乎是我们的智慧无法理解的奥秘了。这些就让专家去研究吧。可是不妨知道它们叫什么名称啊，仅仅是普通的名称。"

从 4 月起直到开始出现霜冻，在我们树林里到处都有的 250 种蘑菇（顺便说说除了很少几种以外，几乎都是可以吃的），我们认得出、叫得出名称来的，未必有 1/4。

关于鸟，我就不谈了。有谁能够肯定地告诉我，这 3 只鸟中哪一只是欧鸫——反舌鸟，哪一只是鹟鹩，哪一只是白腹翁呢？当然啦，会有人能断定的，但是不是每一个人都能呢？是不是 3 个人里就有一个人，是不是 15 个人里就有一个人能够肯定呢——问题就在这里。

在莫斯科遇到了我的朋友和同乡（邻村的人）沙夏·柯西岑，我们立刻回忆起我们的故乡来，我们回忆起叫做"母鹤"的森林，回忆起那条叫作沃尔夏的小河，还有消失在"母鹤"中的多尔吉深渊。

"人们最喜欢'母鹤'里面的芳香，"沙夏·柯西岑愉快地眯起眼来，回忆说，"随便哪里，随便在哪一条河上，随便在哪一座森林里，我都没闻到过这样的香味。不能单独地分别说，这是荨麻的香味，或者是薄荷的清香，要么是这个……它……嗯你知道的，那种白草……很华丽的，嗯，你知道我说的是什么……"

"我知道你说的是什么，不过我自己有一百次打算问你这种草叫什么。原来你把它的名字忘了。"

"不知道，而且也忘了，"沙夏笑着说，"总之，不妨打听一下。你该问问村里的当地人，他们会告诉你的。"

"难道我没问过吗？问过好多次了。"

"我想起来了，得去问我父亲。不是吗？他当过四年护林员，他什么都知道。规定要让他们，让护林员收集各种树籽和其他植物的种子。他在看这方面的书。对，对，你和我父亲可不能开玩笑。要知道，在这方面，他什么都知道得一清二楚。至于这种草——那还用说吗。我们住的那座看林人小屋周围，简直就是个植物园。"

有一年夏天我和沙夏在村里见了面，他那位无所不知、无所不晓的父亲就在附近，甚至经常和我们坐在一张桌子旁边，我们却把我们那种香草给忘了。冬天我们在莫斯科又想起了它。我们悔之莫及：瞧，有可能打听出来了，却忘了问。第二年一定要问问这位从前的护林员。我们急不可耐，甚至急到了这种程度，想要赶快写封信去，甚至想发一封电报。

但我们想起白草，通常都是在晚上很晚的时候，不是在家里，而是在做客、在吃饭的时候，再不然就是在饭馆里，当我们沉醉于特别富有诗意的那一瞬间，特别鲜明地回忆起"母鹤"和活尔夏的时候。大概只有这一点，才可以解释，为什么我们在三年当中既没有写信，也没有拍过电报吧。

有一次，我们所盼望的一切条件都凑齐了：我和沙夏碰在一起，巴维尔·伊万诺维奇就在我们身边，我们也想起了我们那简直像谜一样神秘的白草。

"对，对，对，"巴维尔·伊万诺维奇精力充沛地连声说，"怎么！难道我会不知道这种草吗!? 它的茎中间还是空的。有时候，口渴得很，想要喝水，可是泉水在很深的雨水沟里。你马上砍下一根一米长的草茎，用它来吸水喝。它的叶子有点儿像马林果的叶子。

"花是白的，而且十分华丽。香味那个浓啊！有时候，你坐在河边钓鱼，百步以外就能闻到香味。"

"怎么，难道我不知道这种草吗?! 你呀，沙夏，难道你不记得了吗，河对岸我们的护林人小屋周围长了多少啊？割都割不完。"

"那么别折磨人了，你说，它叫什么。"

"白草。"

"我们知道它是白的，可是它的名称叫什么呀。"

"你们还要什么名称呢？比方说吧，我就经常管它叫白草，而且我们这儿的人也都是这样叫法。"

我和沙夏笑了，虽然，我是这样想的，这位经验丰富的巴维尔·伊万诺维奇并不完全理解我们笑的原因。白草——突然觉得好笑。你试试看，猜一猜这个时候他们在笑什么吧。

（夏仲翼　译）

# 赤脚的孩子

[保加利亚] 斯米尔宁斯基

黄昏了。慢慢地，像是偷偷走着地，紫丁香色的阴影落了下来，罩着森林。巨大的日轮在黄金和暗红的血的急流中快烧着了。大路像是死了的灰色的蛇，在静下的田野里躺着。看哪，那些赤脚的来了。三个、四个、六个。拖着装满了木柴和枯枝的小车，他们绷紧了他们的年轻的身体上的筋肉。帽檐撕破了的帽子，打着黑色的补丁的灰色的裤子，他们的血管紧张得像船上的桅索一样，额上流着汗。城市又那么远！幼小的奴隶们，在穷苦的羁轭之下，孩子们眼睛里燃烧着老人的安静的悲哀，城市很远！很远！许多写意的人要在你们身边走过，他们的汽车都要在你们身边开过去，他们一生中从来不曾尝过苦难的杯子——他们，使你们受苦的他们。他们知道什么？在佳姆——戈利雅的大饭店里，音乐队奏着乐，在别墅里，那么舒服，又那么开心。饥饿这黑鬼并不向那里伸手，烦恼也不在那里织着涂胶的网。他们知道什么？"妈妈，这些孩子为什么拖着车子？"一个在汽车里的小小的写意的人问着。

人生要读的经典美文

"已经是冬天了，他们拖木柴去。""他们不觉得太重吗？"

"不，亲爱的，他们已经弄惯了。"

那些赤脚的停下了，喘着气，满脸怨恨地望着，又拖起了他们的小车。他们用袖子揩去额上的汗，脏黑的脖子上的血管胀大了，又向前走去。一阵阵的灰土掩盖了他们，像生命一样灰色的、窒息的灰土……在第二辆车子的木柴上，坐着一个小小的助手——蓝眼睛的小姑娘。血，暗红的血迹，在她的小脚上凝结了。但是，她只望望天，望望田野，微笑着。你对谁笑，金发的小奴隶呀？对苦难……对你的雪白的、天真的灵魂，你笑着。你的青春用了温柔的、天鹅绒一样的眼睛望着。可是明天？明天，生命的灰色的急流就卷去了你的青春，也一样卷去了你的微笑。而且，拖着小车，这里看到黑暗的苦难，那里看到虚荣和永远的欢乐，你就不再微笑了。阴影要罩上你的天真的脸，湿润的眼睛要露出仇恨，你就跟着你的褴褛的哥哥们，举起你的小小的、黑黑的、握得紧紧的拳头。

"两个世界！一个是多余的！"

（孙用　译）

# 永不道别

[美] 博伊尔斯

我那年才 10 岁，却陡然陷入了极度痛苦之中，因为我即将远离熟悉的家乡。

尽管我还年幼，但这短暂的时光中的每时每刻都是在这个古老而庞大的家族中度过的，这里凝聚着四代人的欢乐与苦楚。

最后的一天终于来临了。我一个人偷偷地跑到我的避难所——那个带顶棚的游廊，独自悄悄地坐着，身子不断地抽动，伤心的泪水如泉水一般直往外流。

突然间，我感到一只大手在轻轻地抚摸着我的肩膀，抬头一看，原来是爷爷。"不好受吧？比利。"他问道，随后坐在我旁边的石级上。

"爷爷，"我擦着泪汪汪的眼睛问道，"这可让我怎么向您和我的小伙伴们道别呀？"

他盯着远处的苹果树，静静地望了好一会儿，说道："'再见'这个字眼太令人伤感了，好像是永别一般，而且还过于冷漠。"

"看起来似乎我们有许许多多道别的方式，但都离不开'悲伤'这两个字。"

我依然直直地盯着他的脸，他却慢慢地把我的小手放到他那双大手之中，轻声说道："跟我来，小家伙。"

我们手牵着手，来到前院，这是他最为珍爱的地方，那里长着一株巨大的红色蔷薇花树。

"比利，你看到什么了？"

我眼睁睁地看着这些开得正旺的玫瑰花，心里却不知说些什么，就冒失地回答："爷爷，我见到的是又轻柔又漂亮的花呀！真是美极了！"

他屈膝跪了下来，把我拉到他身边，说："的确美极了。但这不仅仅是玫瑰本身美，比利，更重要的是你心目中那块特殊领地才使得它们这样美。"

他与我的视线相遇了。"比利，这些玫瑰是我很久很久以前种下的，那时你妈甚至还不知在哪儿呢。我的大孩子出生那天，我栽下了这些玫瑰，这是我对上帝感恩的一种特殊方式。那孩子和你一样，也叫比利，过去我常常看着他摘那些花，献给他妈妈……"

爷爷已是老泪纵横了（在这以前，我还未见他流过泪呢），声音也随之哽咽了。

"一天，可怕的战争终于爆发了，我儿子和其他许许多多人的孩子一道远离家乡去前线。我和他一道步行，到了火车站……10 个月过去了，我收到了一份电报，原来比利已在意大利的一个小村庄牺牲了。我所能记起的一切就是他一生中与我最后说的话就是'再见'。"

爷爷缓缓地站起来："比利，今后永远不要说再见。千万不要为世上的悲哀与孤独缠绕。

"相反，我倒希望你能记住第一次对朋友问候时那种幸福愉快之情。把这个不同寻常的问好牢牢铭刻在心中，就如太阳常在一起，暖烘烘的。

"当你和朋友们分离时，想远一些，特别是记住第一次问好。"

一年半过去了，爷爷重病缠身，生命垂危。几个星期从医院回来后，他又选择了靠窗那张床，以便能看到他所珍爱的玫瑰树。

一天，家里人都被召集到一块来了，我又回到了这幢旧房子里。按常规，长孙也有与祖父告别的机会。

轮到我了，我注意到爷爷已是疲倦不堪，眼睛紧闭，呼吸缓慢而且沉重。

我轻松地握着他的手，正如当初他拉着我的手一样。

"您好，爷爷。"我轻轻地向他问候，他的眼睛缓缓地睁开了。

"你好，我的朋友。"他说道，脸上掠过一丝微笑，眼睛又闭上了。我赶紧离开了。

我静静地伫立在玫瑰树旁边，这时，我叔叔走过来告诉我爷爷过世了。我不由得又想起爷爷的话和形成我们友谊的那种特殊感情。突然间，我真正领悟出他说永不道别和不必悲哀的真正含义。

（邓明生　译）

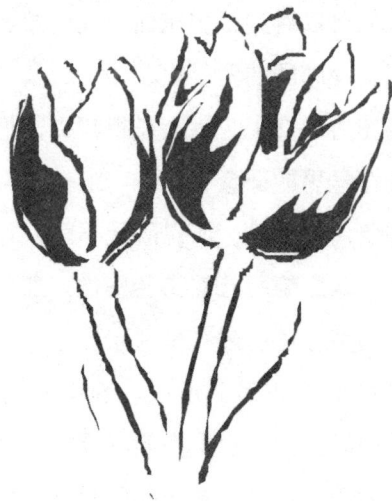

人一生要读的经典美文

# 郁金香

[墨西哥] 德佩雷拉

透过一扇窗子，人们可以看到很多东西。我就曾经坐在自家的窗前，一面绣着花边，一面目睹了女邻居的罗曼史。

我的邻居是一个织花边的女工。她人长得漂亮，但家境贫寒。她有两个追求者和一株栽在蓝瓷花盆里的郁金香。

我邻居和我住的那条街很背静，所以既无车辆来往，也很少有行人。过往人等全是当地的住户。像巴黎所有的街巷一样，那条街很窄，几乎每家的阳台上都挂有色彩鲜艳的宽红边遮阳布帘。

前面已经说过，我的邻居很穷，所以，她家的阳台上没有挂帘子。不过，太阳并未能阻止姑娘时常到阳台上去照看她的郁金香。

那株没有几片叶子的柔弱小花，是我邻居时刻记挂在心的事情。每天晚上她都把它搬进卧室，怕它会受到北风的摧残，清晨再重新搬出来。中午阳光炽烈的时候，她就用一小块麻布给罩起来。她不时地跑进跑出，不是掸去沾染枝叶的尘土、摘掉偶然发现的枯叶，就是浇水、捉虫。

在当地的条件下，郁金香是长不好的，只有在炎热的地方，它才能长得枝繁叶茂。正是由于这个原因，我的邻居才对她的花盆那么精心地加以照料。早在好几个月之前她就把种子埋进了土里，直到现在它才粗具样子，开始抽芽发枝，尽管还很柔弱、单薄，但毕竟还是就要开花了。

从姑娘挨近花盆时脸上流露出来的欣喜神态，我猜想这株花的枝头一定已经长出了第一个花骨朵儿了。

后来，我从这位漂亮的女工跟她楼上的邻居——她的追求者之一的谈话中得到了证实。"您一定非常高兴吧。几个月的苦心总算有了结果。很快您就能亲手摘下一朵美丽的郁金香啦。您打算把它和您的心一起送给谁呢？"

姑娘非常羞怯地回答：

"可能什么人也不给，我绝不会把这朵朝思暮想的鲜花给摘下来的。它应该就在原来的枝头上凋谢。我还没有蠢到那种地步，让自己花费得如此巨大的心血毁之于一个短暂的瞬间。这是一个原因哦，再说，我还没想过要把我的心和这朵郁金香一起送给别人呢。""您瞧，我的好邻居，时间不饶人哪。春天已经到了，这可是谈情说爱的大好时机。您看那些小鸟，没有一只是独自飞翔的，您再瞧瞧这些花盆，全都在开花了。还有什么可说的呢？就说您这迟迟不开的郁金香吧，今天，终于结了一个花骨朵儿。我的好邻居！您就可怜可怜我吧，您就痛痛快快地答应接受我做您的丈夫吧！"

女工的脸上泛起了红晕。

"您需要的不是妻子，而是理智。"

"如果您爱我，我就会有理智的。"

姑娘楼下的邻居是一个拘谨而又漂亮的小伙子，此刻，也正好站在自家的阳台上。他听了两个人的对话之后，皱了皱眉头，但却没动声色，因为他也爱着那个花边女工。

我是在绣花的时候，从窗口发现这个不善交际的小伙子的秘密的。不过，时至今日，他和心中的恋人一共也没有说过几句话。

我觉得他既腼腆又内在，既敏感又多情。

很久以前，我偶然发现，有一次，他趁女邻居不在的空隙，把一封信扔到了她的阳台上。

他是否收到了回信，我不得而知。不过每当姑娘来到阳台上的时候，他几乎连仰起头来跟她表示爱慕之情的勇气都没有，只能简单地寒暄几句。

"天气真好，小姐！"

"是啊，真好；对我的郁金香来说，可真是再好不过了。"

"您不再为它担心啦？"

"不啦，已经不担心了，现在它长得可好啦，又长出了两片叶子。"

"谢天谢地，您总算如愿了。您为这株花可真是操尽了心啊！"

"是啊，的确是这样，我把空闲时间全搭上了。"

"您的空闲时间实在少得可怜，小姐！我看您太辛苦了……有时候，已经很晚很晚了，我还见您房里的灯光映在对面的墙上，您会累病的。"

"不会的，我身体很好。上帝会保佑我的。"

"但愿如此。"

小伙子的声音微微发颤，美好的憧憬使他的眼睛显得更加美丽。可是，姑娘却没法看到他眼神的含义，因为他已经闭上了眼睛。

"回头见，先生。"姑娘说着转身走进屋里。

"回头见，小姐。"

这种一向质朴的谈话，给我留下了极好的印象。

我的女邻居的确太忙。我总是看见她手里拿着编织针，不停地织呀、织呀，简直就像一只不知闲的小蜘蛛。她织出来的花边是多么轻巧、多么精美啊！真可以说，仿佛一阵风就能吹破。一会儿是条边，一会儿是荷叶边，一会儿方，一会儿圆。丝线在她手中的活计上面宛如蝴蝶一般随意飞舞，看着它，真会觉得眼花缭乱。姑娘用她那双巧手麻利而又熟练地摆弄着根根丝线，又是穿，又是扯，又是捋。丝线也真听话，总是乖乖就范。

姑娘整天忙碌。她有时候嘴里哼着歌儿，有时候我又觉得她是在凝神沉思，好像手头碰到了难题。

楼下的邻居显然是放心不下，总是默默地仰望着她的阳台。

楼上的邻居却老是兴高采烈、笑容可掬，也常常低头注视着同一个地方，并且总能找到甜言蜜语和姑娘搭讪：

"您的脸蛋儿越来越漂亮，真像是两朵盛开的玫瑰。"

姑娘进进出出，虽然没有直接对答，但唇边却笑意盎然。

这位风流少年可能最后如愿吗？

这是谁也说不清楚的。姑娘还没有表露她的心愿，不过，这位小伙子却老是在用话语、用笑脸、用炽热的眼神把她纠缠。

在姑娘专心致志地编织着花边的同时，小伙子正在巧妙地铺排着俘获她的情网。这已经是由来已久的事情了。他能成功吗？谁知道呢？

我的女邻居终于盼来了这个欣喜的时刻：今天早晨花苞绽开了，一朵美丽的郁金香，红得像是一团炽烈的炭火，迎着春光展开了自己的花瓣。

姑娘喜不自胜，第一次忙中偷闲，心醉神迷地站在那初放的花前。

我坐在自己的屋角里分享着她的欢乐，尽量不引起姑娘的注意。她楼下的邻居也一定非常高兴，不过，他不在家。这是我从他那关着的阳台玻璃门上知道的。可是，她楼上的邻居却赶上了，如同表述大家的喜悦心情一般，连连发出赞叹：

"太好了！太好了！现在咱们来好好庆祝一番！郁金香开花了。求求您，我的邻居……把这朵花送给我吧！我每天都在算着它开花的日子，比您还着急呢。它是属于我的，我有权得它。您要是不给我，我也会把它偷到手的。它属于我，因为我爱您。街上没有人，谁也听不见。让我再说一遍，我爱您，我喜欢您，我崇拜您！把花送给我吧，我的好邻居！请您把它给我吧，否则，我就从这儿下去自己动手摘啦！"

小伙子说得很坚决。看样子要贸然采取行动。姑娘像一只受惊的鸽子一样犹豫不决，她满面绯红，两手颤抖，虽然这样，但她的唇边和眼角却似乎流露出某种满意神情……

"邻居，快把花给我！"

他的语气像是命令，不过，却又非常得体，强制之中包含着并未尽言的柔情蜜意。

"快点，快点！会有人来的。快把花给我……要不，我马上就从这儿下去自己动手啦！"

姑娘恳求地仰起脸，想要自卫，但是小伙子却投给她火一般深情目光。这还不算，他还做出了想要从阳台下来的样子。

姑娘被吓坏啦，终于屈服了。她走到花盆跟前，摘下花扔到楼上，然后就跑进卧室，隐没在屋子里了。

楼上的邻居得意地拾起了花朵，热切地吻了一下，就插进了衣领上的扣眼里。他先是哼起轻快的小调，没过一会儿，就随身带着那朵花从家里走了出去。

这时，我难过地想着那朵刚刚开放就被摘了下来的郁金香，同时也凄然想起……不过，我的痛苦与我邻居的罗曼史毫无关系，那么，咱们还是只讲有关她的事情吧。

那位幸运的小伙子走后不久，美丽的姑娘就又来到阳台上用麻布罩起了花盆，因为阳光又变得火辣辣的了。

这真是一个令人欢快的明媚早晨。整个天空犹如一顶硕大无朋的蓝缎华盂。

这时候，那位一大早就出了门、整个上午都没露面的楼下邻居，突然出现在阳台上了。

姑娘一看见他，就轻轻地发出了一声惊叫，我也跟着叫了一声……因为，这位急匆匆赶回来的人手里拿着一朵鲜红的郁金香……

姑娘和我都感到困惑不解，期待着……

"小姐，"小伙子恭恭敬敬地仰起脸说，"今天早上我出门以前，看到您的花盆里开出了第一朵花，可当我现在回来的时候，却非常痛心地发现它被扔到了街上。这条街上只有您养着郁金香，所以我猜想这是您的，后来看到花盆里果然没有花了，知道这花确实是您的，一定是风把它吹落到了街上，幸好我来得及时，才能把它捡回来还给它的主人。您拿去吧，小姐！如果您愿意，我就上楼给您送去。"

小伙子的脸上带着质朴的甜蜜神情。当他举目凝望女友的时候，眼睛里闪烁着温柔的光芒。小伙子手举郁金香站在阳台下面，真是一幅情趣无穷的图画。

当楼下邻居说话的时候，姑娘心中真是百感交集。她脸上流露出惊奇、气愤、鄙夷和轻蔑的表情，不过，此刻却似乎又满含着一片柔情，带着甜蜜的笑意。

小伙子还憨厚地站在那里重复着：

"小姐，这是您的郁金香，如果您愿意，我就上楼给您送去。"

然而，结果姑娘却说：

"不，不，先生，不要给我啦，如果您喜欢，那您就留下吧！"

"那怎么行！"小伙子怯生生地说，"我可以把这朵花留下？"

她也羞涩地回答：

"对，您可以留下，我希望您把它留下……"

两个人都不再说话了，这时，正有一群欢快的燕子唧唧喳喳地从街上飞过，好像是在为此时此刻唱着赞歌。

（毛巍　译）

# 当玫瑰花开的时候

[智利] 佩德罗·普拉多

老园丁培育出许多优良品种的玫瑰花。他像蜜蜂似的把花粉从这朵花送到那朵花，在各个不同种类的玫瑰花中进行人工授粉。

就这样，他培育出了很多的新品种。这些新品种成了他心爱的宝贝，也引起了那些不肯像蜜蜂那样辛勤劳动的人的妒羡。

他从来没有摘过一朵花送人。因为这一点，他落得了一个自私、讨人厌的名声。有一位美貌的夫人曾来拜访过他。

这位夫人离开的时候，同样也是两手空空没有带走一朵花，只是嘴里重复嘟囔着园丁对她说的话。

从那时起，人们除了说他自私、讨人厌之外，又把他看成了疯子，谁也不再去理睬他了。

"夫人，您真美呀！"园丁对那位美貌的夫人说，"我真乐意把我花园里的花全部都奉献给您呀！但是，尽管我年岁已这么大了，我依旧不知道怎样采摘下来的玫瑰花，才能算一朵完整而有生命的玫瑰花。

"您在笑我吧？哦！您不要笑话我，我请求您不要笑话我。"

老园丁把这位漂亮的夫人带到了玫瑰花园里，那里盛开着一种奇妙的玫瑰花，艳红的花朵好像是一颗鲜红的心被抛弃在蒺藜之中。

"夫人，您看，"老园丁一边用他那熟练的布满老趼的手抚摸着花朵，一边说，"我一直观察着玫瑰开花的全部过程。

"那些红色的花瓣从花萼里长出来，仿佛是一堆小小的篝火喷吐出的红彤彤的火苗。

"难道把火苗从篝火中取出来还能继续保持着它那熊熊燃烧的火焰吗？花萼细嫩，慢慢地从长长的花茎上长了出来，而花朵则出落在花枝上。谁也无法确切地把它们截然分开。

"长到何时为止算是花萼，又从何时开始算作花朵？我还观察到当玫瑰树根往下伸展开来的时候，枝干就慢慢地变成白色，而它的根因地下渗出的水的作用，又同泥土紧紧地结合起来了。

"结果我连一朵玫瑰花该从哪儿开始算起都不知道，那我怎么能把它摘下来送给他人？要是硬把它摘下来赠送给别人，那么，夫人，您知道吗？一种断残的东西其生命是 10 分短暂的。

"每年到了十月，那含苞待放的玫瑰花蕾绽开了。我竭力想知道玫瑰是在什么地方开始开花的。我从来也不敢说：'我的玫瑰树开花了。'而我总是这样欢呼着：大地开花了，妙极啦！

"在年轻的时候，我很有钱，身体壮实，人长得漂亮，而且心地善良，为人忠厚。那时曾有 4 个女人爱我。

"第一个女人爱我的钱财。在那个放荡的女人手里，我的财产很快地被挥霍完了。

"第二个女人爱我健壮的体格，她要我同我的那些情敌去搏斗，去战胜他们。可是不久，我的精力就随着她的爱情一起枯竭了。

"第三个女人爱我英俊的容貌。她无休止地吻我，对我倾吐了许许多多情意缠绵的奉承话。我英俊的容貌随着我的青春一起消逝了，那个女人对我的爱情也就完结了。

"第四个女人爱我忠厚善良。她利用我这一点来为她自己谋取利益，最后我终于看出了她的虚伪，就把她抛弃了。

"在那个时候，夫人，我就像是一株玫瑰树上的 4 朵玫瑰花，4 个女人，每人摘去了一朵。

"但是，如果说一株玫瑰树可以迎送一百个春天的话，那么一朵玫瑰花只能有一个春天。

"我那几朵可怜的玫瑰花，就是如此这般地，一旦被人摘下，也就永远地凋零了。

"自此以后，从来没有人从我的花园里拿走过一朵花。我对所有到我这花园来的人说：'你什么时候才能不热衷于那些被分割开来的、残缺不全的东西呢？假如你真能把每件事物的底细明确地分清楚，假如你真能弄清玫瑰长到何时算作花萼，又从何时开始算作花朵的话，那么，你就到那玫瑰开花的地方去采摘吧！'"

（徐宣林　严美华　译）

# 人：一种无常的存在

［印］阿罗宾诺

人是一种非终极的无常的存在。高处的圣光照耀着我们的身心；那里才是我们神往的终极所在，那里昭示着我们从有限的、苦难的尘世走向自在的解脱之道。

我是说人的心灵被禁锢于肉体之中，而在可能存在的意志力之中，心灵并不是至高无上的；因为心灵并不占据着绝对的真理，而只是绝对真理的天真的探索者。绝对真理被人的心灵之外的某种超智性的或说是神秘的意志力占据着。这个超智性与神圣的知者和创世者那无穷的智慧和坚韧的意志力不可分割，它自在自为，是充满活力的意志之源。超智性便是超人，人类下一个非凡的进化便是走向超人的存在。

从人走向超人是我们生命进化中下一个能够达到的成就，其必然性合于我们内在精神的意向与自然生命进化的逻辑。

从物质世界和动物界进化到人，这种可能性既已实现的事实是降临中的圣光之第一次闪现，是神性诞生于物质之中的第一个遥远的兆示。从人类世界中诞生出超人将是这种神圣兆示之希望的圆满实现。从我们被肉体束缚着的灵魂中正在出现与力量、幸福和知识连为一体的神秘的日之光晕，超智性将会是那闪耀着的光彩之形成。

超智性的存在并不是将自身的天性发展到顶峰的人，也不是比人类的伟绩、知识、权力、智性、意志、性情、天才、活力、神圣、爱恋、纯洁或完善更高一级的限度。超智性是超越于人的灵性与人的有限性之外的某种存在；它是比人类天性中可能出现的最高意识更伟大的意识。

人是一种智性的存在，其智力的显现因和物质性的大脑连为一体而受制、而含混、而贬抑。即使是处于最佳的状态，智性也只是通过大脑这个附属物而对至高的力和自由之可能性做出较为清晰的闪现；如果与神圣的力量隔绝，它便不可能超越某些狭隘而可怕的限制而对我们的生活做出改变。这是一种受制的力，常常表现为利益的仆人或侍者，用以满足我们的生命或肉身的种种娱乐性欲望。而神圣的超人则是神秘的精灵，其超智性虽在上方却也能洞察下界的一切，它将把握我们的智性与肉身，它将使我们的心灵、生命与身体发生本质性的变化。

心灵体现着存在于人身上的最高的力，但这是一种求知中的、迷茫的、本身在不停地挣扎着的力。即使心灵极其明亮之时，它也不过是一线微光的折射罢了。闪耀着圣光的、自由的超心智将是超人的主脑，其自在的知识之轮的无限运转，其自发的力量源泉，其永恒的喜悦将使俗界的众神之生命达到和谐的境地。

人不过是虚无而已，但人充满了欲望，他是着迷于高度的侏儒，卑微地要达到那高不可攀的富丽与堂皇。他的心灵在宇宙神灵的万般光彩中是一束黑色的光线。他的生命是奋斗、兴奋和苦难，他受激情摆弄、被悲伤折磨，盲人或哑巴似的渴求着宇宙神灵的一瞬间。他的身体是物质世界中劳作着的、易逝的尘埃。这不可能是那神秘的大自然之造化的终点。超越于人的某种生灵存在着，那将是人类的未来；否认其可能性、否认其存在的偏见像大墙一样挡在面前，我们只能通过大墙上的裂口对此依稀而见。一个不朽的灵魂存在于人身上的某个地方，显示出一些存在的火花；某种永恒的精灵从上面遮庇着人，同时保持着人的天性中灵魂的延续性。然而这个更伟大的精灵由于他自塑人格的硬壳的限制而不可降临，这样，内在的明亮的灵魂被包扎压抑于厚厚的外表之中。总的来说，有一些灵魂鲜于动，大多数灵魂更是看不见的。人身上的灵魂和精灵，看来与其说是人们永恒或看得见的真实的一部分，不如说它们存在于人的天性的背后或上方；与其说它们诞生于肉体，不如说它们处于生的过程；与其说它们是现实的存在物，不如说它们代表了人类意识的可能性。

人的伟大不在于他是什么，而在于他可能做什么。他的荣耀在于他是一个封闭的地方和神秘的劳工车间，在这里，神圣的"人家"正在培育着超人。同时人也被赋予一种比其自身更伟大的属性：非低级的创造，正是这种属性使得人本身部分地成为制造这种变更的匠人；要使降临于人的肉体之中的荣耀代替人本身，需要人对其间的参与、需要人在意识中有认可和献身的意志，人在世间的渴望正体现了大地对超智慧的创造者的呼唤。

如果人人都在呼唤并且得到了至高无上的回答，那么无量而辉煌的变更时代便在目前了。

（石海峻　译）

# 影的告别

鲁 迅

人睡到不知道时候的时候，就会有影来告别，说出那些话——

有我所不乐意的在天堂里，我不愿去；有我所不乐意的在地狱里，我不愿去；有我所不乐意的在你们将来的黄金世界里，我不愿去。

然而你就是我所不乐意的。

朋友，我不想跟随你了，我不愿往。

我不愿意！

呜乎呜乎，我不愿意，我不如彷徨于无地。

我不过一个影，要别你而沉没在黑暗里了。然而黑暗又会吞并我，然而光明又会使我消失。

然而我不愿彷徨于明暗之间，我不如在黑暗里沉没。

然而我终于彷徨于明暗之间，我不知道是黄昏还是黎明。我姑且举灰黑的手装作喝干一杯酒，我将在不知道时候的时候独自远行。

呜乎呜乎，倘若黄昏，黑夜自然会来沉没我，否则我要被白天消失，如果现是黎明。朋友，时候近了。

我将向黑暗里彷徨于无地。

你还想我的赠品。我能献你什么呢？无已，则仍是黑暗和虚空而已。但是，我愿意只是黑暗，或者会消失于你的白天；我愿意只是虚空，决不占你的心地。我愿意这样，朋友——

我独自远行，不但没有你，并且再没有别的影在黑暗里。只有我被黑暗沉没，那世界全属于我自己。

# 桨声灯影里的秦淮河

朱自清

　　一九二三年八月的一晚，我和平伯同游秦淮河；平伯是初泛，我是重来了。我们雇了一只"七板子"，在夕阳已去，皎月方来的时候，便下了船。于是桨声汩——汩，我们开始领略那晃荡着蔷薇色的历史的秦淮河的滋味了。

　　秦淮河里的船，比北京万生园、颐和园的船好，比西湖的船好，比扬州瘦西湖的船也好。这几处的船不是觉着笨，就是觉着简陋，局促；都不能引起乘客们的情韵，如秦淮的船一样。秦淮河的船约略可分为两种：一是大船；一是小船，就是所谓"七板子"。大船舱口阔大，可容二三十人。里面陈设着字画和光洁的红木家具，桌上一律嵌着冰冷的大理石面。窗格雕镂颇细，使人起柔腻之感。窗格里映着红色蓝色的玻璃；玻璃上有精致的花纹，也颇悦人目。"七板子"规模虽不及大船，但那淡蓝色的栏杆，空敞的舱，也足系人情思。而最出色处却在它的舱前。舱前是甲板上的一部，上面有弧形的顶，两边用疏疏的栏杆支着。里面通常放着两张藤的躺椅。躺下，可以谈天，可以望远，可以顾盼两岸的河房。大船上也有这个，但在小船上更觉清隽罢了。舱前的顶下，一律悬着灯彩；灯的多少，明暗，彩苏的精粗，艳晦，是不一的，但好歹总还你一个灯彩。这灯彩实在是最能勾人的东西。夜幕垂垂地下来时，大小船上都点起灯火。从两重玻璃里映出那辐射着的黄黄的散光，反晕出一片朦胧的烟霭；透过这烟霭，在黯黯的水波里，又逗起缕缕的明漪。在这薄霭和微漪里，听着那悠然的间歇的桨声，谁能不被引入他的美梦去呢？只愁梦太多了，这些大小船儿如何载得起呀？我们这时模模糊糊的谈着明末的秦淮河的艳迹，如《桃花扇》及《板桥杂记》里所载的。我们真神往了。我们仿佛亲见那时华灯映水，画舫凌波的光景了。于是我们的船便成了历史的重载了。我们终于恍然秦淮河的船所以雅丽过于他处，而又有奇异的吸引力。买在是许多历史的影象使然了。

秦淮河的水是碧阴阴的；看起来厚而不腻，或者是六朝金粉所凝么？我们初上船的时候，天色还未断黑，那漾漾的柔波是这样恬静、委婉，使我们一面有水阔天空之想，一面又憧憬着纸醉金迷之境了。等到灯火明时，阴阴的变为沉沉了；黯淡的水光，像梦一般；那偶然闪烁着的光芒，就是梦的眼睛了。我们坐在舱前，因了那隆起的顶棚，仿佛总是昂着首向前走着似的；于是飘飘然如御风而行的我们，看着那些自在的湾泊着的船，船里走马灯般的人物，便像是下界一般，迢迢的远了，又像在雾里看花，尽朦朦胧胧的。这时我们已过了利涉桥，望见东关头了。沿路听见断续的歌声：有从沿河的妓楼飘来的，有从河上船里度来的。我们明知那些歌声，只是些因袭的言词，从生涩的歌喉里机械的发出来的；但它们经了夏夜的微风的吹漾和水波的摇拂，袅娜着到我们耳边的时候，已经不单是她们的歌声，而混着微风和河水的密语了。于是我们不得不被牵惹着，震撼着，相与浮沉于这歌声里了。从东关头转弯，不久就到大中桥。大中桥共有三个桥拱，都很阔大，俨然是三座门儿；使我们觉得我们的船和船里的我们，在桥下过去时，真是太无颜色了。桥砖是深褐色，表明它的历史的长久；但都完好无缺，令人叹息于古昔工程的坚美。桥上两旁都是木壁的房子，中间应该有街路？这些房子都破旧了，多年烟熏的迹，遮没了当年的美丽。我想像秦淮河的极盛时，在这样宏阔的桥上，特地盖了房子，必然是髹漆得富富丽丽的；晚间必然是灯火通明的，现在却只剩下一片黑沉沉！但是桥上造着房子，毕竟使我们多少可以想见往日的繁华；这也慰情聊胜无了。过了大中桥，便到了灯月交辉，笙歌彻夜的秦淮河，这才是秦淮河的真面目哩。

　　大中桥外，顿然空阔，和桥内两岸排着密密的人家的景象大异了。一眼望去，疏疏的林，淡淡的月，衬着蔚蓝的天，颇像荒江野渡光景；那边呢，郁丛丛的，阴森森的，又似乎藏着无边的黑暗；令人几乎不信那是繁华的秦淮河了。但是河中眩晕着的灯光，纵横着的画舫，悠扬着的笛韵，夹着那吱吱的胡琴声，终于使我们认识绿如茵陈酒的秦淮水了。此地天裸露着的多些，故觉夜来的独迟些；从清清的水影里，我们感到的只是薄薄的夜——这正是秦淮河的夜。大中桥外，本来还有一座复成桥，是船夫口中的我们的游踪尽处，或也是秦淮河繁华的尽处了。我的脚曾踏过复成桥的脊，在十三四岁的时候。但是两次游秦淮河，却都不曾见着复成桥的面；明知总在前途的，却常觉得有些虚无缥渺似的。我想，不见倒也好。这时正是盛夏。我们下船后，藉着新生的晚凉和河上的微风，暑气已渐渐消散；到了此地，豁然开朗，身子顿然轻了——习习的清风荏苒在面上，手上，衣上，这便又感到一缕新凉了。南京的日光，大概没有杭州猛烈；西湖的夏夜老是热蓬蓬的，水像沸着一般，秦淮河的水却尽是这样冷冷地绿着。任你人影的憧憧，歌声的扰扰，总像隔着一层薄薄的绿纱面幂似的；它尽是这样静静的，冷冷的绿着。我们出了大中桥，走不上半里路，船夫便将船划到一旁，停了桨由它荡着。他以为那里正是繁华的极点，再过去就是荒凉了；所以让我们多多赏鉴一会儿。他自己却静静的蹲着。他是看惯这光景的了，大约只是一个无可无不可。这无可无不可，无论是升的沉的，总之，都比我们高了。

　　那时河里闹热极了；船大半泊着，小半在水上穿梭似的来往，停泊着的都在近市的那一边，我们的船自然也夹在其中。因为这边略略的挤，便觉得那边十分的疏了。在每一只船从那边过去时，我们能画出它的轻轻的影和曲曲的波，在我们的心上；这显着是空，且显着是静了，那时处处都是歌声和凄厉的胡琴声，圆润的喉咙，确乎是很少的。但那生涩的，尖脆的调子能使人有少年的、粗率不拘的感觉，也正可快我们的意。况且多少隔开些儿听着，因为想像与渴慕的做美，总觉更有滋味；而竞发的喧嚣，抑扬的不齐，远远的杂沓，和乐器的嘈嘈切切，合成另一意味的谐音，也使我们无所适从，如随着大风而走。这实在因为我们的心枯涩久了，变为脆弱；故偶然润泽一下，便疯狂似的不能自主了。但秦淮河确也腻人。即如船里的人面，无论是和我们一堆儿泊着的，无论是从我们眼前过去的，总是模模糊糊的，甚至渺渺茫茫的；任你张圆了眼睛，揩净了眦垢，也是枉然。这真够人想呢。在我们停泊的地方，灯光原是纷然的；不过这些灯光都是黄而有晕的。黄已经不能明了，再加上了晕，便更不成了。灯愈多，晕就愈甚；在繁星般的黄的交错里，秦淮河仿佛笼上了一团光雾。光芒与雾气腾腾的晕着，什么都只剩下了轮廓了；所以人面的详细的曲线，便消失于我们的眼底了。但灯光究竟夺不了那边的月色；灯光是浑的，月色是清的。在浑沌的灯光里，渗入一派清辉，却真是奇迹！那晚月儿已瘦削了两三分。她晚妆才罢，盈盈的上了柳梢头。天是蓝得可爱，仿佛一汪水似的；月儿便更出落得精神了。岸上原有三株两株的垂杨柳，淡淡的影子，在水里摇曳着。它们那柔细的枝条浴着月光，就像一支支美人的臂膊，交互的缠着，挽着；又像是月儿披着的发。而月儿偶尔也从它们的交叉处偷偷窥看我们，大有小姑娘怕羞的样子。岸上另有几株不知名的老树，光光的立着；在月光里照起来，却又俨然是精神矍铄的老人。远处——快到天际线了，才有一两片白云，亮得现出异彩，像是美丽的贝壳一般。白云下便是黑黑的一带轮廓；是一条随意画的不规则的曲线。这一段光景，和河中的风味大异了。但灯与月竟能并存着、交融着，使月成了缠绵的月，灯射着渺渺的灵辉，这正是天之所以厚秦淮河，也正是天之所以厚我们了。

这时却遇着了难解的纠纷。秦淮河上原有一种歌妓，是以歌为业的。从前都在茶坊上，唱些大曲之类。每日午后一时起，什么时候止，却忘记了。

晚上照样也有一回，也在黄晕的灯光里。我从前过南京时，曾随着朋友去听过两次。因为茶舫里的人脸太多了，觉得不大适意，终于听不出所以然。前年听说歌妓被取缔了，不知怎的，颇涉想了几次——却想不出什么。这次到南京，先到茶舫上去看看，觉得颇是寂寥，令我无端的怅怅了。不料她们却仍在秦淮河里挣扎着，不料她竟会纠缠到我们，我于是很张皇了，她们也乘着"七板子"，她们总是坐在舱前的。舱前点着石油汽灯，光亮眩人眼目；坐在下面的，自然是纤毫毕见了——引诱客人们的力量，也便在此了。舱里躲着乐工等人，映着汽灯的余辉蠕动着；他们是永远不被注意的。每船的歌妓大约都是二人；天色一黑，她们的船就在大中桥外往来不息的兜生意。无论行着的船，泊着的船，都要来兜揽的。这都是我后来推想出来的。那晚不知怎样，忽然轮着我们的船了。我们的船好好的停着，一只歌舫划向我们来了；渐渐和我们的船并着了。烁烁的灯光逼得我们皱起了眉头；我们的风尘色全给它托出来了，这使我踧踖不安了。那时一个伙计跨过船来，拿着摊开的歌折，就近塞向我的手里，说："点几出吧！"他跨过来的时候，我们船上似乎有许多眼光跟着。同时相近的别的船上也似乎有许多眼睛炯炯的向我们船上看着。我真窘了！我也装出大方的样子，向歌妓们瞥了一眼，但究竟是不成的！我勉强将那歌折翻了一翻，却不曾看清了几个字；便赶紧递还那伙计，一面不好意思地说："不要。我们……不要。"他便塞给平伯，平伯掉转头去，摇手说："不要！"那人还腻着不走。平伯又回过脸来，摇着头道："不要！"于是那人重到我处，我窘着再拒绝了他。他这才有所不屑似的走了。我的心立刻放下，如释了重负一般。我们就开始自白了。

我说我受了道德律的压迫，拒绝了她们；心里似乎很抱歉的。这所谓抱歉，一面对于她们，一面对于我自己。她们于我们虽然没有很奢的希望；但总有些希望的。我们拒绝了她们，无伦理由如何充足，却使她们的希望受了伤；这总有几分不做美了。这是我觉得很怅怅的。至于我自己，更有一种不足之感。我这时被四面的歌声诱惑了，降伏了；但是远远的，远远的歌声总仿佛隔着重衣搔痒似的，越搔越搔不着痒处。我于是憧憬着贴耳的妙音了。

在歌舫划来时，我的憧憬，变为盼望；我固执的盼望着，有如饥渴，虽然从浅薄的经验里，也能够推知，那贴耳的歌声，将剥去了一切的美妙；但一个平常的人像我的，谁愿凭了理性之力去丑化未来呢？我宁愿自己骗着了。不过我的社会感性是很敏锐的；我的思力能拆穿道德律的西洋镜，而我的感情却终于被它压服着。我于是有所顾忌了，尤其是在众目昭彰的时候。道德律的力，本来是民众赋予的；在民众的面前，自然更显出它的威严了。我这时一面盼望，一面却感到了两重的禁制：一，在通俗的意义上，接近妓者总算一种不正当的行为；二，妓是一种不健全的职业，我们对于她们，应有哀矜勿喜之心，不应赏玩的去听她们的歌。在众目睽睽之下，这两种思想在我心里最为旺盛。她们暂时压倒了我的听歌的盼望，这便成就了我的灰色的拒绝。那时的心实在异常状态中，觉得颇是昏乱。歌舫去了，暂时宁静之后，我的思绪又如潮涌了。两个相反的意思在我心头往复；卖歌和卖淫不同，听歌和狎妓不同，又干道德甚事？——但是，但是，她们既被逼得以歌为业，她们的歌必无艺术味的；况她们的身世，我们究竟该同情的。所以拒绝倒也是正办。但这些意思终于不曾撇开我的听歌的盼望，它力量异常坚强；它总想将别的思绪踏在脚下。从这重重的争斗里，我感到了浓厚的不足之感。这不足之感使我的心盘旋不安，起坐都不安宁了。唉！我承认我是一个自私的人！平伯呢，却与我不同，他引周启明先生的诗，"因为我有妻子，所以我爱一切的女人；因为我有子女，所以我爱一切的孩子。"他的意思可以见了。他因为推及的同情，爱着那些歌妓，并且尊重着她们，所以拒绝了她们。在这种情形下，他自然以为听是对于她们的一种侮辱。但他也是想听歌的，虽然不和我一样。所以在他的心中，当然也有一番小小的争斗；争斗的结果，是同情胜了。至于道德律，在他是没有什么的；因为他很有蔑视一切的倾向，民众的力量在他是不大觉着的，这时他的心意的活动比较简单，又比较松弱，故事后还怡然自若；我却不能了。这里平伯又比我高了。

在我们谈话中间，又来了两只歌舫。伙计照前一样的请我们点戏，我们照前一样的拒绝了。我受了三次窘，心里的不安更甚了。清艳的夜景也为之减色。船夫大约因为要赶第二趟生意，催着我们回去；我们无可无不可的答应了。我们渐渐和那些晕黄的灯光远了，只有些月色冷清清的随着我们的归舟。我们的船竟没伴儿，秦淮河的夜正长哩！到大中桥近处，才遇着一只来船，这是一只载妓的板船，黑漆漆的没有一点光。船头上坐着一个妓女，暗里看出，白地小花的衫子，黑的下衣。她手里拉着胡琴，口里唱着青衫的调子。她唱得响亮而圆转；当她的船箭一般驶过去时，余音还袅袅的在我们耳际，使我们倾听而向往。想不到在弩末的游踪里，还能领略到这样的清歌！这时船过大中桥了，森森的水影，如黑暗张着巨口，要将我们的船吞了下去。我们回顾那渺渺的黄光，不胜依恋之情；我们感到了寂寞了！这一段地方夜色甚浓，又有两头的灯火招邀着；桥外的灯火不用说了，过了桥另有东关头疏疏的灯火。我们忽然仰头看见依人的素月，不觉深悔归来之早了！走过东关头，有一两只大船湾泊着，又有几只船向我们来着。嚣嚣的一阵歌声人语，仿佛笑我们无伴的孤舟哩。东关头转弯，河上的夜色更浓了；临水的妓楼上，时时从帘缝里射出一线一线的灯光；仿佛黑暗从酣睡里眨了一眨眼。我们默然的对着，静听那汨——汨的桨声，几乎要入睡了；朦胧里却温寻着适才的繁华的余味。我那不安的心在静里愈显活跃了！这时我们都有了不足之感，而我的更其浓厚。我们却又不愿回去，于是只能由懊悔而怅惘了。船里便满载着帐惘。直到利涉桥下，微微嘈杂的人声，才使我豁然一惊；那光景却又不同。右岸的河房里，都大开了窗户，里面亮着晃晃的电灯，电灯的光射到水上，蜿蜒曲折，闪闪不息，正如跳舞着的仙女的臂膀。我们的船已在她的臂膀里了；如睡在摇篮里一样，倦了的我们便又入梦了。那电灯下的人物，只觉得像蚂蚁一般，更不去萦念。这是最后的梦；可惜的是最短的梦！黑暗重复落在我们面前，我们看见傍岸的空船上一星两星的，枯燥无力又摇摇不定的灯光。我们的梦醒了，我们知道就要上岸了；我们心里充满了幻灭的情思。

# 荷塘月色

朱自清

　　这几天心里颇不宁静。今晚在院子里坐着乘凉，忽然想起日日走过的荷塘，在这满月的光里，总该另有一番样子吧。月亮渐渐地升高了，墙外马路上孩子们的欢笑，已经听不见了；妻在房里拍着闰儿，迷迷糊糊地哼着眠歌。我悄悄地披了大衫，带上门出去。

　　沿着荷塘，是一条曲折的小煤屑路，这是一条幽僻的路；白天也少人走，夜晚更加寂寞。荷塘四面，长着许多树，蓊蓊郁郁的。路的一旁，是些杨柳，和一些不知道名字的树。没有月光的晚上，这路上阴森森的，有些怕人。今晚却很好，虽然月光也还是淡淡的。

　　路上只我一个人，背着手踱着。这一片天地好像是我的；我也像超出了平常的自己，到了另一世界里。我爱热闹，也爱冷静；爱群居，也爱独处。像今晚上，一个人在这苍茫的月下，什么都可以想，什么都可以不想，便觉是个自由的人。白天里一定要做的事，一定要说的话，现在都可不理。这是独处的妙处；我且受用这无边的荷香月色好了。

人生要读的经典美文

曲曲折折的荷塘上面，弥望的是田田的叶子。叶子出水很高，像亭亭的舞女的裙。层层的叶子中间，零星地点缀着些白花，有袅娜地开着的，有羞涩地打着朵儿的；正如一粒粒的明珠，又如碧天里的星星，又如刚出浴的美人。微风过处，送来缕缕清香，仿佛远处高楼上渺茫的歌声似的。这时候叶子与花也有一丝的颤动，像闪电般，霎时传过荷塘的那边去了。叶子本是肩并肩密密地挨着，这便宛然有了一道凝碧的波痕。叶子底下是脉脉的流水，遮住了，不能见一些颜色；而叶子却更见风致了。

月光如流水一般，静静地泻在这一片叶子和花上。薄薄的青雾浮起在荷塘里。叶子和花仿佛在牛乳中洗过一样；又像笼着轻纱的梦。虽然是满月，天上却有一层淡淡的云，所以不能朗照；但我以为这恰是到了好处——酣眠固不可少，小睡也别有风味的。月光是隔了树照过来的，高处丛生的灌木，落下参差的斑驳的黑影，峭楞楞如鬼一般；弯弯的杨柳的稀疏的倩影，却又像是画在荷叶上。塘中的月色并不均匀；但光与影有着和谐的旋律，如梵婀玲上奏着的名曲。

荷塘的四面，远远近近，高高低低都是树，而杨柳最多。这些树将一片荷塘重重围住；只在小路一旁，漏着几段空隙，像是特为月光留下的。树色一例是阴阴的，乍看像一团烟雾；但杨柳的丰姿，便在烟雾里也辨得出，树梢上隐隐约约的是一带远山，只有些大意罢了。树缝里也漏着一两点路灯光，没精打采的，是渴睡人的眼。这时候最热闹的，要数树上的蝉声与水里的蛙声；但热闹是它们的，我什么也没有。

忽然想起采莲的事情来了。采莲是江南的旧俗，似乎很早就有，而六朝时为盛；从诗歌里可以约略知道。采莲的是少年的女子，她们是荡着小船，唱着艳歌去的。采莲人不用说很多，还有看采莲的人。那是一个热闹的季节，也是一个风流的季节。梁元帝《采莲赋》里说得好：

于是妖童媛女，荡舟心许；鹢首徐回，兼传羽杯；棹将移而藻挂，船欲动而萍开。尔其纤腰束素，迁延顾步；夏始春余，叶嫩花初，恐沾裳而浅笑，畏倾船而敛裾。

可见当时嬉游的光景了。这真是有趣的事，可惜我们现在早已无福消受了。

于是又记起《西洲曲》里的句子：

采莲南塘秋，莲花过人头；低头弄莲子，莲子清如水。

今晚若有采莲人，这儿的莲花也算得"过人头"了；只不见一些流水的影子，是不行的。这令我到底惦着江南了。——这样想着，猛一抬头，不觉已是自己的门前；轻轻地推门进去，什么声息也没有，妻已睡熟好久了。

# 翡冷翠山居闲话

徐志摩

在这里出门散步去，上山或是下山，在一个晴好的五月的傍晚，正像是去赴一个美的宴会，像是去一果子园，那边每株树上都是满挂着诗情最秀逸的果实，假如你单是站着看还不满意时，只要你一伸手就可以采取，可以恣尝鲜味，足够你性灵的迷醉。

阳光正好暖和，决不过暖，风息是温驯的，而且往往因为他是从繁花的山林里吹度过来，他带来一股幽远的淡香，连着一息滋润的水汽，摩挲着你的颜面，轻绕着你的肩腰，就这单纯的呼吸已是无穷的愉快；空气总是明净的，近谷内不生烟，远山上不起霭，那美秀风景的全部正像画片似的展露在你的眼前，供你闲暇的鉴赏。

做客山中的妙处，尤在你永不需踌躇你的服色与体态；你不妨摇曳着一头的蓬草，不妨纵容你满腮的苔藓；你爱穿什么就穿什么；扮一个牧童，扮一个渔翁；装一个农夫，装一个走江湖的桀卜闪，装一个猎户；你再不必担心去整理你的领结，你尽可以不用领结，给你的颈根与胸膛一半日的自由，你可以拿一条这边艳色的长巾包在你的头上，学一个太平军的头目，或许拜伦那埃及装的姿态；但最要紧的是穿上你最旧的旧鞋，别管他模样不佳，他们是顶可爱的好友，他们承着你的体重却不叫你记起你还有一双脚在你的底下。

这样的玩顶好是不要约伴，我竟想严格的取缔，只许你独身；因为有了伴多少总得叫你分心，尤其是年轻的女伴，那是最危险最专制不过的旅伴，你应得躲避她像你躲避青草里一条美丽的花蛇！平常我们从自己家里走到朋友的家里，或是我们执事的地方，那无非是在同一个大牢里从一间狱室移到另一狱室去，拘束永远跟着我们，自己永远寻不到我们；但在这春夏间美秀的山中或乡间，你要是有机会独身闲逛时，那才是你福星高照的时候，那才是你实际领受，亲口尝味自由与自在的时候，那才是你肉体与灵魂行动一致的时候；朋友们，我们多长一岁年纪往往只是加重我们头上的枷，加紧我们脚胫上的链，我们见小孩子在草里在沙堆里在浅水里打滚作乐，或者看见小猫追他自己的尾巴，何尝没有羡慕的时候，但我们的枷，我们的链永远是制定我们行动的上司！所以只有你单身奔赴大自然的怀抱时，像一个裸体的小孩扑入他母亲的怀抱时，你才知道灵魂的愉快是怎样的，单是活着的快乐是怎样的，单就呼吸单就走道单就张眼看耸耳听的幸福是怎样的。因此你得严格的为己，极端的自私，只许你，体魄与性灵，与自然同在一个脉搏里跳动，同在一个音波起伏，同在一个神奇的宇宙里自得。

我们浑朴的天真是像含羞草似的娇柔，一经同伴的抵触，他就卷了起来，但在澄静的日光下，和风中，他的姿态是自然的，他的生活是无阻碍的。

你一个人漫游的时候，你就会在青草里坐地、仰卧，甚至有时打滚，因为草的和暖的颜色自然的唤起你童稚的活泼；在静僻的道上你就会不自主的狂舞，看着你自己的身影幻出种种诡异的变相，因为道旁树木的阴影在他们纤徐的婆娑里暗示你舞蹈的快乐；你也会得信口的歌唱，偶尔记起断片的音调，与你自己随口的小曲，因为树林中的莺燕告诉你春光是应得赞美的；更不必说你的胸襟自然会跟着漫长的山径开拓，你的心地会看着澄蓝的天空静定，你的思想和着山壑间的水声，山罅里的明泉响，有时一澄到底的清澈，有时激起成章的波动，流，流，流入凉爽的橄榄林中，流入妩媚的阿诺河去……

并且你不但不需邀伴，每逢这样的游行，你也不必带书。书是理想的伴侣，但你应得带书，是在火车上，在你住处的客室里，不是在你独身漫步的时候。什么伟大的深沉的鼓舞的清明的优美的思想的根源不是可以在风籁中，云彩里，山势与地形的起伏里，花草的颜色与香息里寻得？自然是最伟大的一部书。

歌德说，在他每一页的字句里我们读得最深奥的消息。并且这书上的文字是人人懂得的；阿尔帕斯与五老峰，雪西里与普陀山，莱茵河与扬子江，梨梦湖与西子湖，剑兰与琼花，杭州西溪的芦雪与威尼斯夕照的红潮，百灵与夜莺，更不提一般黄的黄麦，一般紫的藤花，一般青的青草同在大地上生长，同在和风中波动——他们应用的符号是永远一致的，他们的意义是永远明显的，只要你自己性灵上不长疮瘢，眼不盲，耳不塞，这无形迹的最高等教育便永远是你的名分，这不取费的最珍贵的补剂便永远供你的受用；只要你认识了这一部书，你在这世界上寂寞时便不寂寞，穷困时不穷困，苦恼时有安慰，挫折时有鼓励，软弱时有督责，迷失时有指南针。

# 水样的春愁

郁达夫

洋学堂里的特殊科目之一，自然是伊利哇啦的英文。现在回想起来，虽不免有点觉得好笑，但在当时，杂在各年长的同学当中，和他们一样地曲着背，耸着肩，摇摆着身体，用了读《古文辞类纂》的腔调，高声朗诵着皮衣啤，皮哀排的精神，却真是一点儿含糊苟且之处都没有的。初学会写字母之后，大家所急于想一试的，是自己的名字的外国写法；于是教英文的先生，在课余之暇就又多了一门专为学生拼英文名字的工作。有几位想走捷径的同学，并且还去问过先生，外国百家姓和外国三字经有没有得买的？先生笑着回答说，外国百家姓和三字经，就只有你们在读的那一本泼辣玛的时候，同学们于失望之余，反更是皮哀排，皮衣啤地叫得起劲。当然是不用说的，学英文还没有到一个礼拜，几本当教科书用的《十三经注疏》《御批通鉴辑览》的黄封面上，大家都各自用墨水笔题上了英文拼的歪斜的名字。又进一步，便是用了异样的发音，操英文说着"你是一只狗""我是你的父亲"之类的话，大家互讨便宜的混战；而实际上，有几位乡下的同学，却已经真的是两三个小孩子的父亲了。

因为一班之中，我的年龄算最小，所以自修室里，当监课的先生走后，另外的同学们在密语着哄笑着的关于男女的问题，我简直一点儿也感不到兴趣。从性知识发育落后的一点上说，我确不得不承认自己是一个最低能的人。又因自小就习于孤独，困于家境的结果，怕羞的心，畏缩的性，更使我的胆量，变得异常的小。在课堂上，坐在我左边的一位同学，年纪只比我大了一岁，他家里有几位相貌长得和他一样美的姊妹，并且住得也和学堂很近很近。因此，在校里，他就是被同学们苦缠得最厉害的一个；而礼拜天或假日，他的家里，就成了同学们的聚集的地方。当课余之暇，或放假期里，他原也恳切地邀过我几次，邀我上他家里去玩去；但形秽之感，终于把我的向往之心压住，曾有好几次想决心跟了他上他家去，可是到了他们的门口，却又同罪犯似的逃了。他以他的美貌，以他的财富和姊妹，不但在学堂里博得了绝大的声势，就是在我们那小小的县城里，也赢得了一般的好誉。而尤其使我羡慕的，是他的那一种对同我们是同年辈的异性们的周旋才略，当时我们县城里的几位相貌比较艳丽一点的女性，个个是和他要好的，但他也实在真胆大，真会取巧。

当时同我们是同年辈的女性，装饰入时，态度豁达，为大家所称道的，有三个。一个是一位在上海开店，富甲一邑的商人赵某的侄女；她住得和我最近。还有两个，也是比较富有的中产人家的女儿，在交通不便的当时，已经各跟了她们家里的亲戚，到杭州上海等地方去跑跑了；她们俩，却都是我那位同学的邻居。这三个女性的门前，当傍晚的时候，或月明的中夜，老有一个一个的黑影在徘徊；这些黑影的当中，有不少却是我们的同学。因为每到礼拜一的早晨，没有上课之先，我老听见有同学们在操场上笑说在一道，并且时时还高声地用着英文作了隐语，如"我看见她了""我听见她在读书"之类。而无论在什么地方于什么时候的凡关于这一类的谈话的中心人物，总是课堂上坐在我的右边，年龄只比我大一岁的那一位天之骄子。

赵家的那位少女，皮色实在细白不过，脸形是瓜子脸；更因为她家里有了几个钱，而又时常上上海她叔父那里去走动的缘故，衣服式样的新异，自然可以不必说，就是做衣服的材料之类，也都是当时未开通的我们所不曾见过的。她们家里，只有一位寡母和一个年轻的女仆，而住的房子却很大很大。门前是一排柳树，柳树下还杂种着些鲜花；对面的一带红墙，是学宫的泮水围墙，泮池上的大树，枝叶垂到了墙外，红绿便映成着一色。当浓春将过，首夏初来的春三四月，脚踏着日光下石砌路上的树影，手捉着扑面飞舞的杨花，到这一条路上去走走，就是没有什么另外的奢望，也很有点像梦里的游行，更何况楼头窗里，时常会有那一张少女的粉脸出来向你抛一眼两眼的低眉斜视呢！

此外的两个女性，相貌更是完整，衣饰也尽够美丽，并且因为她俩的住址接近，出来总在一道，平时在家，也老在一处，所以胆子也大，认识的人也多。她们在二十余年前的当时，已经是开放得很，有点像现代的自由女子了，因而上她们家里去鬼混，或到她们门前去守望的青年，数目特别的多，种类也自然要杂。

我虽则胆量很小，性知识完全没有，并且也有点过分的矜持，以为成日地和女孩子们混在一道，是读书人的大耻，是没出息的行为；但到底还是一个亚当的后裔，喉头的苹果，怎么也吐它不出咽它不下，同北方厚雪地下的细草萌芽一样，到得冬来，自然也难免得有些望春之意；老实说将出来，我偶尔在路上遇见她们中间的无论哪一个，或凑巧在她们门前走过一次的时候，心里也着实有点儿难受。

住在我那同学邻近的两位，因为距离的关系，更因为她们的处世知识比我长进，人生经验比我老成得多，和我那位同学当然是早已有过纠葛，就是和许多不是学生的青年男子，也各已有了种种的风说，对于我虽像是一种含有毒汁的妖艳的花，诱惑性或许格外的强烈，但明知我自己绝不是她们的对手，平时不过于遇见的时候有点难为情的样子，此外倒也没有什么了不得的思慕，可是那一位赵家的少女，却整整地恼乱了我两年的童心。

我和她的住处比较得近，故而三日两头，总有着见面的机会。见面的时候，她或许是无心，只同对于其他的同年辈的男孩子打招呼一样，对我微笑一个，点一点头，但在我却感得同犯了大罪被人发觉了的样子，和她见面一次，马上要变得头昏耳热，胸腔里的一颗心突突地总有半个钟头好跳。因此，我上学去或下课回来，以及平时在家或出外去的时候，总无时无刻不在留心，想避去和她的相见。但遇到了她，等她走过去后，或用功用得很疲乏把眼睛从书本子举起的一瞬间，心里又老在盼望，盼望着她再来一次，再上我的眼面前来立着对我微笑一脸。

有时候从家中进出的人的口里传来，听说"她和她母亲又上上海去了，不知要什么时候回来"，我心里会同时感到一种像释重负又像失去了什么似的忧虑，生怕她从此一去，将永久地不回来了。

同芭蕉叶似的重重包裹着的我这一颗无邪的心，不知在什么地方，透露了消息，终于被课堂上坐在我左边的那位同学看穿了。一个礼拜六的下午，落课之后，他轻轻地拉着了我的手对我说："今天下午，赵家的那个小丫头，要上倩儿家去，你愿不愿意和我同去一道玩儿？"这里所说的倩儿，就是那两位他邻居的女孩子之中的一个的名字。我听了他的这一句密语，立时就涨红了脸，喘急了气，嗫嚅着说不出一句话来回答他，尽在拼命的摇头，表示我不愿意去，同时眼睛里也水汪汪地想哭出来的样子；而他却似乎已经看破了我的隐衷，得着了我的同意似的用强力把我拖出了校门。

到了倩儿她们的门口，当然又是一番争执，但经他大声的一喊，门里的三个女孩，却同时笑着跑出来了；已经到了她们的面前，我也没有什么别的办法了，自然只好俯着首，红着脸，同被绑赴刑场的死刑囚似的跟她们到了室内。经我那位同学带了滑稽的声调将如何把我拖来的情节说了一遍之后，她们接着就是一阵大笑。我心里有点气起来了，以为她们和他在侮辱我，所以于羞愧之上，又加了一层怒意。但是奇怪得很，两只脚却软落来了，心里虽在想一溜跑走，而腿神经终于不听命令。跟她们再到客房里去坐下，看他们四人捏起了骨牌，我连想跑的心思也早已忘掉，坐将在我那位同学的背后，眼睛虽则时时在注视着牌，但间或得着机会，也着实向她们的脸部偷看了许多次数。等她们的输赢赌完，一餐东道的夜饭吃过，我也居然和她们伴熟，有说有笑了。临走的时候，倩儿的母亲还派了我一个差使，点上灯笼，要我把赵家的女孩送回家去。自从这一回后，我也居然入了我那同学的伙，不时上赵家和另外的两女孩家去进出了；可是生来胆小，又加以毕业考试的将次到来，我和她们的来往，终没有像我那位同学似的繁密。

正当我十四岁的那一年春天（1909 年宣统元年己酉），是旧历正月十三的晚上，学堂里于白天给予了我以毕业文凭及增生执照之后，就在大厅上摆起了五桌送别毕业生的酒宴。这一晚的月亮好得很，天气也温暖得像二三月的样子。满城的爆竹，是在庆祝新年的上灯佳节，我干喝了几杯酒后，心里也感到了一种不能抑制的欢欣。出了校门，踏着月亮，我的双脚，便自然而然地走向了赵家。她们的女仆陪她母亲上街去买蜡烛水果等过元宵的物品去了，推门进去，我只见她一个人拖着了一条长长的辫子，坐在大厅上的桌子边上洋灯底下练习写字。听见了我的脚步声音，她头也不朝转来，只曼声地问了一声："是谁？"我故意屏着声，提着脚，轻轻地走上了她的背后，一使劲一口就把她面前的那盏洋灯吹灭了。月光如潮水似的浸满了这一座朝南的大厅，她于一声高叫之后，马上就把头朝这转来。我在月光里看见了她那张大理石似的嫩脸，和黑水晶似的眼睛，觉得怎么也熬忍不住了，顺势就伸出了两只手去，捏住了她的手臂。两人的中间，她也不发一语，我也并无一言，她是扭转了身坐着，我是向她立着的。她只微笑着看看我看看月亮，我也只微笑着看看她看看中庭的空处，虽然此外的动作，轻薄的邪念，明显的表示，一点儿也没有，但不晓怎样一股满足、深沉、陶醉的感觉，竟同四周的月光一样，包满了我的全身。

两人这样的在月光里沉默着相对，不知过了多久，终于她轻轻地开始说话了："今晚上你在喝酒？""是的，是在学堂里喝的。"到这里我才放开了两手，向她边上的一张椅子里坐了下去。"明天你就要上杭州去考中学去么？"停了一会，她又轻轻地问了一声。"嗳，是的，明朝坐快班船去。"两人又沉默着，不知坐了几多时候，忽听见门外头她母亲和女仆说话的声音渐渐儿的近了，她于是就忙着立起来擦洋火，点上了洋灯。

　　她母亲进到了厅上，放下了买来的物品，先向我说了些道贺的话，我也告诉了她，明天将离开故乡到杭州去；谈不上半点钟的闲话，我就匆匆告辞出来了。在柳树影里披了月光走回家来，我一边回味着刚才在月光里和她两人相对时的沉醉似的恍惚，一边在心底里，忽儿又感到了一点极淡极淡，同水一样的春愁。

# 故都的秋

郁达夫

秋天，无论在什么地方的秋天，总是好的；可是啊，北国的秋，却特别地来得清，来得静，来得悲凉。我的不远千里，要从杭州赶上青岛，更要从青岛赶上北平来的理由，也不过想饱尝这故都的秋味。

江南，秋当然也是有的，但草木凋得慢，空气来得润，天的颜色显得淡，并且又时常多雨而少风。一个人夹在苏州上海杭州，或厦门香港广州的市民中间，浑浑沌沌地过去，只能感到一点点清凉，秋的味，秋的色，秋的意境与姿态，总看不饱，尝不透，赏玩不到十足。

秋并不是名花，也并不是美酒，那一种半开，半醉的状态，在领略秋的过程上，是不合适的。

不逢北国之秋，已将近十余年了。在南方每年到了秋天，总要想起陶然亭的芦花，钓鱼台的柳影，西山的虫唱，玉泉的夜月，潭柘寺的钟声。

在北平即使不出门，就是在皇城人海之中，租人家一椽破屋来住着，早晨起来，泡一碗浓茶，向院子一坐，你也能看得到很高很高的碧绿的天色，听得到青天下驯鸽的飞声。

从槐树叶底，朝东细数着一丝一丝漏下来的日光，或在破壁腰中，静对着像喇叭似的牵牛花（朝荣）的蓝朵，自然而然地也能够感觉到十分的秋意。说到了牵牛花，我以为以蓝色或白色者为佳，紫黑色次之，淡红者最下。最好，还要在牵牛花底，生长着几根疏疏落落的尖细且长的秋草，使作陪衬。

北国的槐树，也是一种能使人联想起秋来的点缀。像花而又不是花的那一种落蕊，早晨起来，会铺得满地。

脚踏上去，声音也没有，气味也没有，只能感出一点点极微细极柔软的触觉。扫街的在树影下一阵扫后，灰土上留下来的一条条扫帚的丝纹，看起来既觉得细腻，又觉得清闲，潜意识下并且还觉得有点儿落寞，古人所说的梧桐一叶而天下知秋的遥想，大约也就在这些深沉的地方。

秋蝉的衰弱的残声，更是北国的特产；因为北平处处长着树，屋子又低，所以无论在什么地方，都听得见它们的啼唱。

在南方是非要上郊外或山上去才听得到的。这秋蝉的嘶叫，在北平可和蟋蟀耗子一样，简直像是家家户户都养在家里的家虫。

还有秋雨哩，北方的秋雨，也似乎比南方的下得奇，下得有味，下得更像样。

在灰沉沉的天底下，忽而来一阵凉风，便稀哩索落地下起雨来了。

一层雨过，云渐渐地卷向了西去，天又青了，太阳又露出脸来了；着着很厚的青布单衣或夹袄的都市闲人，咬着烟管，在雨后的斜桥影里，上桥头树底去一立，遇见熟人，便会用了缓慢悠闲的声调，微叹着互答着的说：

"唉，天可真凉了——"（这个字念得很高，拖得很长。）

"可不是么？一层秋雨一层凉啦！"

北方人念阵字，总老像是层字，平平仄仄起来，这念错的歧韵，倒来得正好。

北方的果树，到秋来，也是一种奇景。第一是枣子树：屋角、墙头、茅房边上，灶房门口，它都会一株株的长大起来。像橄榄又像鸽蛋似的这枣子颗儿，在小椭圆形的细叶中间，显出淡绿微黄的颜色的时候，正是秋的全盛时期；等枣树叶落，枣子红完，西北风就要起来了，北方便是尘沙灰土的世界，只有这枣子，柿子，葡萄，成熟到八九分的七八月之交，是北国的清秋的佳日，是一年之中最好也没有的 Golden Days。

有些批评家说，中国的文人学士，尤其是诗人，都带着很浓厚的颓废色彩，所以中国的诗文里，颂赞秋的文字特别的多。但外国的诗人，又何尝不然？我虽外国诗文念得不多，也不想开出账单来，做一篇秋的诗歌散文钞，但你若去一翻英德法意等诗人的集子，或各国的诗文的 Anthology 来，总能够看到许多关于秋的歌颂与悲啼。各国著名的大诗人的长篇田园诗或四季诗里，也总以关于秋的部分，写得最出色而最有味。足见有感觉的动物，有情趣的人类，对于秋，总是一样的能特别引起深沉、幽远、严厉、萧索的感触来的。不单是诗人，就是被关闭在牢狱里的囚犯，到了秋天，我想也一定会感到一种不能自已的深情；秋之于人，何尝有国别，更何尝有人种阶级的区别呢？不过在中国，文字里有一个"秋士"的成语，读本里又有着很普遍的欧阳子的《秋声》与苏东坡的《赤壁赋》等，就觉得中国的文人，与秋的关系特别深了。可是这秋的深味，尤其是中国的秋的深味，非要在北方，才感觉得到。

南国之秋，当然也有它的特异的地方的，譬如廿四桥的明月，钱塘江的秋潮，普陀山的凉雾，荔枝湾的残荷等等，可是色彩不浓，回味不永。比起北国的秋来，正像是黄酒之与白干，稀饭之与馍馍，鲈鱼之与大蟹，黄犬之与骆驼。

秋天，这北国的秋天，若留得住的话，我愿意把寿命的三分之二折去，换得一个三分之一的零头。

# 归 航

郁达夫

微寒刺骨的初冬晚上，若在清冷同中世似的故乡小市镇中，吃了晚饭，于未敲二更之先，便与家中的老幼上了楼，将你的身体躺入温暖的被里，呆呆的隔着帐子，注视着你的低小的木桌上的灯光，你必要因听了窗外冷清的街上过路人的歌声足泪落。你因了这灰暗的街上的行人，必要追想到你孩提时候的景象上去。这微寒静寂的晚间的空气，这幽闲落寞的夜行者的哀歌，与你儿童时代所经历的一样，但是睡在楼上薄棉被里，听这哀歌的人的变化却如何了？一想到这里谁能不生起伤感的情来呢 ——但是我的此言，是为像我一样的无能力的将近中年的人而说的。

我在日本的郊外夕阳晼晚的山野田间散步的时候，也忽而起了一种同这情怀相像的怀乡的悲感；看看几个日夕谈心的朋友，一个一个的减少下去的时候，我也想把我的迷游生活结束了。

十年久住的这海东的岛国，把我那同玫瑰露似的青春消磨了的这异乡的天地，到了将离的时候，倒反而生出了一种不忍与她诀别的心来。啊啊，这柔情一脉，便是千古的伤心种子，人生的悲剧，大约是发芽在此地的吧。

我于未去日本之先，我的高等学校时代的生活背景，也想再去探看一回。我于永久离开这强暴的小国之先，我的叠次失败了的浪漫史的血迹，也想再去揩拭一回。

我的回国日期竟一天一天的延长了许多的时日。从家里寄来的款也到了，几个留在东京过夏的朋友为我饯行的席也设了，想去的地方，也差不多去过了，几册爱读的书也买好了，但是要上船的第一天（七月的十五）我又忽而跑上日本邮船公司去，把我的船票改迟了一班，我虽知道在黄海的这面有几个——我只说几个——与我意气相合的朋友在那里等我。

但是我这莫名其妙的离情，我这像将死时一样的哀感，究竟教我如何处置呢。我到七月十九的晚上，喝醉了酒，才上了东京的火车，上神户去趁翌日出发的归舟。

二十的早晨从车上走下来的时候，赤色的太阳光线已经将神户市的一大半房屋烧热了。神户市的附近，须磨是风光明媚的海滨村，是三伏中地上避暑的快乐园，当前年须磨寺大祭的晚上，依我目下的情怀说来，是不得不再去留一宵宿，叹几声别的，但是回故国的轮船将于午前十点钟开行，我只能在海上与她遥别了。

"但愿你健在，但愿你荣华，我今天是不能来看你了。再会——不……不……永别了……"

须磨的西边是明石，紫式部的同画卷似的文章，蓝苍的海。

# 我在北京大学的经历

蔡元培

北京大学的名称，是从民国元年起的；民元以前，名为京师大学堂；包有师范馆、仕学馆等，而译学馆亦为其一部。我在民元前六年，曾任译学馆教员，讲授国文及西洋史，是为我北大服务之第一次。

民国元年，我长教育部，对于大学有特别注意的几点：一、大学设法商等科的，必设文科；设医农工等科的，必设理科。二、大学应设大学院（即今研究院），为教授、留校的毕业生与高级学生研究的机关。三、暂定国立大学五所，于北京大学外，再筹办大学各一所于南京、汉口、四川、广州等处。（尔时想不到后来各省均有办大学的能力。）四、因各省的高等学堂，本仿日本制，为大学预备科，但程度不齐，于入大学时发生困难，乃废止高等学堂，于大学中设预科。（此点后来为胡适之先生等所非难，因各省既不设高等学堂，就没有一个荟萃较高学者的机关，文化不免落后；但自各省竞设大学后，就不必顾虑了。）

是年，政府任严幼陵君为北京大学校长；两年后，严君辞职，改任马相伯君，不久，马君又辞，改任何锡侯君，不久又辞，乃以工科学长胡次珊君代理。民国五年冬，我在法国，接教育部电，促回国，任北大校长。我回来，初到上海，友人中劝不必就职的颇多，说北大太腐败，进去了，若不能整顿，反于自己的声名有碍，这当然是出于爱我的意思。但也有少数的说，既然知道他腐败，更应进去整顿，就是失败，也算尽了心；这也是爱人以德的说法。我到底服从后说，进北京。

我到京后，先访医专校长汤尔和君，问北大情形。他说："文科预科的情形，可问沈尹默君；理工科的情形，可问夏浮筠君。"汤君又说："文科学长如未定，可请陈仲甫君；陈君现改名独秀，主编《新青年》杂志，确可为青年的指导者。"因取《新青年》十余本示我。我对于陈君，本来有一种不忘的印象，就是我与刘申叔君同在《警钟日报》服务时，刘君语我："有一种在芜湖发行之白话报，发起的若干人，都因困苦及危险而散去了，陈仲甫一个人又支持了好几个月。"现在听汤君的话，又翻阅了《新青年》，决意聘他。从汤君处探知陈君寓在前门外一旅馆，我即往访，与之订定；于是陈君来北大任文科学长，而夏君原任理科学长，沈君亦原任教授，一仍旧贯；乃相与商定整顿北大的办法，次第执行。

我们第一要改革的，是学生的观念。我在译学馆的时候，就知道北京学生的习惯。他们平日对于学问上并没有什么兴会，只要年限满后，可以得到一张毕业文凭。教员是自己不用功的，把第一次的讲义，照样印出来，按期分散给学生，在讲坛上读一遍，学生觉得没有趣味，或瞌睡，或看看杂书，下课时，把讲义带回去，堆在书架上。等到学期、学年或毕业的考试，教员认真的，学生就拼命的连夜阅读讲义，只要把考试对付过去，就永远不再去翻一翻了。要是教员通融一点，学生就先期要求教员告知他要出的题目，至少要求表示一个出题目的范围；教员为避免学生的怀恨与顾全自身的体面起见，往往把题目或范围告知他们了。于是他们不用功的习惯，得了一种保障了。尤其北京大学的学生，是从京师大学堂"老爷"式学生嬗继下来（初办时所收学生，都是京官，所以学生都被称为老爷，而监督及教员都被称为中堂或大人）。他们的目的，不但在毕业，而尤注重在毕业以后的出路。所以专门研究学术的教员，他们不见得欢迎；要是点名时认真一点，考试时严格一点，他们就借个话头反对他，虽罢课也所不惜。若是一位在政府有地位的人，来兼课，虽时时请假，他们还是欢迎得很；因为毕业后可以有阔老师做靠山。这种科举时代遗留下来劣根性，是于求学上很有妨碍的。所以我到校后第一次演说，就说明"大学学生，当以研究学术为天职，不当以大学为升官发财之阶梯"。然而要打破这些习惯，止有从聘请积学而热心的教员着手。

那时候因《新青年》上文学革命的鼓吹，而我们认识留美的胡适之君，他回国后，即请到北大任教授。胡君真是"旧学邃密"而且"新知深沉"的一个人，所以一方面与沈尹默、兼士兄弟，钱玄同，马幼渔，刘半农诸君以新方法整理国故，一方面整理英文系；因胡君之介绍而请到的好教员，颇不少。

我素信学术上的派别，是相对的，不是绝对的；所以每一种学科的教员，即使主张不同，若都是"言之成理、持之有故"的，就让他们并存，令学生有自由选择的余地。最明白的，是胡适之君与钱玄同君等绝对的提倡白话文学，而刘申叔、黄季刚诸君仍极端维护文言的文学；那时候就让他们并存。我信为应用起见，白话文必要盛行，我也常常作白话文，也替白话文鼓吹；然而我也声明：作美术文，用白话也好，用文言也好。例如我们写字，为应用起见，自然要写行楷，若如江艮庭君的用篆隶写药方，当然不可；若是为人写斗方或屏联，作装饰品，即写篆隶章草，有何不可？

那时候各科都有几个外国教员，都是托中国驻外使馆或外国驻华使馆介绍的，学问未必都好，而来校既久，看了中国教员的阑珊，也跟了阑珊起来，我们斟酌了一番，辞退几人，都按着合同上的条件办的，有一法国教员要控告我；有一英国教习竟要求英国驻华公使朱尔典来同我谈判，我不答应。朱尔典出去后，说"蔡元培是不要再做校长的了"，我也一笑置之。

我从前在教育部时，为了各省高等学堂程度不齐，故改为各大学直接的预科；不意北大的预科，因历年校长的放任与预科学长的误会，竟演成独立的状态。那时候预科中受了教会学校的影响，完全偏重英语及体育两方面；其他科学比较的落后；毕业后若直升本科，发生困难。预科中竟自设了一个预科大学的名义，信笺上亦写此等字样。于是不能不加以改革，使预科直接受本科学长的管理，不再设预科学长。预科中主要的教课，均由本科教员兼任。

我没有本校与他校的界限，常为之通盘打算，求其合理化。是时北大设文、理、工、法、商五科，而北洋大学亦有工、法两科；北京又有一工业专门学校，都是国立的。我以为无此重复的必要，主张以北大的工科并入北洋，而北洋之法科，刻期停办。得北洋大学校长同意及教育部核准，把土木工与矿冶工并到北洋去了。把工科省下来的经费，用在理科上。我本来想把法科与法专并成一科，专授法律，但是没有成功。我觉得那时候的商科，毫无设备，仅有一种普通商业学教课，于是并入法科，使已有的学生毕业后停止。

我那时候有一个理想，以为文、理两科，是农、工、医、药、法、商等应用科学的基础，而这些应用科学的研究时期，仍然要归到文理两科来。所以文理两科，必须设各种的研究所；而此两科的教员与毕业生必有若干人是终身在研究所工作，兼任教员，而不愿往别种机关去的。所以完全的大学，当然各科并设，有互相关联的便利。若无此能力，则不妨有一大学专办文理两科，名为本科，而其他应用各科，可办专科的高等学校，如德法等国的成例。以表示学与术的区别。因为北大的校舍与经费，绝没有兼办各种应用科学的可能，所以想把法律分出去，而编为本科大学；然没有达到目的。

那时候我又有一个理想，以为文理是不能分科的。例如文科的哲学，必植基于自然科学；而理科学者最后的假定，亦往往牵涉哲学。从前心理学附入哲学，而现在用实验法，应列入理科；教育学与美学，也渐用实验法，有同一趋势。地理学的人文方面，应属文科，而地质地文等方面属理科。历史学自有史以来，属文科，而推原于地质学的冰期与宇宙生成论，则属于理科。所以把北大的三科界限撤去而列为十四系，废学长，设系主任。

我素来不赞成董仲舒罢黜百家独尊孔氏的主张。清代教育宗旨有"尊孔"一款，已于民元在教育部宣布教育方针时说他不合用了。到北大后，凡是主张文学革命的人，没有不同时主张思想自由的；因而为外间守旧者所反对。适有赵体孟君以编印明遗老刘应秋先生遗集，贻我一函，属约梁任公、章太炎、林琴南诸君品题；我为分别发函后，林君复函，列举彼对于北大怀疑诸点，我复一函，与他辩；这两函颇可窥见那时候两种不同的见解。

这两函虽仅为文化一方面之攻击与辩护，然北大已成为众矢之的，是无可疑了。越四十余日，而有五四运动。我对于学生运动，素有一种成见，以为学生在学校里面，应以求学为最大目的，不应有何等政治的组织。其有年在二十岁以上，对于政治有特殊兴趣者，可以个人资格参加政治团体，不必牵涉学校。所以民国七年夏间，北京各校学生，曾为外交问题，结队游行，向总统府请愿；当北大学生出发时，我曾力阻他们，他们一定要参与；我因此引咎辞职。经慰留而罢。到八年五月四日，学生又有不签字于巴黎和约与罢免亲日派曹、陆、章的主张，仍以结队游行为表示，我也就不去阻止他们了。他们因愤激的缘故，遂有焚曹汝霖住宅及攒殴章宗祥的事，学生被警厅逮捕者数十人，各校皆有，而北大学生居多数；我与各专门学校的校长向警厅力保，始释放。但被拘的虽已保释，而学生尚抱再接再厉的决心，政府亦且持不做不休的态度。都城宣传政府将明令免我职而以马其昶君任北大校长，我恐若因此增加学生对于政府的纠纷，我个人且将有运动学生保持地位的嫌疑，不可以不速去。乃一面呈政府，引咎辞职，一面秘密出京，时为五月九日。

那时候学生仍每日分队出去演讲，政府逐队逮捕，因人数太多，就把学生都监禁在北大第三院。北京学生受了这样大的压迫，于是引起全国学生的罢课，而且引起各大都会工商界的同情与公愤，将以罢工罢市为同样之要求。政府知势不可侮，乃释放被逮诸生，决定不签和约，罢免曹、陆、章，于是五四运动之目的完全达到了。

　　五四运动之目的既达，北京各校的秩序均恢复，独北大因校长辞职问题，又起了多少纠纷。政府曾一度任命胡次珊君继任，而为学生所反对，不能到校；各方面都要我复职。我离校时本预定决不回去，不但为校务的困难，实因校务以外，常常有许多不相干的缠绕，度一种劳而无功的生活，所以启事上有"杀君马者道旁儿；民亦劳止，汔可小休；我欲小休矣"等语。但是隔了几个月，校中的纠纷，仍在非我回校，不能解决的状态中，我不得已，乃允回校。回校以前，先发表一文，告北京大学学生及全国学生联合会，告以学生救国，重在专研学术，不可常为救国运动而牺牲。到校后，在全体学生欢迎会演说，说明德国大学学长、校长均每年一换，由教授会公举；校长且由神学、医学、法学、哲学四科之教授轮值；从未生过纠纷，完全是教授治校的成绩。北大此后亦当组成健全的教授会，使学校决不因校长一人的去留而起恐慌。

　　那时候蒋梦麟君已允来北大共事，请他通盘计划，设立教务总务两处；及聘任财务等委员会，均以教授为委员。请蒋君任总务长，而顾孟余君任教务长。

　　北大关于文学哲学等学系，本来有若干基本教员，自从胡适之君到校后，声应气求，又引进了多数的同志，所以兴会较高一点。预定的自然科学、社会科学、文学、国学四种研究所，止有国学研究所先办起来了。在自然科学与社会科学方面，比较的困难一点。自民国九年起，自然科学诸系，请到了丁巽甫、颜任光、李润章诸君主持物理系，李仲揆君主持地质系；在化学系本有王既五、陈聘丞、丁庶为诸君，而这时候又增聘程寰西、石蘅青诸君。在生物学系本已有钟宪鬯君在东南西南各省搜罗动植物标本，有李石曾君讲授学理，而这时候又增聘谭仲逵君。于是整理各系的实验室与图书室，使学生在教员指导之下，切实用功；改造第二院礼堂与庭园，使合于讲演之用。在社会科学方面，请到王雪艇、周鲠生、皮皓白诸君；一面诚意指导提起学生好学的精神，一面广购图书杂志，给学生以自由考索的工具。丁巽甫君以物理学教授兼预科主任，提高预科程度。于是北大始达到各系平均发展的境界。

我是素来主张男女平等的，九年，有女学生要求进校，以考期已过，姑录为旁听生。及暑假招考，就正式招收女生。有人问我："兼收女生是新法，为什么不先请教育部核准？"我说："教育部的大学令，并没有专收男生的规定；从前女生不来要求，所以没有女生；现在女生来要求，而程度又够得上，大学就没有拒绝的理。"这是男女同校的开始，后来各大学都兼收女生了。

我是佩服章实斋先生的，那时候国史馆附设在北大，我定了一个计划，分征集纂辑两股；纂辑股又分通史，民国史两类；均从长编入手。并编历史辞典。聘屠敬山、张蔚西、薛阆仙、童亦韩、徐贻孙诸君分任征集编纂等务。后来政府忽又有国史馆独立一案，别行组织。于是张君所编的民国史，薛、童、徐诸君所编的辞典，均因篇帙无多，视同废纸；止有屠君在馆中仍编他的蒙兀儿史，躬自保存，没有散失。

我本来很注意于美育的，北大有美学及美术史教课，除中国美术史由叶浩吾君讲授外，没有人肯讲美学，十年，我讲了十余次，因足疾进医院停止。至于美育的设备，曾设书法研究会，请沈尹默、马叔平诸君主持。设画书研究会，请贺履之、汤定之诸君教授国画；比国楷次君教授油画。设音乐研究会，请萧友梅君主持。均听学生自由选习。

我在爱国学社时，曾断发而习兵操，对于北大学生之愿受军事训练的，常特别助成；曾集这些学生，编成学生军，聘白雄远君任教练之责，亦请蒋百里、黄膺伯诸君到场演讲。白君勤恳而有恒，历十年如一日，实为难得的军人。

我在九年的冬季，曾往欧美考察高等教育状况，历一年回来。这期间的校长任务，是由总务长蒋君代理的。回国以后，看北京政府的情形，日坏一日，我处在与政府常有接触的地位，日想脱离。十一年冬，财政总长罗钧任君忽以金佛郎问题被逮，释放后，又因教育总长彭允彝君提议，重复收禁。我对于彭君此举，在公议上，认为是蹂躏人权献媚军阀的勾当；在私情上，罗君是我在北大的同事，而且于考察教育时为最密切的同伴，他的操守，为我所深信，我不免大抱不平。与汤尔和、邵飘萍、蒋梦麟诸君会商，均认有表示的必要。我于是一面递辞呈，一面离京。隔了几个月，贿选总统的布置，渐渐的实现；而要求我回校的代表，还是不绝，我遂于十二年七月间重往欧洲，表示决心；至十五年，始回国。那时候，京津间适有战争，不能回校一看。十六年，国民政府成立，我在大学院，试行大学区制，以北大划入北平大学区范围，于是我的北京大学校长的名义，始得取消。

综计我居北京大学校长的名义，十年有半；而实际在校办事，不过五年有半，一经回忆，不胜惭悚。

# 黄昏的观前街

郑振铎

我刚从某一个大都市归来。那一个大都市，说得漂亮些，是乡村的气息较多于城市的。它比城市多了些乡野的荒凉况味，比乡村却又少了些质朴自然的风趣，疏疏的几簇住宅，到处是绿油油的菜圃，是蓬蒿没膝的废园，是池塘半绕的空场，是已生了荒草的瓦砾堆，晚间更是凄凉，太阳刚刚西下，街上的行人便已"寥若晨星"。在街灯如豆的黄光之下，踽踽的独行着，瘦影显得更长了，足音也格外的寂寥。远处野犬，如豹的狂吠着。黑衣的警察，幽灵似的扶枪立着。在前面的重要区域里，仿佛有"站住！""口号！"的呼叱声，我假如是喜欢都市生活的话，我真不会喜欢到这个地方；我假如是喜欢乡间生活的话，我也不会喜欢到这个所在。我的天！还是趁早走了吧。（不仅是"浩然"，简直是"凛然有归志"了！）

归程经过苏州，想要下去，终于因为舍不得抛弃了车票上的未用尽一段路资，蹉跎的被火车带过去了，归后不到三天，长个子的樊与矮而美髯的孙，却又拖了我逛苏州去。早知道有这一趟走，还不中途而下，来得便利么？

　　我的太太是最厌恶苏州的，她说舒舒服服的坐在车上，走不了几步，却又要下车过桥了。我也未见得十分喜欢苏州；一来是，走了几趟都买不到什么好书，二来是，住在阊门外，太像上海，而又没有上海的繁华，但这一次，我因为要换换花样，却拖他们住到城里去，不料竟因此而得到了一次永远不曾领略到的苏州景色。

　　我们跑了几家书铺，天色已经渐渐的黑下来了，樊说，"我们找一个地方吃饭吧。"饭馆里是那末样的拥挤，走了两三家，才得到了一张空桌，街上已上了灯，楼窗的外面，行人也是那末样的拥挤。没有一盏灯光不照到几堆子人的，影子也不落在地上，而落在人的身上。我不禁想起了某一个大城市的荒凉情景，说道，"这才可算是一个都市！"

　　这条街是苏州城繁华的中心的观前街。玄妙观是到过苏州的人没有一个不熟悉的；那末粗俗的一个所在，未必有胜于北平的隆福寺，南京的夫子庙，扬州的教场。观前街也是一条到过苏州的人没有一个不曾经过的；那末狭小的一道街，三个人并列走着，便可以不让旁的人走，再加之以没头苍蝇似的乱攒而前的人力车，或箩或桶的一担担的水与蔬菜，混合成了一个道地的中国式的小城市的拥挤与纷乱无秩序的情形。

　　然而，这一个黄昏时候的观前街，却与白昼大殊。我们在这条街上舒适的散着步，男人，女人，小孩子，老年人，摩肩接踵而过，却不喧哗，也不推拥。我所得的苏州印象，这一次可说是最好。——从前不曾于黄昏时候在观前街散步过。半里多长的一条古式的石板街道，半部车子也没有，你可以安安稳稳的在街心踱方步。灯光耀耀煌煌的，铜的，布的，黑漆金字的市招，密簇簇的排列在你的头上，一举手便可触到了几块。茶食店里的玻璃匣，亮晶晶的在繁灯之下发光，照得匣内的茶食通明的映入行人眼里，似欲伸手招致他们去买几色苏制的糖食带回去。野味店的山鸡野兔，已烹制的，或尚带着皮毛的都是一串一挂的悬在你的眼前——就在你的眼前，那香味直扑到你的鼻上，你在那里，走着，走着。你如走在一所游艺园中。你如在暮春三月，迎神赛会的当儿，挤在人群里，跟着他们跑，兴奋而感到浓趣。你如在你的少小时，大人们在做寿，或娶亲，地上铺着花毯，天上张着锦幔，长随打杂老妈丫头，客人的孩子们，全都穿戴着崭新的衣帽，穿梭似的进进出出，而你在其间，随意的玩耍，随意的奔跑。你白天觉得这条街狭小，在这时，你，才觉这条街狭小得妙。她将你紧压住了，如夜间将自己的手放在心头，做了很刺激的梦；他将你紧紧地拥抱住了，如一个爱人身体的热情的拥抱；她将所有的宝藏，所有的繁华，所有的可引动人的东西，都陈列在你的面前，即在你的眼下，相去不到三尺左右，而别用一种黄昏的灯纱笼罩了起来，使他们更显得隐约而动情，如一位对窗里面的美人，如一位躲于绿帘后的少女。她假如也像别的都市巷道那样的开朗阔大，那末，便将永远感不到这种亲切的繁华的况味，你便将永远受不到这种紧紧的箍压于你的全身，你的全心的燠暖而温馥的情趣了。你平常觉得这条街闲人太多，过于拥挤，在这时却正显得人多的好处。你看人，人也看你；你的左边是一位时装的小姐，你的右边是几位随了丈夫父亲上城的乡姑，你的前面是一二位步履维艰的道地的苏州佬，一二位尖帽薄履的苏式少年，你偶然回过头来，你的眼光却正碰在一位容光射人，衣饰过丽的少奶奶的身上。你的团团转转都是人，都是无关系的无关心的最驯良的人；你可以舒舒适适的踱着方步，一点也不用担心什么。这里没有乘机的偷盗。没有诱人入魔窟的"指导者"，也没有什么电掣风驰，左冲右撞的一切车子。每一个人都是那末安闲的散步着；川流不息的在走，肩摩踵接的在走，他们永不会猛撞你身上而过。他们是走得那末安闲，那末小心。你假如偶然过于大意的撞了人，或踏了人的足——那是极不经见的事！他们抬眼望了你，你对他们点点头，表示歉意，也就算了。大家都感到一种的亲切，一种的无损害，一种的无忧无虑的生活；大家都似躲在一个乐园中，在明月之下，绿林之间，悠闲的微步着，忘记了园外的一切。

那末鳞鳞比比的店房，那末密密接接的市招，那末耀耀煌煌的灯光，那末狭狭小小的街道，竟使你抬起头来，看不见明月，看不见星光，看不见一丝一毫的黑暗的夜天。她使你不知道黑暗，她使你忘记了这是夜间。啊，这样的一个"不夜之城！"

"不夜之城"的巴黎，"不夜之城"的伦敦，你如果要看，你且去歌剧院左近走着，你且去辟加德莱圈散步，准保你不会有一刻半秒的安逸；你得时时刻刻的担心，时时刻刻的提防着，大都市的灾害，是那末多。每个人都是匆匆的走灯似的向前走，你也得匆匆的走；每个人都是紧张着矜持着，你也自然得会紧张着，矜持着。你假如走惯了黄昏时候的观前街，你在那里准得是吃大苦头，除非你已将老脾气改得一干二净。你假如为店铺的窗中的陈列品所迷住了，譬如说，你要站住了仔仔细细的看一下，你准得要和后面的人猛碰一下，他必定要诧异的望了望你，虽然嘴里说的是"对不起"。你也得说"对不起"，然而你也饱受了他，以至他们的眼光的奚落。你如走到了歌剧院的阶前，你如走到了那尔逊的像下，你将见斗大的一个个市招或广告牌，闪闪在放光；一片的灯光，映射得半个天空红红的。然而那里却是如此的开朗敞阔，建筑物又是那末的宏伟，人虽拥挤，却是那样的藐小可怜，Taxi 和 Bus 也如小甲蚁似的在一连串的走着。大半个天空是黑漆漆的，几颗星在冷冷的映着眼看人。大都市的繁华终敌不住黑夜的侵袭。你在那里，立了一会，只要一会，你便将完全的领受到夜的凄凉了。像观前街那样的燠暖温馥之感，你是永远得不到的。你在那里是孤零的，是寂寞的，算不定会有什么飞灾横祸光临到你身上，假如你要一个不小心。像在观前街的那末舒适无虑的亲切的感觉，你也是永远不会得到的。

有观前街的燠暖温馥与亲切之感的大都市，我只见到了一个委尼司；即在委尼司的 St. Mark 广场的左近。那里也是充满了闲人，充满了紧压在你身上的燠暖的情趣的；街道也是那末狭小，也许更要狭，行人也是那末拥挤，也许更要拥挤，灯光也是那末辉辉煌煌的，也许更要辉煌。有人口口声声的称呼苏州为东方的威尼斯；别的地方，我看不出，别的时候，我看不出，在黄昏时候的观前街，我却深切的感到了。——虽然观前街少了那末弘丽的 Piazza of St. Mark，少了那末轻妙的此奏彼息的乐队。

# 济南的冬天

老 舍

对于一个在北平住惯的人，像我，冬天要是不刮大风，便是奇迹；济南的冬天是没有风声的。对于一个刚由伦敦回来的人，像我，冬天要能看得见日光，便是怪事；济南的冬天是响晴的。自然，在热带的地方，日光是永远那么毒，响亮的天气反有点叫人害怕。

可是，在北中国的冬天，而能有温晴的天气，济南真的算个宝地。

设若单单是有阳光，那也算不了出奇。请闭上眼睛想：一个老城，有山有水，全在蓝天底下，很暖和安适地睡着，只等春风来把它们唤醒，这是不是个理想的境界？

小山整把济南围了个圈儿，只有北边缺着点口儿。这一圈小山在冬天特别可爱，好像是把济南放在一个小摇篮里，它们全安静不动的低声地说："你们放心吧，这儿准保暖和。"真的，济南的人们在冬天是面上含笑的。他们一看那些小山，心中便觉得有了着落，有了依靠。

他们由天上看到山上，便不知不觉地想起："明天也许就是春天了罢？

这样的温暖，今天夜里山草也许就绿起来了罢？"就是这点幻想不能一时实现，他们也并不着急，因为有这样慈善的冬天，干啥还希望别的呢！

最妙的是下点小雪呀。看罢，山上的矮松越发的青黑，树尖上顶着一髻儿白花，好像日本看护妇。山尖全白了，给蓝天镶上一道银边。山坡上，有的地方雪厚点，有的地方草色还露着；这样，一道儿白，一道儿暗黄，给山们穿上一件带水纹的花衣；看着看着，这件花衣好像被风儿吹动，叫你希望看见一点更美的山的肌肤。

等到快日落的时候，微黄的阳光斜射在山腰上，那点薄雪好像忽然害了羞，微微露出点粉色。就是下小雪罢，济南是受不住大雪的，那些小山太秀气！

古老的济南，城内那么狭窄，城外又那么宽敞，山坡上卧着些小村庄，小村庄的房顶上卧着点雪，对，这是张小水墨画，或者是唐代的名手画的罢。

那水呢，不但不结冰，倒反在绿藻上冒着点热气。水藻真绿，把终年储蓄的绿色全拿出来了。天儿越晴，水藻越绿，就凭这些绿的精神，水也不忍得冻上；况且那长枝的垂柳还要在水里照个影儿呢！看罢，由澄清的河水慢慢往上看罢，空中、半空中、天上，自上而下全是那么清亮，那么蓝汪汪的，整个是块空灵的蓝水晶。这块水晶里，包着红屋顶、黄草山，像地毯上的小团花的小灰色树影。这就是冬天的济南。

# 乌篷船

周作人

子荣君：

接到手书，知道你要到我的故乡去，叫我给你一点什么指导。老实说，我的故乡，真正觉得可怀恋的地方，并不是那里，但是因为在那里生长，住过十多年，究竟知道一点情形，所以写这一封信告诉你。

我所要告诉你的，并不是那里的风土人情，那是写不尽的，但是你到那里一看也就会明白的，不必啰唆地多讲。我要说的是一种很有趣的东西，这便是船。你在家乡平常总坐人力车，电车，或是汽车，但在我的故乡那里这些都没有，除了在城内或山上是用轿子以外，普通代步都是用船，船有两种，普通坐的都是"乌篷船"，白篷的大抵作航船用，坐夜航船到西陵去也有特别的风趣，但是你总不便坐，所以我也就可以不说了。乌篷船大的为"四明瓦"（Sy-menngoa），小的为脚划船（划读如 uoa）亦称小船。但是最适用的还是在这中间的"三道"，亦即三明瓦。篷是半圆形的，用竹片编成，中央竹箸，上涂黑油；在两扇"定篷"之间放着一扇遮阳，也是半圆的，木作格子，嵌着一片片的小鱼鳞，径约一寸，颇有点透明，略似玻璃而坚韧耐用，这就称为明瓦。三明瓦者，谓其中舱有两道，后舱有一道明瓦也。船尾用橹，大抵两支，船首有竹篙，用以定船。船头着眉目，状如老虎，但似在微笑，颇滑稽而不可怕，唯白篷船则无之。三道船篷之高大约可以使你直立，舱宽可放下一顶方桌，四个人坐着打马将——这个恐怕你也已学会了吧？小船则真是一叶扁舟，你坐在船底席上，篷顶离你的头有两三寸，你的两手可以搁在左右的舷上，还把手都露出在外边。在这种船里仿佛是在水面上坐，靠近田岸去时泥土便和你的眼鼻接近，而且遇着风浪，或是坐得少不小心，就会船底朝天，发生危险，但是也颇有趣味，是水乡的一种特色。不过你总可以不必去坐，最好还是坐那三道船吧。

　　你如坐船出去，可是不能像坐电车的那样性急，立刻盼望走至。倘若出城，走三四十里路（我们那里的里程是很短，一里才及英里三分之一），来日总要预备一天。你坐在船上，应该是游山的态度，看看四周物色，随处可见的山，岸旁的乌柏，河边的红蓼和白苹、渔舍，各式各样的桥，困倦的时候睡在舱中拿出随笔来看，或者冲一碗清茶喝喝。偏门外的鉴湖一带，贺家池，壶觞左近，我都是喜欢的，或者往娄公埠骑驴去游兰亭（但我劝你还是步行，骑驴或者于你我不很相宜），到得暮色苍然的时候进城上都挂着薜荔的东门来，倒是颇有趣味的事。倘若路上不平静，你往杭州去时可下午开船，黄昏时候的景色正最好看，只可惜这一带地方的名字我都忘记了。夜间睡在舱中，听水声橹声，来往船只的招呼声，以及乡间的犬吠鸡鸣，也都很有意思。雇一只船到乡下去看庙戏，可以了解中国旧戏的真趣味，而且在船上行动自如，要看就看，要睡就睡，要喝酒就喝酒，我觉得也可以算是理想的行乐法。只可惜讲维新以来这些演剧与迎会都已禁止，中产阶级的低能人别在布业会馆，等处建起"海式"的戏场来，请大家买票看上海的猫儿戏。这些地方你千万不要去。你到我那故乡，恐怕没有一个人认得，我又因为在教书不能陪你去玩，坐夜船，谈闲天，实在抱歉而且惆怅。川岛君夫妇现在山下，本来可以给你介绍，但是你到那里的时候他们恐怕已经离开故乡了。初寒，善自珍重，不尽。

1926 年 1 月 18 日夜于北京

# 象牙戒指

石评梅

记得那是一个枫叶如茶，黄花含笑的深秋天气，我约了晶清去雨华春吃螃蟹。晶清喜欢喝几杯酒，其实并不大量，仅不过想效颦一下诗人名士的狂放。雪白的桌布上陈列着黄赭色的螃蟹，玻璃杯里斟满了玫瑰酒。晶清坐在我的对面，一句话也不说，一杯杯喝着，似乎还未曾浇洒了她心中的块垒。我执着杯望着窗外，驰想到桃花潭畔的母亲。正沉思着忽然眼前现出茫洋的大海，海上漂着一只船，船头站着激昂慷慨，愿血染了头颅誓志为主义努力的英雄！

在我神思飞越的时候，晶清已微醉了，她两腮的红采，正照映着天边的晚霞，一双惺忪似初醒时的眼，她注视着我执着酒杯的手，我笑着问她：

"晶清！你真醉了吗？为什么总看着我的酒杯呢！"

"我不醉，我问你什么时候带上那个戒指，是谁给你的？"

她很郑重地问我。

本来是件极微小的事吧！但经她这样正式的质问，反而令我不好开口，我低了头望着杯里血红潋滟的美酒，呆呆地不语。晶清似乎看出我的隐衷，她又问我道：

"我知道是辛寄给你的吧！不过为什么他偏要给你这样惨白枯冷的东西？"

我听了她这几句话后，眼前似乎轻掠过一个黑影，顿时觉着桌上的杯盘都旋转起来，眼光里射出无数的银线。我晕了，晕倒在桌子旁边！晶清急忙跑到我身边扶着我。过了几分钟我神经似乎复原，我抬起头又斟了一杯酒喝了，我向晶清说：

"真的醉了！"

"你不要难受，告诉我你心里的烦恼，今天你一来我就看见你带了这个戒指，我就想一定有来由，不然你决不带这些妆饰品的，尤其这样惨白枯冷的东西。波微！你可能允许我脱掉它，我不愿意你带着它。"

"不能，晶清！我已经带了它三天了，我已经决定带着它和我的灵魂同在，原谅我朋友！我不能脱掉它。"

她的脸渐渐变成惨白，失去了那酒后的红采，眼里包含着真诚的同情，令我更感到凄伤！她为谁呢！她确是为了我，为了我一个光华灿烂的命运，轻轻地束在这惨白枯冷的环内。

天已晚了，我遂和晶清回到学校。我把天辛寄来象牙戒指的那封信给她看，信是这样写的："……我虽无力使海上无浪，但是经你正式决定了我们命运之后，我很相信这波涛山立狂风统治了的心海，总有一天风平浪静，不管这是在千百年后，或者就是这握笔的即刻；我们只有候平静来临，死寂来临，假如这是我们所希望的。容易丢去了的，便是兢兢然恋守着的；愿我们的友谊也和双手一样，可以紧紧握着的，也可以轻轻放开。宇宙作如斯观，我们便毫无痛苦，且可与宇宙同在。

"'双十节'商团袭击，我手曾受微伤。不知是幸呢还是不幸，流弹洞穿了汽车的玻璃，而我能坐在车里不死！这里我还留着几块碎玻璃，见你时赠你做个纪念。昨天我忽然很早起来跑到店里购了两个象牙戒指；一个大点的我自己带在手上，一个小的我寄给你，愿你承受了它。或许你不忍吧！再令它如红叶一样的命运。愿我们用'白'来纪念这枯骨般死静的生命。……

晶清看完这信以后，她虽未曾再劝我脱掉它，但是她心里很难受，有时很高兴时，她触目我这戒指，会马上令她沉默无语。

这是天辛未来北京前一月的事。

他病在德地医院时，出院那天我曾给他照了一张躺在床上的像，两手抚胸，很明显地便是他右手那个象牙戒指。后来他死在协和医院，尸骸放在冰室里，我走进去看他的时候，第一触目的又是他右手上的象牙戒指。他是带着它一直走进了坟墓。

# 白马湖之冬

夏丏尊

在我过去四十余年的生涯中，冬的情味尝得最深刻的，要算十年前初移居白马湖的时候了。十年以来，白马湖已成了一个小村落，当我移居的时候，还是一片荒野。春晖中学的新建筑巍然矗立于湖的那一面，湖的这一面的山脚下是小小的几间新平屋，住着我和刘君心如两家。此外两三里内没有人烟。一家人于阴历十一月下旬从热闹的杭州移居这荒凉的山野，宛如投身于极带中。

那里的风，差不多日日有的，呼呼作响，好像虎吼。屋宇虽系新建，构造却极粗率，风从门窗隙缝中来，分外尖削，把门缝窗隙厚厚地用纸糊了，缝中却仍有透入。风刮得厉害的时候，天未夜就把大门关上，全家吃毕夜饭即睡入被窝里，静听寒风的怒号，湖水的澎湃。靠山的小后轩，算是我的书斋，在全屋子中风最小的一间，我常把头上的罗宋帽拉得低低地，在洋灯下工作至夜深。松涛如吼，霜月当窗，饥鼠吱吱在承尘上奔窜。我于这种时候深感到萧瑟的诗趣，常独自拨划着炉灰，不肯就睡，把自己拟诸山水画中的人物，作种种幽邈的遐想。现在白马湖到处都是树木了，当时尚一株树木都未种。月亮与太阳都是整个儿的，从上山起直要照到下山为止。太阳好的时候，只要不刮风，那真和暖得不像冬天。一家人都坐在庭间曝日，甚至于吃午饭也在屋外，像夏天的晚饭一样。日光晒到哪里，就把椅凳移到哪里，忽然寒风来了，只好逃难似地各自带了椅凳逃入室中，急急把门关上。在平常的日子，风来大概在下午快要傍晚的时候，半夜即息。至于大风寒，那是整日夜狂吼，要二三日才止的。最严寒的几天，泥地看去惨白如水门汀，山色冻得发紫而黯，湖波泛深蓝色。

下雪原是我所不憎厌的，下雪的日子，室内分外明亮，晚上差不多不用燃灯。

远山积雪足供半个月的观看，举头即可从窗中望见。可是究竟是南方，每冬下雪不过一二次。我在那里所日常领略的冬的情味，几乎都从风来。白马湖的所以多风，可以说有着地理上的原因。那里环湖都是山，而北首却有一个半里阔的空隙，好似故意张了袋口欢迎风来的样子。白马湖的山水和普通的风景地相差不远，唯有风却与别的地方不同。风的多和大，凡是到过那里的人都知道的。风在冬季的感觉中，自古占着重要的因素，而白马湖的风尤其特别。

# 五峰游记

李大钊

我向来过惯"山中无历日，寒尽不知年"的日子，一切日常生活的经过都记不住时日。

我们那晚八时顷，由京奉线出发，次日早晨曙光刚发的时候，到滦州车站。此地是辛亥年张绍曾将军督率第二十镇，停军不发，拿十九信条要胁清廷的地方。后来到底有一标在此起义，以众寡不敌失败，营长施从云、王金铭，参谋长白亚雨等殉难。这是历史上的纪念地。

车站在滦州城北五里许，紧靠着横山。横山东北，下临滦河的地方，有一个行宫，地势很险，风景却佳，而今作了我们老百姓旅行游览的地方。

由横山往北，四十里可达卢龙。山路崎岖，水路两岸万山重叠，暗崖很多，行舟最要留神，而景致绝美。由横山往南，滦河曲折南流入海，以陆路计，约有百数十里。

我们在此雇了一只小舟，顺流而南，两岸都是平原。遍地的禾苗，都很茂盛，但已觉受旱。禾苗的种类，以高粱为多，因为滦河一带，主要的食粮，就是高粱，谷黍豆类也有。滦水每年泛滥，河身移徙无定，居民都以此为苦。其实滦河经过的地方，虽有时受害，而大体看来，却很富厚，因为他的破坏中，却带来了很多的新生活种子、原料。房屋老了，经他一番破坏，新的便可产生；土质乏了，经他一回滩淤，肥的就会出现。这条滦河简直是这一方的旧生活破坏者，新生活创造者。可惜人都是苟安，但看见他的破坏，看不见他的建设，却很冤枉了他。河里小舟漂着，一片斜阳射在水面，一种金色的浅光，衬着岸上的绿野，景色真是好看。

天到黄昏，我们还未上岸。从舟人摇橹的声中，隐约透出了远村的犬吠，知道要到我们上岸的村落了。到了家乡，才知道境内很不安静。正有"绑票"的土匪在各村骚扰。还有"花会"照旧开设。

过了两三天，我便带了一个小孩，来到昌黎的五峰。是由陆路来的，约有八十里。从前昌黎的铁路警察，因在车站干涉日本驻屯军的无礼的行动，曾有五警为日兵惨杀。这也算是一个纪念地。五峰是碣石山的一部，离车站十余里，在昌黎城北。我们清早雇骡车运行李到山下。

车不能行了，只好步行上山。一路石径崎岖，曲折的很，两傍松林密布。间或有一两人家很清妙的几间屋，筑在山上，大概窗前都有果园。泉水从石上流着，潺潺作响，当日恰遇着微雨，山景格外的新鲜。走了约四里许，才到五峰的韩公祠。

五峰有个胜境，就在山腹。望海、锦绣、平斗、飞来、挂月，五个山峰环抱如椅。好事的人，在此建了一座韩文公祠。下临深涧，涧中树木丛生。在南可望渤海，碧波万顷，一览无尽。我们就在此借居了。

看守祠宇的人，是一双老夫妇，年事都在六十岁以上，却很健康。此外一狗，一猫，两只母鸡，构成他们那山居的生活。我们在此，找夫妇替我们操作。祠内有两个山泉可饮，煮饭烹茶，都从那里取水。用松枝作柴，颇有一种趣味。

山中松树最多，果树有苹果、桃、杏、梨、葡萄、黑枣、胡桃等。今年果收都不佳。

　　来游的人却也常有。但是来到山中，不是吃喝，便是赌博，真是大杀风景。

　　山中没有野兽，没有盗贼，我们可以夜不闭户，高枕而眠。

　　久旱，乡间多求雨的，都很热闹，这是中国人的群众运动。

　　昨日山中落雨，云气把全山包围。树里风声雨声，有波涛澎湃的样子；水自山间流下，却成了瀑布。雨后大有秋意。

# 囚绿记

陆 蠡

这是去年夏间的事情。

我住在北平的一家公寓里。我占据着高广不过一丈的小房间，砖铺的潮湿的地面，纸糊的墙壁和天花板，两扇木格子嵌玻璃的窗，窗上有很灵巧的纸卷帘，这在南方是少见的。

窗是朝东的。北方的夏季天亮得快，早晨五点钟左右太阳便照进我的小屋，把可畏的光线射个满室，直到十一点半才退出，令人感到炎热，这公寓里还有几间空房子，我原有选择的自由的，但我终于选定了这朝东房间，我怀着喜悦而满足的心情占有它，那是有一个小小理由。

这房间靠南的墙壁上，有一个小圆窗，直径一尺左右。窗是圆的，却嵌着一块六角形的玻璃，并且左下角是打碎了，留下一个大孔隙，手可以随意伸进伸出。圆窗外面长着常春藤。当太阳照过它繁密的枝叶，透到我房里来的时候，便有一片绿影。我便是欢喜这片绿影才选定这房间的。当公寓里的伙计替我提了随身小提箱，领我到这房间来的时候，我瞥见这绿影，感觉到一种喜悦，便毫不犹豫地决定下来，这样了截爽直使公寓里伙计都惊奇了。

绿色是多宝贵的啊！它是生命，它是希望，它是慰安，它是快乐。我怀念着绿色把我的心等焦了。我欢喜看水白，我欢喜看草绿。我疲累于灰暗的都市的天空，和黄漠的平原，我怀念着绿色，如同涸辙的鱼盼等着雨水！我急不暇择的心情即使一枝之绿也视同至宝。当我在这小房中安顿下来，我移徙小台子到圆窗下，让我的面朝墙壁和小窗。门虽是常开着，可没人来打扰我，因为在这古城中我是孤独而陌生，但我并不感到孤独。我忘记了困倦的旅程和已往的许多不快的记忆。我望着这小圆洞，绿叶和我对语。我了解自然无声的语言，正如它了解我的语言一样。

我快活地坐在我的窗前。度过了一个月，两个月，我留恋于这片绿色。我开始了解渡越沙漠者望见绿洲的欢喜，我开始了解航海的冒险家望见海面飘来花草的茎叶的欢喜。人是在自然中生长的，绿是自然的颜色。

我天天望着窗口常春藤的生长。看它怎样伸开柔软的卷须，攀住一根缘引它的绳索，或一茎枯枝；看它怎样舒开折叠着的嫩叶，渐渐变青，渐渐变老。我细细观赏它纤细的脉络，嫩芽，我以揠苗助长的心情，巴不得它长得快，长得茂绿。下雨的时候，我爱它淅沥的声音，婆娑的摆舞。

忽然有一种自私的念头触动了我。我从破碎的窗口伸出手去，把两枝浆液丰富的柔条牵进我的屋子里来，教它伸长到我的书案上，让绿色和我更接近，更亲密。我拿绿色来装饰我这简陋的房间，装饰我过于抑郁的心情。我要借绿色来比喻葱茏的爱和幸福，我要借绿色来比喻猗郁的年华。我囚住这绿色如同幽囚一只小鸟，要它为我作无声的歌唱。

绿的枝条悬垂在我的案前了，它依旧伸长，依旧攀缘，依旧舒放，并且比在外边长得更快。我好像发现了一种"生的欢喜"，超过了任何种的喜悦。从前我有个时候，住在乡间的一所草屋里，地面是新铺的泥土，未除净的草根在我的床下苗出嫩绿的芽苗，蕈菌在地角上生长，我不忍加以剪除。后来一个友人一边说一边笑，替我拔去这些野草，我心里还引为可惜，倒怪他多事似的。

可是每天在早晨，我起来观看这被幽囚的"绿友"时，它的尖端总朝着窗外的方向，甚至于一枚细叶，一茎卷须，都朝原来的方向。植物是多固执啊！它不了解我对它的爱抚，我对它的善意。我为了这永远向着阳光生长的植物不快，因为它损害了我的自尊心。可是我囚系住它，仍旧让柔弱的枝叶垂在我的案前。

它渐渐失去了青苍的颜色，变成柔绿，变成嫩黄，枝条变成细瘦，变成娇弱，好像病了的孩子。我渐渐不能原谅我自己的过失，把天空底下的植物移锁到暗黑的室内；我渐渐为这病损的枝叶可怜，虽则我恼怒它的固执，无亲热，我仍旧不放走它。魔念在我心中生长了。

我原是打算七月尾就回南去的。我计算着我的归期，计算着"绿囚"出牢的日子。在我离开的时候，便是它恢复自由的时候。

卢沟桥事件发生了。担心我的朋友电催我赶速南归。我不得不变更我的计划，在七月中旬，不能再留连于烽烟四逼中的旧都，火车已经断了数天，我每日须得留心开车的消息。终于在一天早晨候到了。临行时我珍重地开释了这永不屈服于黑暗的囚人。我把瘦黄的枝叶放在原来的位置上，向它致诚意的祝福，愿它繁茂苍绿。

离开北平一年了。我怀念着我的圆窗和绿友。有一天，得重和它们见面的时候，会和我面生么？

# 纪念志摩去世四周年

林徽因

今天是你走脱这世界的四周年！朋友，我们这次拿什么来纪念你？前两次的用香花感伤地围上你的照片，抑住嗓子底下的叹息和悲哽，朋友和朋友无聊地对望着，完成一种纪念的形式，俨然是愚蠢的失败。因为那时那种近于伤感，而又不够宗教庄严的举动，除却点明了你和我们中间的距离，生和死的间隔外，实在没有别的成效；几乎完全不能达到任何真实纪念的意义。

去年今日我意外地由浙南路过你的家乡，在昏沉的夜色里我独立火车门外，凝望着那幽黯的站台，默默地回忆许多不相连续的过往残片，直到生和死间居然幻成一片模糊，人生和火车似的蜿蜒一串疑问在苍茫间奔驰。我想起你的：

火车擒住轨，在黑夜里奔

过山，过水，过……

如果那时候我的眼泪曾不自主地溢出睫外，我知道你定会原谅我的。你应当相信我不会向悲哀投降，什么时候我都相信倔强的忠于生的，即使人生如你底下所说：

就凭那精窄的两道，算是轨，

驮着这份重，梦一般的累赘！

就在那时候我记得火车慢慢的由站台拖出一程一程的前进，我也随着酸怆的诗意，那"车的呻吟"，"过荒野，过池塘，……过嗓口的村庄"。到了第二站——我的一半家乡。

今年又轮到今天这一个日子！世界仍旧一团糟，多少地方是黑云布满粗着筋络望理想的反面猛进，我并不在瞎说，当我写：

信仰只一细炷香，

那点子亮再经不起西风

沙沙的隔着梧桐树吹

朋友，你自己说，如果是你现在坐在我这位子上，迎着这一窗太阳：眼看着菊花影在墙上描画作态；手臂下倚着两叠今早的报纸；耳朵里不时隐隐地听着朝阳门外"打靶"的枪弹声；意识的，潜意识的，要明白这生和死的谜，你又该写成怎样一首诗来，纪念一个死别的朋友？

此时，我却是完全的一个糊涂！习惯上我说，每桩事都像是造物的意旨，归根都是运命，但我明知道每桩事都像有我们自己的影子在里面烙印着！我也知道每一个日子是多少机缘巧合凑拢来拼成的图案，但我也疑问其间的排布谁是主宰。据我看来：死是悲剧的一章，生则更是一场悲剧的主干！我们这一群剧中的角色自身性格与性格矛盾；理智与情感两不相容；理想与现实当面冲突，侧面或反面激成悲哀。日子一天一天向前转，昨日和昨日堆垒起来混成一片不可避脱的背景，做成我们周遭的墙壁或气氛，那么结实又那么飘缈，使我们每一个人站在每一天的每一个时候里都是那么主要，又是那么渺小无能为力！

此刻我几乎找不出一句话来说，因为，真的，我只是个完全的糊涂；感到生和死一样的不可解、不可懂。

但是我却要告诉你，虽然四年了你脱离去我们这共同活动的世界，本身停掉参加牵引事体变迁的主力，可是谁也不能否认，你仍立在我们烟涛渺茫的背景里，间接的是一种力量，尤其是在文艺创造的努力和信仰方面。间接的你任凭自然的音韵，颜色，不时的风轻月白，人的无定律的一切情感，悠断悠续的仍然在我们中间继续着生，仍然与我们共同交织着这生的纠纷，继续着生的理想。你并不离我们太远。你的身影永远挂在这里那里，同你生前一样的心旋转。

说到您的诗，朋友，我正要正经地同你再说一些话。你不要不耐烦，这话迟早我们总要说清的。人说盖棺定论，前者早已成了事实，这后者在这四年中，说来叫人难受，我还未曾谈到一篇中肯或诚实的论评，虽然对你的赞美和攻讦由你去世后一两周间，就纷纷开始了。但是他们每人手里拿的都不像纯文艺的天秤；有的喜欢你的为人；有的疑问你私人的道德；有的单单尊崇你诗中所表现的思想哲学，有的仅喜爱那些软弱的细致的句子，有的每发议论必须牵涉到你的个人生活之合乎规矩方圆，或断言你是轻薄，或引证你是浮奢豪侈！朋友，我知道你从不介意过这些，许多人的浅陋老实或刻薄处你早就领略过一堆，你不止未曾生过气，并且常常表示怜悯同原谅；你的心情永远是那么洁净；头老抬得那么高；胸中老是那么完整的诚挚；臂上老有那么许多不折不挠的勇气。但是现在的情形与以前却稍稍不同，你自己既已不在这里，做你朋友的，眼看着你被误解，曲解，乃至于谩骂，有时真忍不住替你不平。

但你可别误会我心眼儿窄，把不相干的看成重要，我也知道误解曲解谩骂，都是不相干的，但是朋友，我们谁都需要有人了解我们的时候，真了解了我们，即使是痛下针砭，骂着了我们的弱处错处，那整个的我们却因而更增添了意义，一个作家文艺的总成绩更需要一种就文论文，就艺术论艺术的和平判断。

你在《猛虎集》序中说"世界上再没有比写诗更惨的事"。你却并未说明为什么写诗是一桩惨事，现在让我来个注脚好不好？我看一个人一生为着一个愚诚的倾向，把所感受到的复杂的情绪尝味到的生活，放到自己的理想和信仰的锅炉里烧炼成几句悠扬铿锵的语言（哪怕是几声小唱），来满足他自己本能的艺术的冲动，这本来是个极寻常的事，那一个地方那一个时代，都不断有这种人。轮着做这种人的多半是为着他情感来的比寻常人浓富敏锐，而为着这情感而发生的冲动更是非实际的——或不全是实际的——追求。而需要那种艺术的满足而已。说起来写诗的人的动机多么简单可怜，正是如你序里所说"我们都是受支配的善良的生灵"！虽然有些诗人因为他们的成绩特别高厚旷阔包括了多数人，或整个时代的艺术和思想的冲动，从此便在人中间披上神秘的光圈，使"诗人"两字无形中挂着崇高的色彩。这样使一般努力于用韵文表现或描画人在自然万物相交错的情绪思想的，便被人的成见看作夸大狂的旗帜需要同时代人的极冷酷的讥讪和不信任来扑灭它，以挽救人类的尊严和健康。

我承认写诗是惨淡经营，孤立在人中挣扎的勾当，但是因为我知道太清楚了。你在这上面单纯的信仰和诚恳的尝试，为同业者奋斗，卫护他们情感的愚诚，称扬他们艺术的创造自己从未曾求过虚荣，我觉得你始终是很逍遥舒畅的。如你自己所说"满头血水"你"仍不曾低头"，你自己相信"一点性灵还在那里挣扎"，"还想在实际生活的重重压迫下透出一些声响来"。

简单的说，朋友，你这写诗的动机是坦白不由自主的，你写诗的态度是诚实，勇敢，而倔强的。这在讨论你诗的时候，谁都先得明了的。

至于你诗的技巧问题，艺术上的造诣，在几乎没有一定的定义时代，转入这讨论外形内容，以至于音节韵脚章句意象组织等艺术技巧问题的时期，即是根据着对这方面努力尝试过的那一些诗，你的头两个诗集子就是供给这些讨论见解最多材料的根据。外国的土话说"马总得放在马车的前面"，不是？没有一些尝试的成绩放在那里，理论家是不能老在那里发一堆空头支票的，不是？

你自己一向不止在那里倔强的尝试用功，你还曾用尽你所有活泼的热心鼓励别人尝试，鼓励"时代"起来尝试——这种工作是最犯风头嫌疑的，也只有你胆子大头皮硬顶得下来！我还记得你要印诗集子时我替你捏一把汗，老实说还替你在有文采的老前辈中间难为情过，我也记得我初听到人家找你办晨副时我的焦急，但你居然板起个脸抓起两把鼓锤子为文艺吹打开路乃至于扫地，铺鲜花，不顾旧势力的非难，新势力的怀疑，你干你的事"事在人为，做了再说"那股子劲，以后别处也还很少见。

现在你走了，这些事渐渐在人的记忆中模糊下来，你的诗和文也散漫在各小本集子里压在有极新鲜的封皮的新书后面，谁说起你来，不是麻麻糊糊的承认你是过去中一个势力，就是拿能够挑剔看轻你的诗为本事（散文人家很少提到，或许"散文家"没有诗人那么光荣不值得注意）。朋友，这是没法子的事，我却一点不为此灰心，因为我有我的信仰。

我认为我们这写诗的动机既如前边所说那么简单愚诚；因在某一时，或某一刻敏锐的接触到生活上的锋芒，或偶然的触遇到理想峰巅上云彩星霞，不由得不在我们所习惯的语言中，编缀出一两串近于音乐的句子来，慰藉自己，解放自己，去追求超实际的真美，读诗者的反应一定有一大半也和我们这写诗的一样诚实天真，仅想在我们句子中间由音乐性的愉悦，接触到一些生活的底蕴掺合着美丽的憧憬；把我们的情绪给他们的情绪搭起一座浮桥，把我们的灵感，给他们生活添些新鲜；把我们的痛苦伤心再揉成他们自己忧郁的安慰！

我们的作品会不会长存下去，也就看它们会不会活在那一些我们从不认识的人，我们作品的读者，散在各时，各处互相不认识的孤单的人的心里的，这种事它自己有自己的定律，并不需要我们的关心的。你的诗据我所知道的，它们仍旧在这里浮沉流落，你的影子也就浓淡参差地系在那些诗句中，另一端印在许多不相识人的心里。朋友，你不要过于看轻这种间接的生存，许多热情的人他们会为着你的存在，而加增了生的意识的。伤心的仅是那些你最亲热的朋友们和同兴趣的努力者，你不在他们中间的事实，将要永远是个不能填补的空虚。

你走后大家就提议要为你设立一个"志摩奖金"来继续你鼓励人家努力诗文的素志，勉强象征那种对于文艺创造拥护的热心，使不及认得你的青年人永远对你保存着亲热。如果这事你不觉到太寒伧不够热气，我希望你原谅你这些朋友们的苦心，在冥冥之中笑着给我们勇气来做这一蠢诚的事吧。

# 蛛丝和梅花

林徽因

真真地就是那么两根蛛丝，由门框边轻轻地牵到一枝梅花上。就是那么两根细丝，迎着太阳光发亮……再多了，那还像样么。一个摩登家庭如何能容蛛网在光天白日里作怪，管它有多美丽，多玄妙，多细致，够你对着它联想到一切自然造物的神工和不可思议处；这两根丝本来就该使人脸红，且在冬天够多特别！可是亮亮的，细细的，倒有点像银，也有点像玻璃制的细丝，委实不算讨厌，尤其是它们那么洒脱风雅，偏偏那样有意无意地斜着搭在梅花的枝梢上。

你向着那丝看，冬天的太阳照满了屋内，窗明几净，每朵含苞的，开透的，半开的梅花在那里挺秀吐香，情绪不禁迷茫缥缈地充溢心胸，在那刹那的时间中振荡。同蛛丝一样的细弱，和不必需，思想开始抛引出去；由过去牵到将来，意识的，非意识的，由门框梅花牵出宇宙，浮云沧波踪迹不定。是人性，艺术，还是哲学，你也无暇计较，你不能制止你情绪的充溢，思想的驰骋，蛛丝梅花竟然是瞬息可以千里！好比你是蜘蛛，你的周围也有你自织的蛛网，细致地牵引着天地，不怕多少次风雨来吹断它，你不会停止了这生命上基本的活动。此刻，"一枝斜好，幽香不知甚处"……

拿梅花来说吧，一串串丹红的结蕊缀在秀劲的傲骨上，最可爱，最可赏，等半绽将开地错落在老枝上时，你便会心跳！梅花最怕开；开了便没话说。索性残了，沁香拂散同夜里炉火都能成了一种温存的凄清。

记起了，也就是说到梅花，玉兰。初是有个朋友说起初恋时玉兰刚开完，天气每天的暖，住在湖旁，每夜跑到湖边林子里走路，又静坐幽僻石上看隔岸灯火，感到好像仅有如此虔诚的孤对一片泓碧寒星远市，才能把心里情绪抓紧了，放在最可靠最纯净的一撮思想里，始不至亵渎了或是惊着那"瘝瘝思服"的人儿。那是极年轻的男子初恋的情景——对象渺茫高远，反而近求"自我的"郁结深浅——他问起少女的情绪。

就在这里，忽记起梅花。一枝两枝，老枝细枝，横着，虬着，描着影子，喷着细香；太阳淡淡金色地铺在地板上：四壁琳琅，书架上的书和书签都像在发出言语；墙上小对联记不得是谁的集句；中条是东坡的诗。你敛住气，简直不敢喘息，踮起脚，细小的身形嵌在书房中间，看残照当窗，花影摇曳，你像失落了什么，有点迷惘。又像"怪东风着意相寻"，有点儿没主意！浪漫，极端的浪漫。"飞花满地谁为扫？"你问，情绪风似地吹动，卷过，停留在惜花上面。再回头看看，花依旧嫣然不语。"如此娉婷，谁人解看花意，"你更沉默，几乎热情地感到花的寂寞，开始怜花，把同情统统诗意地交给了花心！

这不是初恋，是未恋，正自觉"解看花意"的时代。情绪的不同，不止是男子和女子有分别，东方和西方也甚有差异。情绪即使根本相同，情绪的象征，情绪所寄托，所栖止的事物却常常不同。水和星子同西方情绪的联系，早就成了习惯。一颗星子在蓝天里闪，一流冷涧倾泄一片幽愁的平静，便激起他们诗情的波涌，心里甜蜜地，热情地便唱着由那些鹅羽的笔锋散下来的"她的眼如同星子在暮天里闪"，或是"明丽如同单独的那颗星，照着晚来的天"，或"多少次了，在一流碧水旁边，忧愁倚下她低垂的脸"。

惜花，解花太东方，亲昵自然，含着人性的细致是东方传统的情绪。

此外年龄还有尺寸，一样是愁，却跃跃似喜，十六岁时的，微风零乱，不颓废，不空虚，踮着理想的脚充满希望，东方和西方却一样。人老了脉脉烟雨，愁吟或牢骚多折损诗的活泼。大家如香山，稼轩，东坡，放翁的白发华发，很少不梗在诗里，至少是令人不快。话说远了，刚说是惜花，东方老少都免不了这嗜好，这倒不论老的雪鬓曳杖，深闺里也就攒眉千度。

最叫人惜的花是海棠一类的"春红"，那样娇嫩明艳，开过了残红满地，太招惹同情和伤感。但在西方即使也有我们同样的花，也还缺乏我们的廊庑庭院。有了"庭院深深深几许"才有一种庭院里特有的情绪。如果李易安的"斜风细雨"底下不是"重门须闭"也就不"萧条"得那样深沉可爱；李后主的"终日谁来"也一样的别有寂寞滋味。看花更须庭院，常常锁在里面认识，不时还得有轩窗栏杆，给你一点凭藉，虽然也用不着十二栏杆倚遍，那么慵弱无聊。

当然旧诗里伤愁太多：一首诗竟像一张美的证券，可以照着市价去兑现！所以庭花，乱红，黄昏，寂寞太滥，时常失却诚实。西洋诗，恋爱总站在前头，或是"忘掉"，或是"记起"，月是为爱，花也是为爱，只使全是真情，也未尝不太腻味。就以两边好的来讲。拿他们的月光同我们的月色比，似乎是月色滋味深长得多。花更不用说了；我们的花"不是预备采下缀成花球，或花冠献给恋人的"，却是一树一树绰约的，个性的，自己立在情人的地位上接受恋歌的。

所以未恋时的对象最自然的是花，不是因为花而起的感慨——十六岁时无所谓感慨，——仅是刚说过的自觉解花的情绪。寄托在那清丽无语的上边，你心折它绝韵孤高，你为花动了感情，实说你同花恋爱，也未尝不可——那惊讶狂喜也不减于初恋。还有那凝望，那沉思……

一根蛛丝！记忆也同一根蛛丝，搭在梅花上就由梅花枝上牵引出去，虽未织成密网，这诗意的前后，也就是相隔十几年的情绪的联络。

午后的阳光仍然斜照，庭院阒然，离离疏影，房里窗棂和梅花依然伴和成为图案，两根蛛丝在冬天还可以算为奇迹，你望着它看，真有点像银，也有点像玻璃，偏偏那么斜挂在梅花的枝梢上。

# 落花生

许地山

我们屋后有半亩隙地。母亲说："让它荒芜着怪可惜，既然你们那么爱吃花生，就辟来做花生园吧。"我们几姊弟和几个小丫头都很喜欢——买种的买种，动土的动土，灌园的灌园；过不了几个月，居然收获了！

妈妈说："今晚我们可以做一个收获节，也请你们爹爹来尝尝我们的新花生，如何？"我们都答应了。母亲把花生做成好几样的食品，还吩咐这节期要在园里的茅亭举行。

那晚上的天色不大好，可是爹爹也到来，实在很难得！爹爹说："你们爱吃花生吗？"

我们都争着答应："爱！"

"谁能把花生的好处说出来？"

姊姊说："花生的气味很美。"

哥哥说："花生可以制油。"

我说："无论何等人都可以用贱价买它来吃，都喜欢吃它。这就是它的

人一生要读的经典美文

好处。"

爹爹说："花生的用处固然很多；但有一样是很可贵的。这小小的豆不像那好看的苹果、桃子、石榴，把它们的果实悬在枝上，鲜红嫩绿的颜色，令人一望而发生羡慕的心。它只把果子埋在地底，等到成熟，才容人把它挖出来。你们偶然看见一棵花生瑟缩地长在地上，不能立刻辨出它有没有果实，非得等到你接触它才能知道。"

我们都说："是的。"母亲也点点头。

爹爹接下去说："所以你们要像花生，因为它是有用的，不是伟大，好看的东西。"

我说："那么，人要做有用的人，不要做伟大、体面的人了。"

爹爹说："这是我对于你们的希望。"

我们谈到夜阑才散，所有花生食品虽然没有了，然而父亲的话现在还印在我的心坎上。